SHINING IN THE DARK

SOMMAIRE

FÊTER LES VINGT ANS DE *LILJA'S LIBRARY* : UNE INTRODUCTION

Hans-Åke Lilja

VINGT ANS. Vous vous rendez compte ? Vingt ans ! Ça fait un sacré bail. Qu'est-ce que vous avez fait, vous, ces vingt dernières années ? Moi, je me suis marié. J'ai eu deux grands enfants. J'ai vécu dans trois maisons différentes. Et plus important encore (du moins à l'aune du présent ouvrage), j'ai dirigé le site *Lilja's Library – Le Monde de Stephen King*. Je ne l'ai certes pas mis à jour quotidiennement vingt années durant, mais j'ai fait tout mon possible pour tenir mes lecteurs au courant de tout ce qui se passait dans le petit monde de Steve. Et si je puis me permettre (et dans la mesure où c'est mon livre, je peux !), j'ai fait un sacré bon boulot.

À l'approche de cet anniversaire, j'ai commencé à me dire qu'il allait falloir fêter ça avec quelque chose de spécial. Impossible de laisser passer l'occasion ! Et c'est au détour d'une conversation que Brian Freeman, de *Cemetery Dance*, a lancé : « Et pourquoi on ne ferait pas une anthologie ? » Eh bien... pourquoi pas ? Mais pour que ça marche, il faudrait obtenir l'autorisation d'y inclure une nouvelle de Stephen King. Ce que je veux dire, c'est que ça n'aurait pas eu de sens de faire un bouquin célébrant le vingtième anniversaire d'un site consacré à Stephen King sans avoir une histoire du *King* en personne. On est d'accord ? Ça aurait été complètement stupide.

J'ai donc entrepris de demander les droits d'une de ses nouvelles, et à la mi-juillet on m'a donné le feu vert pour « Le Compresseur bleu », un texte qui n'était jusque-là paru dans aucun recueil. Vous imaginez sans mal ma réaction. Dans le cas contraire, dites-vous qu'elle s'est accompagnée de sauts, de cris et de rires hystériques. Cette nouvelle en poche, il ne me restait plus qu'à bâtir le reste de l'anthologie. Après avoir réussi à obtenir les droits du « Compresseur bleu », me suis-je alors dit, ça allait être du gâteau ! Eh bien, j'avais tort. Entendons-nous bien. J'ai adoré faire ça, mais c'était quelque chose de totalement nouveau pour moi – et heureusement que Brian Freeman a été là tout du long pour m'aider. J'ignorais complètement comment on rémunérait ce genre de contribution. Ou comment rédiger un contrat d'édition. En fait, il y a tout un tas de choses dont je n'avais pas la moindre idée – même si, comme je vous l'ai dit, j'ai adoré les faire.

Ça m'a aussi donné l'opportunité d'entrer en contact avec des écrivains comptant parmi les meilleurs du moment. À vrai dire, j'ai eu l'occasion de discuter avec la plupart des treize (difficile de faire plus approprié, pas vrai ?) noms qui figurent au sommaire de cette anthologie… et même avec certains auteurs qui n'y figurent pas. Pour certains d'entre eux, ça n'a pas été une mince affaire (ce n'est pas comme s'il vous suffisait de les googliser pour dénicher une adresse mail ou un numéro de téléphone), mais d'autres m'ont répondu au bout de quelques heures à peine. Tous ceux qui ont accepté de se joindre à la fête m'ont fait parvenir une nouvelle. Certaines avaient déjà été publiées, mais d'autres étaient inédites (et c'est un sentiment particulièrement exaltant d'être l'une des premières personnes à lire une toute nouvelle histoire). Six des douze histoires présentées ici (oui, l'une d'elles est le fruit d'une collaboration, il y a donc douze textes mais treize auteurs) n'avaient jamais connu les joies de l'édition. Quelques-unes ont même été écrites spécialement pour ce recueil. La plupart des autres n'ont été publiées que dans des magazines, aussi y a-t-il de bonnes chances que ce soit la première fois que vous les lisiez. Ce dont je ne suis pas peu fier.

L'une de ces histoires – « Le Manuel du Gardien » de John Ajvide Lindqvist – a même été écrite dans ma langue maternelle (le suédois). Elle a été traduite en anglais par Marlaine Delargy, ce qui m'a amené, pour mon plus grand bonheur, à discuter avec John de certains points de traduction. Jamais je n'aurais imaginé être un jour consulté par celui qui est, à mon humble avis, le plus grand écrivain horrifique suédois.

Le texte le plus ancien du recueil est d'Edgar Allan Poe. Il a écrit « Le Cœur révélateur » en 1843, il y a plus de cent soixante-dix ans, tandis que le plus récent est « La Fin de toutes choses », que Brian Keene a terminé d'écrire à la mi-avril 2016. Cette anthologie rassemble les horreurs et les peurs de treize auteurs. Je n'en connaissais pas certains jusque-là, d'autres m'étaient familiers depuis vingt ans. Il y a là de l'horreur à l'état pur, mais aussi des récits qui se contenteront de vous mettre mal à l'aise. Certains vous feront réfléchir. D'autres vous feront pleurer ou sourire. Ce que j'espère, c'est que toutes ces nouvelles vous permettront de passer un bon moment, que tout comme moi, vous les aimerez pour ce qu'elles sont et qu'une fois le livre terminé... vous n'oublierez pas d'aller souhaiter bonne nuit à vos animaux de compagnie. Car qui sait si vous en aurez encore l'occasion...

LE COMPRESSEUR BLEU : UN RÉCIT HORRIFIQUE

Stephen King

La maison, immense, était surmontée d'un formidable toit incliné en bardeaux. Alors qu'il s'en rapprochait à pied depuis la route du littoral, Gerald Nately songea que cette toiture formait presque un pays à elle seule, une géographie en microcosme. Elle plongeait et s'élevait en suivant des angles erratiques au-dessus du corps principal et des deux ailes bizarrement disposées ; un belvédère encerclait une coupole en forme de champignon avec vue sur la mer ; la galerie extérieure, tournée face aux dunes couvertes des broussailles ternies de septembre, était plus longue qu'une voiture Pullman et fermée par une moustiquaire. Avec son toit pentu, la maison avait l'air de froncer les sourcils ; elle le dominait de toute sa hauteur, comme un vieux grand-père baptiste.

Il se dirigea vers la galerie puis, après un moment d'hésitation, franchit la porte-moustiquaire pour rejoindre la porte d'entrée à imposte. Seuls un fauteuil en osier, une balancelle rouillée et un vieux panier de tricot abandonné assistèrent à son arrivée. Des araignées avaient tissé leur soie dans l'ombre des angles supérieurs. Il frappa.

Il y eut un silence, un silence habité. Il s'apprêtait à frapper de nouveau quand, quelque part dans la maison, un fauteuil poussa un chuintement asthmatique. C'était un son fatigué. Silence. Puis le bruit lent, terriblement patient, de vieux pieds accablés se frayant un chemin dans le vestibule. Une canne en contrepoint : toc... toc... toc...

Le parquet grinça et gémit. Une ombre, énorme et informe derrière le verre perlé, s'épanouit derrière l'imposte. Le chuchotement interminable de doigts qui décortiquent laborieusement le puzzle de la chaîne, du verrou et de la serrure. La porte s'ouvrit.

« Bonjour, dit mollement la voix nasillarde. Vous êtes monsieur Nately. Vous avez loué le cottage. Le cottage de mon mari.

— Oui, répondit Gerald, qui sentait sa langue gonfler dans sa gorge. C'est ça. Et vous êtes...

— Mme Leighton, déclara la voix nasillarde, satisfaite par sa vivacité ou par son nom, bien que l'une comme l'autre n'aient rien de remarquable. Je suis Mme Leighton. »

la vache cette femme est carrément énorme et vieille elle a l'air de oh mon dieu la robe imprimée elle doit faire dans les deux mètres et grosse mon dieu elle est grasse comme une truie elle sent rien cheveux blancs longs cheveux blancs ses jambes ces troncs de séquoia dément ce film un tank c'est un vrai tank elle pourrait me tuer sa voix c'est n'importe quoi on dirait un kazoo la vache si je ris je ne peux pas rire elle a quoi soixante-dix ans mon dieu comment est-ce qu'elle marche et la canne ses mains sont plus grosses que mes pieds comme un putain de tank elle pourrait défoncer du chêne, du chêne nom de dieu

« Vous écrivez. »

Elle ne lui avait pas proposé d'entrer.

« C'est cela, en gros. »

Il rit pour masquer son soudain embarras face à ce choix de mots.

« Vous me ferez lire quelque chose une fois installé ? » demanda-t-elle.

Ses yeux semblaient perpétuellement lumineux, et en même temps mélancoliques. Ils avaient été épargnés par l'âge qui avait englouti le reste de

attends il faut que tu notes ça
image : « l'âge l'avait engloutie sous un tombereau de chair luxuriante : elle ressemblait à une laie lâchée dans la dignité d'un manoir pour chier sur le tapis, encorner le vaisselier et envoyer valdinguer les verres à pied en cristal, pour éventrer les divans lie de vin et les réduire à un amas échevelé de ressorts et de rembourrage, pour profaner le vernis lisse comme un miroir du parquet du vestibule avec ses empreintes de sabots barbares et ses projections d'urine »
O.K. elle est là c'est une histoire je la sens
son corps, le laissant bouffi et flasque.

« Si vous voulez, dit-il. Je n'ai pas réussi à voir le cottage depuis la route du littoral, madame Leighton. Pourriez-vous me dire où…

— Vous êtes venu en voiture ?

— Oui. Je l'ai laissée là-bas. »

Il pointa le doigt en direction des dunes, vers la route.

Un étrange sourire unidimensionnel effleura ses lèvres.

« C'est pour ça, fit-elle. Depuis la route, on la distingue à peine ; quand on n'est pas à pied, on la rate facilement. »

Elle lui désigna un point à l'ouest, légèrement à l'écart des dunes et de la maison.

« Là. Juste sur cette petite colline.

— Très bien. »

Gerald resta planté là en souriant. Il ne voyait pas comment mettre fin à l'entretien.

« Voulez-vous entrer boire un café ? Ou un Coca-Cola ?

— Oui », répondit-il aussitôt.

Elle sembla un peu prise de court par cet acquiescement spontané. Gerald avait été l'ami de son mari, après tout, pas le sien. Le visage plana au-dessus de lui, lunaire, déconnecté, indécis. Puis elle le fit entrer dans la demeure antique et figée dans l'attente.

Elle but un thé. Il but un Coca. Des millions d'yeux semblaient les observer. Il se faisait l'impression d'être un cambrioleur, à fureter ainsi dans la fiction secrète qu'il pourrait tirer d'elle, uniquement armé du charme séducteur de sa jeunesse et d'une lampe torche mentale.

Mon nom à moi est Steve King, bien sûr, et vous voudrez bien excuser mon intrusion dans votre esprit – du moins je l'espère. Je pourrais arguer que la rupture du pacte de lecture entre le lecteur et l'auteur est admissible puisque c'est moi l'écrivain : i.e., étant donné que c'est mon histoire, j'ai bien le droit d'en faire ce que je veux, mais cet argument n'est pas valide. La règle numéro un pour tous les écrivains, c'est que le conteur ne vaut pas un pet de lapin comparé à l'auditeur. Passons à autre chose, si vous voulez bien. Je m'immisce pour la même raison que le pape défèque : parce que c'est nécessaire.

Il faut que vous sachiez que Gerald Nately n'est jamais passé devant le juge ; son crime n'a jamais été découvert. Il n'en a pas moins payé le prix. Après avoir écrit quatre romans contournés, monumentaux et incompris, il s'est lui-même coupé la tête avec une guillotine miniature en ivoire achetée à Kowloon.

Je l'ai inventé lors d'un moment d'ennui de huit heures du matin, pendant un cours donné par Carroll F. Terrell de l'université de littérature du Maine. Le docteur Terrell parlait d'Edgar Allan Poe, et j'ai pensé

guillotine en ivoire Kowloon

une femme d'ombres tordues, comme une truie

une grande maison
Le compresseur bleu n'est venu que plus tard.

Il finit par lui montrer ce qu'il écrivait. Pas le plus important, pas l'histoire qu'il écrivait sur elle, mais des fragments de poèmes, le squelette d'un roman qui tourmentait son esprit depuis un an comme un éclat d'obus enfoncé sous son crâne, quatre essais. Mme Leighton était une critique avisée, accro aux notes dans la marge, qu'elle rédigeait avec son stylo-feutre noir. Elle passait parfois chez lui quand il était parti au village ; il cachait donc l'histoire dans l'abri de jardin.

Septembre se fondit peu à peu dans la fraîcheur d'octobre, et l'histoire fut achevée, envoyée à un ami, renvoyée avec des suggestions (mauvaises), réécrite. Gerald sentait qu'elle était bonne, mais il manquait encore quelque chose. Quelque chose d'indéfinissable. Le cœur de l'intrigue était un tantinet confus. Il commença à jouer avec l'idée de la soumettre à ses critiques, la rejeta, joua encore avec. Après tout, l'histoire lui appartenait ; il était certain qu'elle pouvait lui apporter le vecteur final.

Son attitude envers sa logeuse devint de plus en plus malsaine ; il était fasciné par sa masse énorme et bestiale, par sa lente démarche de tortue quand elle se déplaçait entre la maison et le cottage, *image : « ombre titanesque en putréfaction chancelant sur un sable dénué d'ombres, canne dans une main noueuse, pieds emmitouflés dans des chaussures en toile colossales qui aspirent et charrient les grains grossiers, le visage comme un plat à tarte, des bras en pâte à pain, des seins comme des drumlins, une géographie à elle seule, un pays de tissus mous »*

par sa voix fade et flûtée ; mais en même temps elle lui répugnait, son contact lui était insupportable. Il commençait à se sentir de plus en plus proche du personnage du « Cœur révélateur » d'Edgar Allan Poe. Il se sentait capable de se poster à la porte de sa chambre pendant une infinité de minuits, braquant un rai de lumière sur son œil endormi, prêt à bondir et à l'arracher au moment où la paupière s'ouvrirait.

Lui faire lire l'histoire devint une obsession, une démangeaison folle. Quand le premier jour de décembre arriva, il avait décidé de se lancer. Cette résolution ne le soulagea pas, contrairement à ce qui se passe dans les romans, mais elle lui laissa quand même un sentiment de plaisir aseptisé. La décision lui paraissait juste – une fin qui concordait avec un début. Et *c'était* une fin : il quittait le cottage le 5 décembre. Ce jour-là, il rentrait tout juste de l'agence de voyages Stowe à Portland, où il avait réservé son billet pour l'Extrême-Orient. Il avait agi presque sur un coup de tête : la décision de partir et celle de montrer son manuscrit à Mme Leighton lui étaient venues ensemble, presque comme s'il avait été guidé par une main invisible.

Il était bel et bien guidé ; par une main invisible – la mienne.

La journée était blanche de nuages, une promesse de neige lovée dans leur ventre. Les dunes ressemblaient déjà à un avant-goût de l'hiver. Gerald les traversa, depuis la maison au toit pentu de son domaine à elle, pour rejoindre le cottage bas en pierre qui était le sien. La mer, maussade et grise, se recroquevillait sur les galets de la plage. Les mouettes chevauchaient la houle comme des bouées.

Il parvint au sommet de la dernière dune et sut qu'elle était là : sa canne, avec sa poignée de vélo blanche à la base, reposait contre le chambranle de la porte. De la fumée s'élevait de la cheminée miniature.

Gerald gravit les marches en bois, tapa ses chaussures montantes pour les débarrasser du sable et l'avertir de sa présence, puis entra.

« Bonjour, madame Leighton ! »

Mais le minuscule salon et le coin cuisine étaient déserts. L'horloge de bateau posée sur la cheminée ne tictaquait que pour elle-même et pour Gerald. Son gigantesque manteau de fourrure était drapé sur le rocking-chair comme une sorte de voile animale. Un petit feu avait été allumé dans l'âtre, où il brillait et crépitait activement. La bouilloire était posée sur la gazinière, et une tasse abandonnée sur le comptoir attendait d'être remplie. Il jeta un coup d'œil dans le couloir étroit qui menait vers la chambre à coucher.

« Madame Leighton ? »

Le couloir et la chambre étaient vides.

Il s'apprêtait à repartir vers la cuisine quand les gloussements monstrueux commencèrent. C'étaient des hoquets hilares, aussi énormes qu'incontrôlables ; le genre de rire qui reste caché pendant des années et vieillit comme du vin. (Il y a aussi une histoire d'Edgar Allan Poe sur le vin.)

Les gloussements se changèrent en hululements de rire. Ils provenaient de derrière la porte située à droite du lit de Georges, la dernière porte du cottage. Ils provenaient de l'abri de jardin.

j'ai les boules qui se ratatinent comme en cours de grammaire la vieille garce elle rit elle l'a trouvé la vieille grosse vache qu'elle aille se faire foutre qu'elle aille se faire foutre espèce de vieille pute tu fais ça parce que je suis là vieille peau de vache de pute gros sac à merde

Un pas et il ouvrit la porte en grand. Assise en tailleur près du petit chauffage d'appoint dans le cabanon, sa robe remontée jusqu'à ses genoux en souche de chêne, elle tenait son manuscrit dans ses mains bouffies qui le faisaient paraître minuscule.

Son rire rugit et tonna à ses oreilles. Gerald Nately vit une explosion de couleurs devant ses yeux. C'était une limace, un asticot, une chose rampante gigantesque qui avait grossi dans la cave de la maison ténébreuse près de la mer, un insecte noir qui s'était emmitouflé dans une forme humaine grotesque.

Dans la lumière terne d'une fenêtre festonnée de toiles d'araignées, son visage devenait une lune de cimetière, percée par les cratères stériles de ses yeux et par la faille sismique de sa bouche.

« Je vous interdis de rire, déclara Gerald d'un ton roide.

— Oh, Gerald, rétorqua-t-elle en riant malgré tout. Cette histoire est tellement mauvaise. Je comprends que vous ayez utilisé un nom de plume. C'est… (Elle essuya des larmes de rire au coin de ses yeux.) C'est abominable ! »

Il commença à se rapprocher d'elle d'un pas raide.

« Vous ne m'avez pas faite assez grosse, Gerald. C'est ça, le problème. Je suis trop grosse pour vous. Poe, peut-être, ou Dostoïevski, ou Melville… mais pas vous, Gerald. Pas vous. Pas vous. »

Elle se remit à rire, en colossales explosions tressautantes.

« Je vous interdis de rire », répéta Gerald.

L'abri de jardin, à la manière de Zola :

Murs de planches, montrant ici et là des tranches de lumière, ronde de pièges à lapins accrochés et suspendus dans les coins ; une paire de raquettes poussiéreuses non cordées ; un chauffage d'appoint rouillé où vacillent des flammes jaunes comme les yeux d'un chat ; des râteaux ; une pelle ; une paire de cisailles ; un vieux tuyau vert enroulé sur lui-même comme un serpent ; quatre pneus empilés comme des donuts ; une Winchester rouillée sans culasse ; une scie passe-partout ; un établi poussiéreux couvert de clous, de tournevis, d'écrous, de joints, deux marteaux, un rabot, un niveau cassé, un carburateur démonté qui appartenait autrefois à une Packard cabriolet 1949 ; un compresseur d'air 4 hp bleu électrique, raccordé à une rallonge qui court jusque dans la maison.

« Je vous interdis de rire », répéta Gerald.

Mais elle continua de se balancer d'avant en arrière en se tenant le ventre. Sa respiration sifflante faisait palpiter le manuscrit comme un oiseau blanc.

Sa main se referma sur la Winchester rouillée, qu'il abattit sur elle.

La plupart des histoires d'horreur sont de nature sexuelle.

Je suis désolé de vous interrompre avec cette information, mais je m'y sens obligé afin de déblayer le chemin pour la sinistre conclusion de ce récit, lequel est (du moins psychologiquement) une claire métaphore de mes propres peurs d'impuissance sexuelle. La grande bouche de Mme Leighton symbolise le vagin ; le tuyau du compresseur est un pénis. Sa masse féminine, avec son immensité écrasante, est une représentation mythique de la peur sexuelle qui vit en chaque mâle, à des degrés divers : celle que la femme, avec son ouverture, est une dévoreuse.

Dans les œuvres d'Edgar Allan Poe, de Stephen King, de Gerald Nately et d'autres adeptes de ce genre littéraire spécifique, nous sommes amenés à trouver des pièces fermées, des souterrains, des manoirs abandonnés (tous symboles de l'utérus) ; des personnes enterrées vivantes (impuissance sexuelle) ; des morts qui sortent de leur tombe (nécrophilie) ; des monstres ou des êtres humains grotesques (externalisation de la peur de l'acte sexuel lui-même) ; de la torture et/ou des meurtres (une alternative viable à l'acte sexuel).

Ces possibilités ne sont pas toujours valides, mais le lecteur et l'écrivain post-freudiens doivent les prendre en considération quand ils abordent ce genre.

La psychologie anormale est devenue partie de l'expérience humaine.

Elle émettait des bruits de gorge épais et inconscients pendant qu'il tournait frénétiquement sur lui-même, à la recherche d'un outil ; sa tête pendait au bout du poteau de son cou comme si elle était cassée.

Il s'empara du tuyau du compresseur.

« O.K., dit-il d'une voix pâteuse. O.K., ça marche. O.K. »

salope vieille grosse salope tu t'es bien marrée pas assez grosse c'est ça d'accord eh bien tu vas être plus grosse tu vas être encore plus grosse

Il lui flanqua la tête en arrière en la tirant par les cheveux et lui fourra le tuyau dans la bouche, droit dans l'œsophage. Elle cria malgré l'obstacle, un miaulement de chat.

L'inspiration de cette nouvelle provient en partie d'une vieille bande dessinée d'horreur de chez EC Comics, achetée dans un drugstore de Lisbon Falls. Dans un récit en particulier, un mari et sa femme s'assassinaient simultanément d'une manière aussi ironique que brillante. Il était très gros ; elle était très mince. Il enfonçait le tuyau d'un compresseur d'air dans sa gorge et la gonflait jusqu'à lui faire atteindre la taille d'un dirigeable. Alors qu'il descendait l'escalier, un piège installé par sa femme tombait sur lui et l'écrasait, le réduisant à une ombre.

Tous les auteurs qui prétendent ne jamais avoir rien plagié sont des menteurs. Un bon auteur commence avec des mauvaises idées, des improbabilités, puis les façonne pour en faire des commentaires sur la condition humaine.

Dans une histoire d'horreur, il est impératif que le grotesque soit élevé au rang de l'anormal.

Le compresseur démarra avec un chuintement et un hoquet. Le tuyau fut éjecté de la bouche de Mme Leighton. Avec force gloussements et baragouinages, Gerald le renfonça à sa place. Les pieds énormes de sa victime tressautèrent et cognèrent contre le sol. La chair de ses joues et son diaphragme commencèrent à gonfler en rythme. Ses yeux s'exorbitèrent et se changèrent en billes de verre. Son torse commença à se dilater.

tiens voilà tiens voilà sale pute putride tu es assez grosse là hein tu es assez grosse

Le compresseur poussait des sifflements infernaux. Mme Leighton enflait comme un ballon de plage. Ses poumons devinrent des poissons-globes sous pression.

Misérables ! Ne dissimulez pas plus longtemps ! C'est là ! C'est là ! C'est le battement de son affreux cœur !

Elle parut exploser d'un seul coup.

Assis dans une chambre d'hôtel torride de Bombay, Gerald réécrivit l'histoire entamée dans le cottage à l'autre bout du monde. Le titre d'origine était « La Truie ». Après délibération, il la rebaptisa « Le Compresseur bleu ».

Il était satisfait du résultat. Il y avait un certain manque de motivation dans la scène finale, où la grosse vieille dame était assassinée, mais l'écrivain n'y voyait pas un défaut. Dans « Le Cœur révélateur », la meilleure nouvelle d'Edgar Allan Poe, il n'y avait pas de réelle motivation pour le meurtre du vieil homme, et c'était bien ainsi. Le mobile importait peu.

Elle devint vraiment très grosse, vers la fin : même ses jambes enflèrent jusqu'à atteindre le double de leur taille normale. Tout à la fin, sa langue jaillit hors de sa bouche comme un cotillon.

Après avoir quitté Bombay, Gerald Nately se rendit à Hong Kong, puis à Kowloon. La guillotine en ivoire lui plut dès qu'il posa les yeux dessus.

En tant qu'auteur, je ne vois qu'une seule fin acceptable à cette histoire : c'est de vous dire comment Gerald Nately s'est débarrassé du corps. Il a soulevé les planches qui formaient le sol de l'abri de jardin, a démembré Mme Leighton et enterré les morceaux sous le sable. Quand il a signalé à la police qu'elle avait disparu depuis une semaine, le flic du coin est arrivé aussitôt, accompagné d'un policier d'État. Gerald les a reçus de façon très naturelle, il leur a même proposé du café. Il n'a entendu aucun battement de cœur – mais il faut dire que l'entretien se déroulait dans la grande maison.

Le lendemain, il prenait un avion en direction de Bombay, Hong Kong et Kowloon.

LE RÉSEAU

Jack Ketchum & P. D. Cacek

06/05/2003 - 23 H 22

▌ ANDREW -

Je n'en reviens pas que tu m'aies choisie, MOI, parmi toutes les filles du chat !

06/05/2003 - 23 H 31

▌ CASSANDRA -

Tu plaisantes ? Il y en a beaucoup que j'aime bien... Mugu, Wicked. Mais il y en a d'autres... Sérieux... Et Maya, non mais pour qui elle se prend ? Ou Babycrazed, d'ailleurs. C'est pareil.

Et sinon, tu peux me dire quand Flit va enfin se décider à s'acheter un cerveau ?

Franchement, les raisons qui m'ont poussé à t'écrire en perso me semblent plutôt évidentes. Tu es intelligente, tu es drôle, et vu la manière dont tu as parlé des enfants l'autre jour, je sais que tu es aussi quelqu'un d'attentionné. Tu as des enfants, à propos ? C'est ça qui est bizarre avec les chats. On peut échanger pendant des semaines, sans pour autant se connaître vraiment. En tout cas, je suis content que tu aies accepté mon invitation. Impatient de te lire.

À+

Andrew

07/05/2003 - 22 H 01

▮ ANDREW -

Non, je n'ai pas d'enfants… mais j'adorerais. Un jour… En attendant, je dois me contenter de gâter ma nièce et mon neveu. Ce sont encore des bébés, deux et quatre ans – mais je me dis que si leur unique tante ne peut pas les pourrir un peu, qui le pourra ?

Et tu as raison… il arrive qu'on discute avec quelqu'un pendant des mois, sans vraiment savoir à qui – ou à quoi – on a réellement affaire. Le truc marrant, c'est que j'ai l'impression d'en savoir plus sur toi que je n'en sais sur des gens que je connais depuis des années. Par exemple… la fois où Tigerman et toi vous vous êtes « pris la tête » au sujet de l'expérimentation animale. La manière dont il a pété un câble lorsque tu lui as dit que les animaux avaient autant le droit que nous à une vie sans peur ni douleur… quand il t'a dit d'aller te faire « E…..R ». Tu aurais pu entrer dans son jeu, mais tu ne l'as pas fait. Tu t'es comporté en parfait gentilhomme et en fin de compte, Andrew, je suis sûre que c'est ce que tu es… un homme gentil. J'espère te lire bientôt. Salut…

Cassandra

P.-S. : Appelle-moi Cassie… c'est ce que font mes vrais amis ; -)

P.-P.-S. : Tu écoutes quoi comme musique ? Moi, ce que j'aime, ce sont les trucs des années 80. Re-salut.

07/05/2003 - 23 H 00

■ CASSIE -

Tigerman est un con. Je n'irais pas dire ça devant tout le monde, mais vu qu'on est entre nous, je peux me permettre. Et pour être franc, je ne l'ai jamais vraiment apprécié. J'ai toujours eu la sensation que… je ne sais pas… soit qu'il cachait quelque chose, soit qu'il *se* cachait derrière quelque chose. La seule fois où il a été franc du collier, c'est quand il s'est « pris la tête » avec moi. Donc peut-être que ça aura servi à quelque chose ;-) Qui sait ?

Est-ce que tu as l'intention d'y retourner ? Sur Singlechat, je veux dire. Je ne suis plus très sûr d'en avoir envie. Je crois que je préfère rester là, à discuter avec toi, si ça ne t'embête pas.

Pour la musique… un peu de tout, en fait. Mais pas de trucs de bourrin ni de rap. Des vieilleries des années 50, de l'époque des Beatles, de la country… ça m'arrive d'écouter de l'opéra ou des morceaux de comédie musicale. AH ! ÇA Y EST ! JE L'AI DIT ! DES COMÉDIES MUSICALES ! J'espère que ça ne va pas me coûter notre amitié ;-) Mais mon truc, c'est le blues. Je peux écouter du blues toute la nuit. Quel que soit ton état d'esprit, ça marche… gai, triste, ce que tu veux. C'est comme si ça touchait une corde sensible chez moi. Ça me l'a toujours fait.

Il faut que j'y aille. Je dois changer la litière. Mon bureau et mon ordi sont installés dans une petite alcôve, à côté de la salle de bain. C'est un genre de dressing-room que j'ai aménagé. Mais chaque fois que Cujo utilise la litière, ça devient intenable. C'est l'un des aspects négatifs de la vie à New York, on ne peut pas les laisser. Ils se feraient écraser en moins de deux. J'imagine que tu n'es pas fan de chats, si ?

On reste en contact, d'accord ?

Andrew

P.-S. : Merci de m'avoir qualifié de gentilhomme. Et d'homme gentil. Je m'y emploie.

À+

Andrew

07/05/2003 - 23 H 20

▌ANDREW -

Je comprends tout à fait ce que tu veux dire à propos de Tigerman. Effectivement, il a toujours l'air de cacher quelque chose... avec cette manière qu'il a de s'énerver dès que quelqu'un n'est pas d'accord avec lui. Il commençait un peu à me faire flipper. J'ai ressenti un peu la même chose avec Maya lorsqu'elle a parlé de... tu sais quoi... le fait qu'elle ne voyait pas où était le problème de sortir avec plusieurs garçons, du moment qu'ils ne se connaissaient pas entre eux. Je ne trouve pas ça bien et je voulais lui dire... sauf que j'ai eu l'impression que ça ne passerait pas. Comme tu dis, pas devant tout le monde. Je dois être un peu vieux jeu... raison pour laquelle je ne retournerai plus sur Singlechat. Et puis, je n'en ai plus besoin. Je préfère de loin discuter avec toi ;-)

J'ADORE les comédies musicales, donc pas de problème, notre amitié est sauve. <rougit> Et j'aime beaucoup le blues... surtout quand il pleut, la nuit. Ce que je fais, c'est baisser la musique juste assez pour que le bruit de la pluie sur les carreaux se mélange au morceau – et là, je m'allonge sur mon lit et j'écoute. Des fois, ça m'arrive même de m'endormir. C'est trop bien.

OMG ! J'ADORE les chats et Cujo, c'est un super nom ! (Par contre, ne me dis pas qu'il/elle est aussi gros/se que le chien dans le bouquin de Stephen King. Si c'est le cas, tu ferais bien de changer sa litière genre tout de suite !) J'ai toujours eu des chats... mais pas en ce moment. J'ai perdu le mien, Sgt Stripes, à la dernière Halloween. Il avait quinze ans lorsqu'il est mort et je l'avais eu à sept semaines. Ça a été dur... et ça l'est encore un peu. Chaque fois que je repense à lui, les larmes me montent aux yeux. C'était un GROS pépère – douze kilos, avant qu'il ne tombe malade... un tigré roux, avec des yeux dorés. Je crois bien qu'il se prenait pour un chien parce qu'il me suivait partout en remuant la queue... et qu'il dormait avec moi. C'était bon de le sentir contre moi. C'est ça le plus dur... être toute seule la nuit. Il me manque tellement.

Ouhhh... un petit coup de cafard, on dirait. Désolée.

Tu habites à New York. C'est trop bien ! On est pratiquement voisins. Je vis en Pennsylvanie, dans une petite ville qui s'appelle Warminster – ce qui, si je ne m'abuse, veut dire « Route élargie. Gardez les yeux grands ouverts » en Leni Lenape (Natif américain).

Je dois te quitter. J'ai des tonnes de paperasses à régler. Fais un gros câlin à Cujo pour moi.

Cassie

08/05/2003 - 21 H 22

▌CASSIE -

En fait, Cujo était l'avorton de sa portée. Elle est moitié moins grosse que la plupart des chats. Et devine quoi ? Elle est tigrée rousse, comme Sgt Stripes... mais ses yeux sont verts. Qu'est-ce que tu en dis ? Encore quelque chose qu'on a en commun.

Aucune honte à avoir un peu le cafard de temps en temps. Ça m'arrive aussi.

Et aucune honte, non plus, à être vieux jeu, surtout en ce qui concerne les relations sentimentales. Ma dernière histoire a duré un an, celle d'avant, deux et celle d'encore avant, trois ans. Ooops... on dirait bien qu'elles durent de moins en moins longtemps ! Mais j'ai toujours été l'homme d'une seule femme. Même à New York, où les occasions ne manquent pas, je ne suis jamais sorti avec plus d'une femme à la fois. Ça ne peut pas fonctionner autrement.

Warminster, en Pennsylvanie. J'ai regardé sur une carte. Bon sang ! C'est vraiment pas loin. C'est à quoi ? Deux heures et demie, trois heures de NY ? Dingue, non ? En ligne, tu ne peux jamais savoir d'où les gens écrivent – à moins qu'ils te le disent pour une raison quelconque. Tu aurais très bien pu vivre à L.A., dans le Michigan ou au fin fond de l'Alaska ! Voisins ! C'est cool !

Si tu trouves que je vais trop vite, dis-le-moi. Aucun souci. Mais je me demande à quoi tu ressembles. Je t'aurais bien décrit de quoi *moi*, j'ai l'air, mais puisque je suis un gentilhomme, je suis bien obligé de me montrer galant. Donc, les dames d'abord.

À+
Andrew

08/05/2003 - 23 H 32

▮CHER ANDREW -

(J'espère que tu ne t'offusques pas du « Cher », mais c'est aussi ça, être un fossile...)

Contente que tu sois vieux jeu. Je me doutais que tu le serais. Je suis désolée que ta dernière histoire se soit terminée aussi vite, mais ça veut juste dire que ce n'était pas la bonne. J'en sais quelque chose. Ma dernière relation « sérieuse » a duré à peu près deux ans et... disons qu'elle ne s'est pas achevée sur une note très heureuse. Il me demandait quelque chose que je n'étais pas prête à lui donner...

Je n'ai pas beaucoup de rencards. En fait, je n'ai jamais trop compris l'intérêt de juste « sortir » avec quelqu'un. Peut-être parce que je n'ai toujours pas rencontré de gentilhomme. Jusqu'à maintenant, du moins...

Ooops... Pour le coup, ça, c'était un peu direct, non ? <ROUGIT !>

Okay, alors tu m'as demandé à quoi je ressemble… Eh bien, premier indice, Cujo et moi avons quelque chose en commun. Non, je ne suis pas tigrée rousse ! Mais mes yeux sont verts… et c'est tout ce que je dirai pour le moment… ;-)

Je ne sais pas où en est la météo chez toi, mais ici, le printemps n'a pas l'air de savoir ce qu'il veut. 20° un jour, 10 le lendemain et surtout, PLUIE et humidité. Et l'humidité me fait friser les cheveux. Oups ! Voilà ! Maintenant, tu sais que j'ai des cheveux ! Okay, ils sont brun foncé, avec des reflets auburn. Lorsque j'étais petite, je les avais très longs, jusqu'à la taille, mais ça me prenait une ÉTERNITÉ de les sécher. Du coup, j'espère que tu n'es pas déçu, mais aujourd'hui j'ai les cheveux courts, bouclés l'été et un peu « en pétard » le reste du temps.

Sinon, je suis plutôt grande… tout en jambes, comme disait mon père. Ce qu'il continue à faire, d'ailleurs, lorsqu'il veut me faire rougir. Ce qui n'est pas bien dur <rougit>

Je peux te dire quelque chose ? J'ai toujours pensé que chez un homme, la vraie beauté réside dans ses actes, dans ce qu'il fait au jour le jour et dans sa manière de se comporter. Son apparence m'importe moins que ce qu'il est au fond de lui. Cela dit… maintenant, c'est à toi. Allez ! À quoi ressemble Andrew ? Enfin… si tu veux bien. Il faut que j'y aille… Je t'en dirai plus une autre fois… promis.

OO

Cassie

P.-S. : New York n'est qu'à une heure et quarante-cinq minutes. J'ai vérifié sur Map-Quest ;-)

09/05/2003 - 1 H 33

CHÈRE CASSIE -

Moi aussi, j'ai eu les cheveux longs – dans ma période hippie – et je les ai coupés pour la même raison que toi. Une tannée à sécher… Je fais 1,75 m pour 63 kilos et je suis plutôt en forme pour quelqu'un de mon âge.

La couleur de mes yeux change légèrement en fonction de ce que je porte. Sur mon permis de conduire, il y a marqué « bleus », mais en réalité ils varient du bleu au gris en passant par l'ambre.

Tu n'es qu'à une heure quarante-cinq ? Je n'ai pas dû bien lire la carte, alors.

Dis-m'en un peu plus. Est-ce que tes parents sont toujours en vie ? Les miens nous ont quittés. Ma mère il y a bien longtemps, et mon père il y a sept ans. Je crois avoir lâché sur Singlechat que j'étais fils unique. Tu as dit avoir une sœur ? C'est tout ? Je suis juste curieux. La famille est quelque chose qui prend de plus en plus d'importance à mesure que je vieillis… enfin *l'absence* de famille, en l'occurrence. Ne va pas croire que je m'apitoie sur mon sort. C'est un état de fait dont je dois m'accommoder, rien de plus. J'ai bien quelques oncles, tantes et cousins, mais je ne suis pas très proche d'eux. C'est peut-être pour ça que j'aime autant les chats – c'est ma famille de substitution :-)

On s'écrit vite, d'accord ?

XOXOXOX

Andrew

09/05/2003 - 18 H 34

▮ CHER ANDREW -

Tes yeux ont l'air incroyables… magiques, même. Je regrette que les miens soient juste bêtement verts. J'aurais pu dire vert jade, mais ça serait un mensonge ;-)

Il faut que tu saches… Je déteste parler de moi. Je pense que tu l'avais remarqué sur Singlechat. Je suis du genre timide et, au fond, pas très intéressante… mais… okay… mes amis disent que « j'envoie » en maillot de bain. <ROUGIT !!!!!!!!>

Bref, tu voulais des détails à propos de mes parents (et au passage, je suis toujours rouge comme une pivoine). Ils sont en vie tous les deux et très en forme. Ma Génitrice était du genre « Mère-au-Foyer » quand on était petites, ma sœur et moi, mais récemment elle a repris les études ! Elle voudrait obtenir son diplôme d'instit', et avec mon père on pense que c'est une excellente idée. Mon père, justement, a une agence de voyages… ce qui nous a permis de nous faire PLEIN de vacances super chouettes ! Lui et ma mère sont d'ailleurs sur le point de partir une semaine à Hawaii, pour leur seconde lune de miel. Aucune idée de ce que je vais bien pouvoir faire durant leur absence, vu que j'habite avec eux (ce qui m'épargne un loyer), mais j'imagine que je vais trouver…

Je comprends parfaitement ton point de vue sur la famille. Ma sœur et moi, nous ne sommes pas très proches. Jamais je ne lui dirais ça, mais je pense qu'elle a un peu trop tendance à faire passer sa carrière (elle est agent immobilier) avant ses enfants alors que, à mes yeux, il n'y a pas de plus beau métier que maman. D'un autre côté, le fait qu'elle soit à fond sur son boulot me permet de passer plus de temps avec Mandy et Jaimie (ma nièce et mon neveu). D'un mal, un bien. Comme ce soir, justement – raison pour laquelle mon e-mail est aussi bref. Ma sœur m'a demandé de jouer les baby-sitters et j'ai la ferme intention de gâter à fond ces gamins ! J'ai loué MONSTRES ET CIE, SHREK et mes favoris à MOI, LES ARISTOCHATS et CHAT, C'EST PARIS !

Pour toi, ça doit ressembler à une soirée hyper barbante, hein ? C'est quoi, d'ailleurs, TES films préférés ? Et ta couleur favorite ? Et en matière de livres ? C'est ça les esprits curieux ! Ça veut tout savoir.

Câlins à ta minette… et à toi.

X

Cassie

09/05/2003 - 19 H 10

▌CHÈRE CASSIE -

Mais pas du tout ! Ta soirée ciné n'a rien de barbant. Et je trouve ça formidable que tu adores autant les enfants. Mes films et mes livres préférés ? Difficile à dire. La couleur, c'est facile. Noir. Le reste s'avère un peu plus compliqué, parce si je gagne ma vie en tant que concepteur-rédacteur free-lance, mon véritable but est de devenir écrivain. De fiction, j'entends. Ça fait cinq ans que j'essaie. En gros depuis que j'ai plaqué mon boulot en agence. Tout ce que j'ai récolté jusqu'à présent, ce sont des lettres de refus, dont certaines plutôt encourageantes, je dois dire. Du coup, je lis énormément et je regarde des films tout le temps, histoire de me tenir au courant de ce qui se fait. Alors, en choisir un en particulier, c'est impossible. En ce moment, je suis sur un super bouquin… SHUTTER ISLAND de Dennis Lehane. Ça parle de deux flics qui enquêtent sur une évasion d'un asile d'aliénés. Hier soir, j'ai reloué LES VESTIGES DU JOUR. J'adore ce film. Si triste, si solitaire. Mais si je devais faire une liste, on n'en finirait pas...

Tu vis avec tes parents ? Eh bien, vous devez vraiment avoir d'excellents rapports ! Moi, je m'en souviens, je n'avais qu'une hâte : me sauver le plus vite possible ! Je sais qu'avec le montant des loyers aujourd'hui, beaucoup de jeunes sont obligés d'en passer par là, mais perso jamais je n'aurais pu. Et quel âge as-tu, d'ailleurs ? Si je peux me permettre, naturellement. Je prends le risque de t'avouer que je vais avoir quarante-six ans en novembre prochain... quelques années de plus que toi, je pense. J'espère que ça ne changera rien entre nous. Je croise les doigts ;-)

Et puisque je suis d'humeur audacieuse, ce soir, il faut que je t'avoue quelque chose. Je suis tout à fait d'accord avec toi sur ce qu'il y a d'important chez les gens. Mais de longues jambes, des yeux verts, des cheveux auburn – et qui « envoie » en maillot de bain... J'ai une image en tête et je dois dire que j'aime beaucoup ce que je vois ;-)

XOXOXOXOX

Andrew

10/05/2003 - 1 H 05

▌CHER ANDREW...

Pardon d'avoir autant tardé, mais la soirée a été un véritable DÉSASTRE ! Ma sœur bien-aimée avait juste oublié de me dire que Jaimie était malade… disons simplement qu'il « fuyait » des deux côtés, le pauvre chou. J'ai dû faire attention que Mandy ne s'approche pas trop, ce qui n'a pas été une mince affaire, tellement elle aime son grand frère. Du coup elle s'est mise à pleurer, Jaimie aussi… inutile de dire que je n'ai pas eu beaucoup de succès avec mes films. :-(Je suis épuisée, mais pas question de m'écrouler avant de t'avoir répondu. Tu vois à quel point tu comptes <smack>

Le noir est encore quelque chose qu'on a en commun ! J'adore ça, j'essaie toujours d'avoir quelque chose de noir sur moi (parfois on ne le voit pas, mais pourtant c'est le cas). Et OHMONDIEUMONDIEU ! Tu es écrivain ! Je n'ai jamais rencontré de véritable écrivain. Ça déchire ! (comme disent les jeunes) J'espère que ce n'est pas trop indiscret, mais pourrais-tu m'envoyer une de tes nouvelles ? J'adorerais en lire une. Sérieux. De toute façon, il me faut quelque chose à lire. Je viens de terminer un livre que tu as sans doute dévoré – UNE DANSE POUR EMILIA de Peter S. Beagle. C'est l'histoire d'un homme qui se réincarne dans son chat. C'est un bouquin magnifique – j'ai pleuré à la fin. Ce n'est pas ma faute si j'ai une âme de midinette. J'aime les histoires avec une fin douce-amère. J'ai vu LES VESTIGES DU JOUR. Et j'ai pleuré à la fin.

Et puis j'ai vu Anthony Hopkins dans LE SILENCE DES AGNEAUX et… beuuurk !

Mais, mon bon Monsieur (dit avec un accent du Sud et derrière un éventail), vous devriez savoir qu'on demande pas son âge à une dame (petit coup d'éventail). Disons que je suis bien assez vieille.

Tu arrives vraiment à me VOIR ? C'est marrant, mais je suis sûre que oui. Tu arrives à voir la VRAIE moi, et ça me fait me sentir très… spéciale. Tu me vois, à cet instant précis, alors que je t'écris sur mon ordi, assise dans mon lit avec ma très courte et très ROUGE petite nuisette.

Tu arrives à voir ça ?

Bonne nuit et XOXOXOXOX toi-même.

Je t'embrasse,

Cassie

10/05/2003 - 1 H 25

CHÈRE CASSIE,

« Ma très courte et très ROUGE petite nuisette… » Pfiouuu ! Et tu t'attends à ce que je dorme, maintenant ? <smack>

J'irai m'acheter ce bouquin de Beagle. Ça a l'air bien. Et je serais ravi de t'envoyer une de mes histoires. Ça s'appelle RETOURS et ça parle aussi de chats et… crois-le ou non, d'un fantôme ! Décidément, les coïncidences s'accumulent. C'est incroyable. Dieu merci, on s'est échappé de ce forum.

Parfois, les e-mails que tu reçois en pleine nuit ressemblent à des appels au secours, tu sais ? Un peu comme de tristes S.O.S. jetés dans le cyberspace. Mais les tiens n'ont rien à voir avec ça. Au contraire, ils me mettent en joie pour la journée. Vraiment.

Je t'embrasse aussi et

XOXOXOXOXOXOXOXOXOXOXOXOX

Andrew

P.-S. : Ooops, j'ai oublié. Je ne connais même pas ton adresse. Je devais être un peu distrait…

Andrew

10/05/2003 - 8 H 15

;-) Mais non, tu n'es pas distrait. Tu es merveilleux. Je sais bien qu'on ne se connaît pas depuis très longtemps – que ce soit sur le forum, ou ici –, mais le lien que je perçois entre nous, je ne l'ai ressenti avec personne d'autre auparavant. Ça ne te semble pas trop bizarre ? J'espère que non, mais je voulais vraiment que tu le saches.

Mon adresse est le 199 North Street Road, Warminster, Pa. 18794. Mais tu peux me mettre ta nouvelle en pièce jointe… comme ça, je l'aurai plus vite. Fais vite, fais vite, FAIS VITE. Bon… il faut VRAIMENT que j'y aille, sinon je vais être en retard.

XoXoXoXoXoXo

Cassie

10/05/2003 - 14 H 01

CHÈRE CASSIE

Okay… bon… eh ben, la nouvelle est en pièce jointe. J'espère que tu seras plus clémente que ne l'ont été certains éditeurs.

Lève-tôt, hein ? Moi, je suis un noctambule. Je ne veux même pas PARLER à quelqu'un avant dix heures du matin…

Je viens de réaliser à quel point tu dois me faire confiance pour m'envoyer ainsi ton adresse postale, alors qu'on ne se connaît que de Singlechat et via ces e-mails. Beaucoup de femmes ne l'auraient pas fait. J'ai dû faire les choses bien ;-) Et toi, de ton côté… eh bien, tu m'as dit que j'étais merveilleux et ça m'a laissé sans voix parce que… ça fait un sacré bout de temps que personne ne m'avait dit ce genre de chose. Du coup, j'ai envie de te dire… zut… je ne sais pas trop ce que j'ai envie de te dire, si ce n'est que (et n'aie pas peur, hein ?)… qu'il se pourrait que j'en pince un petit peu pour toi. Juste un petit peu. Ça te va ? Bon sang… je crois qu'il vaut mieux que j'arrête là avant de m'embourber totalement.

Je t'embrasse,

Andrew

10/05/2003 - 16 H 00

MON TRÈS CHER ANDREW,

Je n'ai pas encore ouvert ta nouvelle, mais il fallait que je te réponde en priorité… Ça me va

TOUT À FAIT, vu que… je crois bien que, moi aussi, j'en pince pour toi. Et j'ai confiance en toi, oui. Bien plus qu'en qui que ce soit d'autre depuis bien longtemps.

Okay. Il FALLAIT que je te le dise. Et maintenant… ta nouvelle. Je t'écris dès que je l'ai lue. Promis, promis, promis.

<kiss>

Cassie

10/05/2003 - 17 H 15

MON TRÈS CHER ANDREW,

Oh, mon Dieu !

Ta nouvelle est… au-delà de magnifique. Ces éditeurs sont complètement fous. J'ai fondu en larmes après l'avoir lue et je pleure encore. Mais attention… si je pleure, c'est uniquement parce qu'elle est vraiment SUBLIME. Tu es brillant ! Au début j'ai cru que le fantôme de l'homme revenait pour sa petite amie, et puis je me suis rendu compte que c'était pour son chat… Andrew, c'est tellement touchant. Et quand la fille appelle le type de la fourrière pour que le chat soit euthanasié…

Attends un instant… Je repleure… Il faut j'aille faire le plein de Kleenex.

Okay, je suis là.

Non mais… ce passage. J'aurais voulu que le fantôme la frappe, qu'il la jette au sol, qu'il fasse

N'IMPORTE QUOI, mais qu'il l'arrête. Et puis j'ai compris que tout était pour le mieux, qu'il était revenu pour voir son chat s'en aller. Andrew, tu m'as touchée droit au cœur et tu m'as permis d'évacuer toute la peine que je ressentais encore pour Stripes. Merci. Vraiment merci. Andrew, j'ai adoré cette histoire. Vraiment. Et je t'aime pour l'avoir partagée avec moi.

Que dire de plus ?

XOXOXOXOX

Cassie

10/05/2003 - 19 H 33

▮ MON DIEU, CASSIE…

Tu n'imagines pas à quel point ce que tu m'écris là compte pour moi. Impossible. J'étais en train de me faire à dîner, un truc que je pourrais facilement réchauffer et qui me fera plusieurs jours. Rien de bien compliqué, tu vois ? Du poulet à l'estragon avec de l'ail et une petite sauce au vin. Bref, je l'avais laissé à mijoter un peu avant de m'attaquer au riz et aux asperges et je me suis dit « Tiens ! Si t'allais vérifier tes mails. Avec un peu de chance, elle aura fini de la lire. » Et je suis abasourdi par ta réponse. Pas tant par ce que tu dis sur mon écriture – même si personne ne m'a jamais qualifié de « brillant » – que par le passage sur le cœur de mon histoire. Qu'elle t'a touchée au point qu'elle t'a aidée à soulager ta peine.

C'est tellement gratifiant, tellement important et si doux à lire.

Et Cassie ? Tu as vu ? Tu as dit que tu m'aimais…

Alors je sais bien que c'est pour avoir partagé mon histoire avec toi, mais… tu crois que deux personnes peuvent tomber amoureuses – VRAIMENT amoureuses – simplement en s'envoyant quelques mails ? Sans jamais s'être vues ? Sans s'être touchées, embrassées ? Bon sang ! Sans même avoir parlé au téléphone ? Ça me semble tellement dingue ! Et pourtant, tu sais quoi ? Ça fait tellement du bien. Je ne me suis pas senti aussi heureux depuis des années.

Oh-Oh… Cujo est encore en train de vomir. C'est le seul truc pénible avec les chats : les boules de poils. Cela dit, elle fait ça souvent ces derniers temps. Mince ! Vaudrait mieux que je m'occupe de ça. Mais boule de poils ou pas, je peux te dire que je souris en ce moment. Tu le vois ? Un bon gros sourire.

Je t'aime, Cassie,

Andrew

10/05/2003 - 21 H 58

TRÈS CHER ANDREW,

Ce n'était pas uniquement ta nouvelle. Et oui, je crois qu'on peut tomber amoureux sans jamais s'être vu ou touché. Nous en sommes la preuve. Je t'aime, Andrew. Pas tes mots. Pas ton talent. Pas ton intelligence. Toi. Le vrai toi. Ton cœur.

Et en plus, tu sais cuisiner ! Ma mère m'a toujours dit que j'avais intérêt à me trouver un homme qui cuisinait, vu que je suis à peine capable de faire bouillir de l'eau. Par contre, s'il y a bien une chose que nous n'avons pas en commun, c'est l'ail. Je suis allergique. Pourvu que ça ne me fasse pas perdre trop de points ;-)

Pauvre Cujo ! J'espère que son petit bidon va mieux. Je lui envoie tout mon amour… et à toi aussi.

Avec tout mon amour,

Cassie

12/05/2003 - 3 H 34

Oh, Cassie ! J'aimerais pouvoir te dire à quel point ton dernier e-mail m'a fait du bien et combien il compte pour moi. Mais là, tout de suite, j'ai bien peur que quelque chose d'horrible ne soit arrivé… ou ne soit sur le *point* d'arriver. Je ne veux pas t'en dire davantage, l'idée n'étant pas de t'alarmer plus que de nécessaire alors que ce n'est peut-être rien. Je t'écris dès que je peux.

Je t'aime aussi, Cassie ! Je t'aime aussi !

A

12/05/2003 - 8 H 05

CHER ANDREW,

Qu'est-ce qui se passe ? Dis-moi. Je t'en prie. Je t'aime et rien d'autre n'a d'importance.

Je t'aime,
Cassie

12/05/2003 - 23 H 25

Andrew ? Qu'y a-t-il ? S'il te plaît, réponds-moi. S'IL TE PLAÎT…

Je t'aime,
Cassie

13/05/2003 - 8 H 10

Andrew… qu'est-ce qu'il s'est passé ? Tu ne peux pas me le dire ? Est-ce que c'est quelque chose que j'ai fait ? Quoi que ce soit, je suis sûre qu'on peut le surmonter. J'en suis sûre.

Je t'aime VRAIMENT…
Cassie

13/05/2003 - 12 H 45

Andrew ? Qu'est-ce que j'ai fait ?

15/05/2003 - 21 H 55

Oh ! mon Dieu ! Cassie, mon cœur… je suis tellement désolé de t'avoir mis dans un tel état. Comment ai-je pu être aussi négligent ? Je n'ai même pas ouvert mon ordinateur. Impossible. J'aurais dû t'écrire bien plus tôt. Laisse-moi t'expliquer.

Vendredi après-midi, je travaillais sur une pub, et j'ai entendu Cujo qui toussait dans la cuisine.

Ce n'était pas comme d'habitude, lorsqu'elle recrache des boules de poils. C'était une toux plus rauque. Elle était par terre quand je suis rentré, et cette toux… qui semblait venir du plus profond de son corps. J'ai cru qu'elle était en train de s'étouffer. Je lui ai donné de l'huile d'olive. C'est ce que je fais lorsqu'elle s'étouffe avec ses poils, mais ça n'a rien changé.

Ça a fini par se calmer, et elle est partie se réfugier dans le placard de l'entrée… Il y a une caisse de livres dans laquelle elle aime bien dormir de temps en temps. Je me suis remis au travail, un peu inquiet, mais en me disant que c'était un truc de chat et que ça allait passer. Le soir, elle n'a pas voulu manger. Je me suis dit que ce n'était sans doute rien, mais je l'ai tout de même gardée à l'œil. Elle semblait paisible. Ronronnait lorsque je la caressais mais refusait de sortir du placard. Et puis, vers deux heures du matin, elle m'a réveillée en toussant – encore plus fort qu'avant. Je l'ai trouvée pliée en deux dans sa boîte, elle avait les yeux qui coulaient, et c'était comme si elle n'arrivait plus à respirer. J'ai passé une serviette sous de l'eau chaude pour lui nettoyer le museau, et c'est là que j'ai vu qu'elle avait de l'écume au coin de la bouche. Ça m'a foutu une trouille bleue. Je l'ai mise dans sa boîte et j'ai sauté dans un taxi pour l'emmener chez le véto. Ils ont un service d'urgence qui est ouvert toute la nuit.

Je n'avais jamais vu la vétérinaire de garde – elle était affreusement jeune, mais très gentille. Elle voyait bien que j'étais dans tous mes états. Elle lui a diagnostiqué une détresse respiratoire aiguë et lui a fait une injection de cortisone pour l'aider à respirer ; ça a fonctionné presque tout de suite. Je suis resté à attendre pendant qu'elle la montait faire des radios à l'étage, et lorsque le docteur Morris – c'était son nom – est redescendue, elle m'a montré ce qu'il en était sur le négatoscope. Les poumons de Cujo étaient constellés de sortes de petites boules de poussière, sauf que c'était en réalité des résidus de moisissure. Il y en avait tellement qu'on aurait dit une photo de la Voie lactée. Oui, oui Cassie, c'était AUSSI DENSE que ça. Et là, j'ai vraiment eu peur pour elle.

Le docteur Morris m'a dit qu'elle voulait lui nettoyer les poumons sans plus attendre et qu'elle allait la mettre sous antibiotique et la garder en observation pour la nuit. Si la situation devait empirer, ils auraient toujours la possibilité de la sédater pour l'intuber, le temps que les antibios fassent effet. Je leur ai dit de faire tout ce qu'ils pouvaient. Elle m'a prévenu que ça allait coûter cher, et moi je lui ai répondu que je me fichais de l'argent, que tout ce qui comptait, c'était qu'ils la sauvent. J'étais presque en larmes à ce moment-là. Elle m'a conseillé de rentrer chez moi, d'essayer de prendre un peu de repos. Que s'il y avait le moindre changement, ils me préviendraient. Je suis rentré, je t'ai écrit ce dernier e-mail et je me suis bu un grand verre de scotch – sec – qui a eu l'effet escompté et m'a complètement assommé.

À cinq heures moins le quart, ils m'ont appelé. Il faisait presque jour. Ils m'ont dit que Cujo n'en avait plus pour longtemps et qu'ils avaient besoin de savoir ce que je voulais faire. Je leur ai demandé de la faire tenir encore un peu, sachant que je n'en avais que pour quelques minutes pour arriver. Je suis arrivé juste à temps pour recueillir son dernier souffle. Ses yeux étaient grands ouverts et on aurait dit qu'ils se perdaient dans les miens. J'ai enfoui mon visage dans son cou et j'ai pleuré toutes les larmes de mon corps.

Et je pleure toujours en ce moment.

Tu comprends pourquoi je n'arrivais pas à t'écrire, Cassie ? J'aurais voulu t'appeler. Je peux ? J'ai tellement besoin de parler à quelqu'un, sinon je sens que je vais devenir fou maintenant que la seule créature sur Terre à qui je pouvais me confier est partie.

Je t'aime,
Andrew

15/05/2003 - 21 H 25

Oh ! mon Dieu ! Andrew… je viens juste de lire ton message. Je suis en pleurs, moi aussi. Je n'arrive pas à parler. Ni à écrire. Donne-moi une minute… je reviens tout de suite. Je te le promets. Je te le prom

15/05/2003 - 23 H 20

▮ MON AMOUR.

Je t'ai dit que je revenais tout de suite… et me voilà, presque deux heures plus tard. Je suis tellement désolée de ne pas avoir pu être là plus tôt, mais… ta perte, ton effroyable perte, a fait remonter en moi tous les souvenirs de Stripes – qui m'a quitté, lui aussi. Mon Dieu, c'est tellement égoïste… Je me déteste de t'avoir abandonné, mais je t'en supplie, ne me déteste pas… je ne pourrais pas le supporter. Je suis là, maintenant, et je suis là pour toi. Si toutefois tu veux encore de moi…

Andrew, mon cœur, je suis tellement navrée pour Cujo. Je ne peux rien faire de plus que te dire à quel point je suis désolée et combien j'aimerais pouvoir te serrer contre moi pour te réconforter… J'aimerais tellement pouvoir te serrer dans mes bras, Andrew, pour que tu te sentes libre d'évacuer toute la tristesse qui t'habite. Moi, je n'avais personne pour me prendre dans ses bras quand Stripes est mort. Je me suis terrée dans ma chambre… exactement comme maintenant… et j'ai pleuré en silence… comme maintenant.

Mais JE suis là, Andrew… Est-ce que tu sens mes bras autour de toi ? J'espère vraiment que oui. Parce que je t'aime et que j'ai vraiment envie de t'aider à traverser ce moment. J'aimerais tant pouvoir t'appeler… mais mon stupide père est toujours au téléphone… en train de faire de stupides aménagements de dernière minute pour ses vacances et qu'il doit faire LÀ, MAINTENANT ! Mon Dieu ! Comme j'aimerais avoir mon propre appart' ! Parce que, dans ce cas, on serait au téléphone en ce moment même… et je te dirais de venir me retrouver, pour qu'on soit ensemble et que tu puisses partager avec moi ce que tu ressens.

Et ça n'a rien d'impossible, Andrew. Mes parents s'en vont demain… et peut-être que d'ici demain matin tu te sentiras un petit peu mieux… pas beaucoup, je sais bien, mais peut-être un peu. Si c'est le cas, qu'est-ce que tu dirais de venir me retrouver ? Tu as écrit que tu avais besoin de moi. Et moi aussi, j'ai besoin de toi. J'ai besoin de t'aider à traverser tout ça, parce que JE T'AIME. Je t'aime, Andrew. Et j'aimerais tellement te serrer contre moi.

Que puis-je faire d'autre ?

Je t'aime. À jamais,

Cassie

P.-S. : Tu m'as appelée « mon cœur ».

15/05/2003 - 23 H 25

CASSIE -

Quand est-ce qu'ils partent ? J'arrive. Oh, mon Dieu ! Oui !

XOXOXOXOX

A.

15/05/2003 - 23 H 28

MON AMOUR,

Ils partent demain après-midi. Je serai là. Avec la maison pour moi toute seule. Viens, s'il te plaît... Viens.

XOXOXOXOXOXOXOXOXOXOXOXOXOX OXOXOXOXOXOXOXO

Avec tout mon amour,

Cassie

EXTRAIT DU JOURNAL D'ANDREW SKY

J'aurais bien voulu qu'elle m'envoie son numéro de téléphone. Je me demande pourquoi elle ne l'a pas fait. Est-ce que, justement, elle aurait eu peur de ça... que je sois tenté de me dégonfler à la dernière minute. Ce qui est le cas. Peut-être qu'elle l'avait prévu.

Parce que je suis vraiment tenté de ne pas y aller.

Si je veux avoir une chance d'y être avant la nuit, il faut que je parte d'ici une heure. Dernier carat.

J'ai repoussé toute la journée, depuis que je me suis vu dans le miroir ce matin, à faire ce que j'y fais tous les matins : me raser, me brosser les dents, contempler jour après jour ce même visage. Jamais je n'avais remarqué à quel point il était marqué. Pas assez de rides de sourire, trop de marques de contrariété.

Qu'est-ce qu'elle peut bien me trouver ?

J'étais tout excité à mon réveil, et une heure plus tard dans une dépression noire – qui ne m'a plus quitté de tout l'après-midi. Je suis allé faire quelques courses au Food Emporium. J'ai corrigé le texte pour le Iona College, celui que je devais renvoyer jeudi. J'ai répondu à quelques mails… espérant vaguement en trouver un de Cassie me disant « S'il te plaît, ne viens pas, c'est une énorme erreur, je ne suis pas prête », mais il n'y en avait aucun.

C'est moi qui ne suis pas prêt.

Je ne l'ai même pas rencontrée et, pourtant, j'ai déjà l'impression de l'avoir perdue.

Quel pauvre type je fais, hein ?

Je repense à Laura et à tout ce que j'espérais faire avec elle, et j'ai encore une boule au ventre et l'envie de tout casser. Et bon sang… pour casser, j'en ai cassé des choses à l'époque… la moitié des assiettes qui séchaient dans l'évier et la lampe près du lit… Et qu'est-ce que ça m'a rapporté ? Rien de plus qu'un reçu de carte bleue pour tout remplacer. Mais ce que j'avais besoin de remplacer, c'était Laura. Sauf que rien ne pouvait remplacer Laura.

Impossible.

Rien ne pourrait remplacer cette sensation de la sentir contre moi dans mon lit, cette fierté de marcher dans la rue avec mon bras autour de sa taille, ma nana, cette nana, bien plus belle et brillante que ce qu'un type dans mon genre aurait pu espérer, mais qui disait m'appartenir (et vice versa) et m'avait fait promettre que ce serait toujours le cas, quoi qu'il arrive. Je me revois en train de rire et de me demander qui d'autre ce pourrait être.

Personne. Ni avant ni depuis.

Aucun être humain n'a pu m'atteindre après Laura.

Du moins jusqu'à Cassie.

Je ne sais même plus très bien comment j'ai atterri sur ce forum débile.

Je devais chercher un chat de cul, à coup sûr. Ou alors j'essayais de me mettre en condition pour la suite. Il y a eu une époque où je regardais pas mal de porno – encore une stratégie d'évitement ridicule. Du coup, peut-être que ce jour-là je tentais de me donner du courage avant de migrer sur un bon petit chat porno. Un truc au moins vaguement excitant. Et puis j'ai dû commencer à me perdre dans les pages du forum, histoire de voir si je pouvais mettre mon grain de sel.

Non pas que ça ait une grande importance…

N'empêche que pendant un an, je n'ai pratiquement vu personne, enfermé comme je l'étais dans ma petite forteresse personnelle. Un moyen comme un autre de s'en sortir. À la dure. J'ai évité les quelques amis qui ne m'avaient pas abandonné en même temps que cette garce de Laura – je continue de les éviter, d'ailleurs, me trouvant toujours de nouvelles excuses, sachant pertinemment quel boulet je suis devenu à force de parler d'elle et d'autres choses encore, comme ces saletés de textes que j'écrivais pour manger et cette saleté de ville où je vivais et où on ne pouvait même plus fumer une clope dans un bar.

Et je n'ai aucune envie d'être un boulet. On a sa fierté.

Au lieu de quoi je parlais à mon chat. Impossible de saouler Cujo.

Cela dit, si l'immeuble n'avait pas été parfaitement insonorisé, les voisins auraient fini par me faire enfermer. Je me lançais dans des diatribes insensées. Je pleurais. Je hurlais à la lune.

Cujo s'en moquait éperdument.

Cujo restait imperturbable.

Elle pouvait guérir tous les maux rien qu'avec son ronronnement. Pour un temps, du moins. Jusqu'à ce que la douleur revienne.

Mais sans elle je suis seul, et ça me tue. Je vis dans une ville de je ne sais combien de millions de personnes et, pourtant, je ne me suis jamais senti aussi seul, isolé. Je pourrais tout aussi bien être un vieil ermite complètement maboul au fin fond d'une forêt du Maine.

Et la faute à qui ? À moi, bien sûr.

Laura ne m'a pas laissé tomber par hasard. Elle m'a lâché pour les mêmes raisons qui me rendent peu ou prou inapte au boulot... sauf en free-lance.

De toute ma vie, je n'ai jamais eu un patron avec qui je ne me suis pas engueulé à un moment ou à un autre. J'ai perdu plus d'emplois que ma télé a de chaînes. J'ai ce problème avec l'autorité, avec quiconque exerce la plus petite autorité sur moi. À l'époque où j'avais les moyens de payer un psy au lieu de ce journal, on en a pas mal causé, Marty et moi. Pour en conclure que ça remontait à mes parents. Tu parles si ça m'a aidé.

Mais Laura avait du pouvoir sur moi. Le genre de pouvoir que seule une femme aimée peut avoir. Bien plus que je n'aurais dû lui en accorder, d'ailleurs. Mais je ne m'en rends compte que maintenant. Et j'ai ce sale caractère. La moitié du temps, on se battait comme chien et chat.

Mais bon, tout ça, je l'ai déjà consigné dans ce journal.

J'en attendais trop d'elle, c'est vrai. Je voulais qu'elle se rende compte qu'en dépit de toutes ces foutues lettres de refus, j'étais bien un écrivain, un vrai, avec une âme et une sensibilité d'écrivain. J'attendais du soutien. Du calme et de la gentillesse. De la part d'une salope new-yorkaise pur jus, qui s'était fait une place au soleil sur Madison Avenue et à qui ses parents avaient laissé quoi ? un million et demi de dollar ?

Putain, fallait vraiment que je sois con.

Petit rappel, donc : je ne dois pas trop en attendre de Cassie. Pas tout de suite, en tout cas. Et puis, si ça se trouve, elle est moche comme un pou. Malgré tout son baratin sur les longues jambes, les yeux verts et le fait qu'elle « envoie en maillot de bain ». Parce que bon, des yeux verts ne font pas nécessairement un beau visage, pas vrai ? Cela dit, je doute fort que son apparence m'importe tant que ça. C'est la première personne qui m'ait touchée depuis bien, bien longtemps et qui se soucie vraiment de moi. Au fond, je pense qu'elle colle assez bien à l'idée qu'on peut se faire d'une « vraie femme ». Avec le bon sens qui va avec. Rien à voir avec Laura qui, en fin de compte, s'est avérée n'être qu'une sale gosse gâtée. Qui n'avait rien à voir avec le vrai Andrew Sky, avec ses sautes d'humeur et tout et tout…

Seulement, je dois bien l'admettre, j'ai un peu la trouille.

Je joue gros sur ce coup-là.

Si ça se trouve, Cassie est ma dernière chance de trouver le bonheur sur cette Terre. C'est bien possible.

Je ne suis plus tout jeune, après tout. Je fume trop, et il se peut que je boive trop également. Je n'ai que vingt-cinq mille dollars à la banque. Je ne suis pas moche, mais je ne suis pas Tom Cruise non plus.

Et pourtant elle s'intéresse à moi. Je le vois bien dans ses e-mails. J'ai donc des raisons d'espérer qu'elle n'accorde pas plus d'importance à mon apparence – et à tout le reste – que moi je n'en accorderai à la sienne. Il y a même des moments où j'ai l'impression qu'elle lit en moi comme dans un livre ouvert. Et ça, c'est un truc incroyable, une sensation insensée. Il se pourrait que je sois en route vers mon avenir. J'ai la trouille, mais bordel ! je suis excité comme une puce. Ça m'aide de coucher ça sur le papier… et bon sang ! ça m'a occupé une heure !

Nom de Dieu ! Je ferais mieux d'y aller. Faut que je prenne la route.

EXTRAIT DU JOURNAL DE CASSIE HOGAN

Il arrive ! Andrew vient vraiment me voir ! MOI !! Je suis tellement heureuse. Impossible de dormir… Il fallait que je me lève et que j'écrive ça, sinon j'allais exploser !!!

Maman a été une vraie garce toute la soirée. Elle a commencé par me hurler dessus pour que je fasse mes devoirs… comme si j'avais besoin de la géométrie… et après, elle m'a dit qu'elle avait pris des dispositions pour que je reste avec tante Kay pendant qu'ils seraient à Hawaii ! Même pas en rêve.

Pour qui elle me prend ? Un bébé ?

Je la déteste ! Elle sera bien emmerdée quand ils reviendront et découvriront que je me suis enfuie avec Andrew. Je leur laisserai même pas un mot – qu'ils s'inquiètent un peu sur mon sort, ça leur fera du bien.

Non. Je ne peux pas faire ça à papa. Je vais leur laisser un mot et je leur dirai la vérité. Que j'aime Andrew et qu'on va se marier et vivre heureux pour toujours et qu'ils n'ont plus besoin de s'inquiéter pour moi ! Je suis une ~~grande fille~~. Non... je suis une FEMME, *maintenant.*

Je suis la femme d'Andrew. Et lui, il est mon homme. Mon amour. Mon amant. Je me demande s'il voudra « le faire », quand il sera là. S'il en a envie, pas de problème... parce que j'ai trouvé ces trucs dans le tiroir de la table de nuit de papa, et que j'en ai pris un. Une capote. Et ma mère qui pense que je suis trop jeune pour rester toute seule. Eh bien, en tout cas, je suis assez vieille pour savoir ce qu'est une capote.

Je me demande si une seule va suffire...

Heather va être TELLEMENT *jalouse !!! Elle qui s'imagine être une chaudasse parce qu'elle sort avec ce débile de* LYCÉEN*... qui n'a que dix-neuf ans, alors qu'Andrew à la quarantaine,* LUI. *C'est un homme, un* VRAI *! Et il est à moi. Il m'aime... il l'a dit.*

Et je l'aime !

Et il arrive ! Pour de vrai !

Mon Dieu, je suis excitée comme une puce. J'aurais juste voulu être plus jolie !!! J'ai essayé de convaincre maman de m'emmener au centre commercial pour que je puisse aller chez le coiffeur – je DÉTESTE *mes cheveux –, mais elle n'a pas voulu. Elle a dit qu'elle avait trop de trucs à faire et que mes cheveux étaient très bien comme ça. La* GARCE *! Moi, j'aurais voulu que mes cheveux soient parfaits pour Andrew et ils sont juste...* BEURK *!*

Mon visage sera nickel, par contre. J'ai piqué du masque facial à la Garce, et j'ai frotté pour essayer de faire disparaître ces sales boutons de mon menton. Là, ils sont tout rouges, mais ça devrait aller d'ici demain matin. Je vais mourir si ce n'est pas le cas ! Je me tuerai s'ils sont toujours là ! Parce qu'Andrew mérite ce qu'il y a de mieux… et je veux être au top pour lui. Je l'aime. Et il m'aime !

N'empêche que je vais MOURIR si ces boutons sont toujours là demain !!!

Mais en vrai, je sais qu'il se moque bien de mes cheveux et de ma peau. Il m'aime. Il aime mon moi intérieur. Tout comme j'aime son moi intérieur.

Je vais lui faire une SURPRISE ! J'aurai ma nuisette rouge lorsqu'il sonnera à la porte ! Ça lui fera sûrement TRÈS plaisir !

Je ferai tout ce que je peux pour lui faire plaisir, parce que je l'aime et parce que son chat est mort.

Peut-être qu'on pourra aller à l'animalerie une fois qu'on l'aura « fait », et qu'on achètera un chaton. J'ADORERAIS *!*

Mon Dieu, je suis tellement nerveuse. Je sais que je n'arriverai pas à dormir, pourtant il le faut. JE LE DOIS si je veux être belle pour Andrew. Bonne nuit, cher Journal. Je te raconterai tout demain… quand Andrew sera là !

TRANSCRIPTION DU PROCÈS-VERBAL D'INTERROGATOIRE D'ANDREW J. SKY, DOMICILIÉ AU 233 WEST 73 RD STREET, N.Y., N.Y., ÉTABLI PAR LE LT DONALD SEBALD, DÉPARTEMENT DE POLICE DE WARMINSTER, LE 16/05/03

SKY : Alors je suis en retard, à cause de ce putain de pneu qui a éclaté. Du coup, un voyage qui aurait dû durer quoi ? une heure et demie, m'a pris deux heures et demie, du coup je suis un peu nerveux, vous voyez ? Nerveux à l'idée de la rencontrer, mais aussi parce que je suis en retard et crado d'avoir changé ma roue. Bref… je finis par trouver l'endroit, en pleine nuit, je sonne à la porte et elle vient m'ouvrir dans cette petite…

SEBALD : La nuisette rouge.

SKY : Ouais et, pour tout dire, ça ne laissait pas beaucoup de place à l'imagination – elle est franchement mignonne, mais bon sang, j'ai tout de suite senti qu'elle était pas si heureuse que ça de me voir. Pas de câlins ou de baisers comme dans les e-mails, elle fait même un peu la gueule et je me demande bien pourquoi. Je ne suis pas si affreux, et pas si crade non plus, et puis je suis bien habillé. Bref, elle m'invite à rentrer et me demande si je veux quelque chose à boire ;

je lui réponds que je dirais pas non à une bière, après quoi je lui raconte pour ma crevaison et lui demande où je pourrais me rafraîchir un brin et là, elle me montre la salle de bain. Alors j'y vais, et à mon retour il y a une bière qui m'attend et un Pepsi pour elle. On s'installe sur le canapé du salon, sauf qu'elle reste à un bout et moi à l'autre – du coup je me demande pourquoi elle si froide. Comme ça me rend encore plus nerveux, je me dis que le mieux, c'est carrément de lui demander – et c'est ce que j'ai fait.

SEBALD : Vous lui avez demandé quoi, exactement ?

SKY : Ce qui n'allait pas. Elle me dit qu'elle m'a attendu toute la journée. Comme si on avait convenu d'une heure précise.

SEBALD : Et ce n'était pas le cas ?

SKY : Jamais de la vie. Je ne sais pas ce qu'elle s'était mis en tête, que j'allais la prendre au saut du lit ou un truc du genre, et c'est ce que je lui ai dit. Que j'étais désolé, mais qu'il y avait eu un malentendu parce qu'on ne s'était pas dit d'heure et que, vraiment, j'étais désolé, et c'est quand elle m'a dit qu'elle n'était même pas allée à l'école, qu'elle était restée à m'attendre toute la journée que j'ai commencé à la regarder. Plus attentivement, je veux dire. *Vraiment* plus attentivement, vous voyez ? J'imagine que, jusque-là, j'avais évité parce que j'étais nerveux et à cause de ce léger froid. Ça, plus la nuisette. Mais bref… c'est là que je me suis aperçu qu'il n'y avait même pas la moindre ride sur son visage. Pas une seule. Je veux dire, j'avais bien vu qu'elle était jeune, impossible de passer à côté. Mais là, j'ai compris qu'elle me parlait du collège. Qu'elle avait séché pour m'attendre… Je me suis senti mal pour elle et je lui ai dit mais là, bon sang ! la voilà au bord des larmes. J'y crois pas ! Et là, je me dis que j'ai dû merder quelque part. Je suis juste un peu en retard. Et encore, pas vraiment. Et sans transition elle se lève et me dit de la suivre, elle veut me montrer quelque chose, du coup je la suis et elle m'emmène dans sa chambre.

SEBALD : C'est elle qui vous y conduit ? De son propre chef ? C'est bien ce que vous êtes en train de me dire ?

SKY : Tout à fait. De son propre chef, bien sûr. Et la première chose que je remarque, la première chose que n'importe qui aurait remarquée, c'est que c'était une *chambre*. Et là, je suis un peu paumé. Je veux dire, elle vient tout juste de me rencontrer, elle est au bord des larmes, et la voilà qui me conduit tout droit à sa putain de chambre ! Au-dessus de son lit il y a plein de posters de rockers et de stars de ciné, la totale, et puis il y a son bureau avec un ordinateur dessus – et moi, je regarde tout ça, je prends la mesure de la situation. Mais elle, elle se fout de ce que je peux faire. Elle me montre quelque chose sous son lit, deux valises, et là elle me dit « Regarde ça ! ». « Des valises ? », je lui lance, et là elle me dit qu'on va s'enfuir ensemble ce soir – un truc du genre, je ne me souviens plus exactement parce qu'à ce moment je n'écoute plus vraiment. Je me prends tout ça en pleine poire et je commence à comprendre.

SEBALD : Comprendre quoi ?

SKY : Les posters, les putains de fanions sur les murs. Les ours en peluche sur les étagères au-dessus du bureau. Les photos sur le miroir. C'est une gamine ! C'est une putain de gamine ! Alors je lui demande. Je prends sur moi et je lui dis : « Cassie, quel âge as-tu exactement ? » Et elle me répond un truc du genre, « bien assez vieille », sauf que maintenant elle pleure pour de bon, mais moi je m'en fous, et je fais vraiment mon possible pour garder mon calme. Je lui redemande son putain d'âge, et là, elle me répond quinze ans. Comme ça ! Quinze ans ! Droit dans ses bottes !

Incroyable ! Je suis bon pour la taule ! Tout ce temps elle m'avait pris pour un con ! Mené par le bout du nez ! Je peux vous montrer ses putains d'e-mails ! Et là, elle me dit qu'elle veut s'enfuir avec moi ? Mais elle a complètement lâché la rampe ! Putain ! Merde, alors !

SEBALD : Du calme, monsieur Sky. À moins que vous ne teniez à ce que je vous remette les menottes. Continuez.

SKY : Pardon, pardon ! Je suis désolé. C'est juste que… bon… c'est pas grave. C'est juste… Bon sang, je crois que c'est à ce moment-là que j'ai perdu les pédales, vous voyez ? Que j'ai pété un plomb ! Je l'ai attrapée et je l'ai giflée en lui disant ce que je pensais d'elle – que c'était une petite salope. Elle, elle pleurait toutes les larmes de son corps, et je me souviens de l'avoir prise par le bras pour l'envoyer valdinguer sur le lit, mais tellement fort qu'elle est carrément retombée par terre de l'autre côté. C'est là que j'ai massacré sa chambre.

SEBALD : « Massacré sa chambre. » Veuillez être plus précis, s'il vous plaît. Pour la déposition.

SKY : J'ai déchiré les posters et les fanions, cassé son miroir d'un coup de poing – d'où les coupures –, brisé le miroir qui se trouvait derrière sa porte, renversé tous les produits de beauté et les saloperies qu'elle avait sur sa coiffeuse, les poupées, les peluches, j'ai déchiré les livres, les papiers, tout ce qui me tombait sous la main. (Pause)

SEBALD : Poursuivez, monsieur Sky. Et où était-elle pendant tout ce temps ?

SKY : Elle s'était relevée. Elle se tenait à l'autre bout du lit et me criait d'arrêter – elle avait une petite coupure au front, et je me rappelle que son visage était tout zébré et rouge à force de pleurer. Mais elle est restée là tout le temps, à me crier dessus. Jusqu'à ce que je m'en prenne à l'ordinateur. L'ordinateur, c'était ce que nous symbolisait, j'imagine. C'était notre… lien, vous comprenez ? Pour moi, en tout cas, il signifiait quelque chose. Pour elle aussi, même si c'était sans doute un truc différent. Mais ça nous unissait, en quelque sorte. Comme un totem. Elle s'est jetée sur moi dès que j'ai commencé à arracher le fil de la souris.

SEBALD : Vous dites qu'elle s'est jetée sur vous ?

SKY : Je pense qu'elle essayait de protéger l'ordi. Elle continuait de me traiter de salaud. Mais je suis pas un salaud. J'étais vraiment amoureux d'elle. Quoi qu'il en soit, j'avais filé un coup de pied dans l'imprimante avant qu'elle n'ait fait le tour du lit – et le temps qu'elle soit vraiment sur moi, j'avais arraché le clavier. C'est avec ça que je l'ai frappée, un grand coup sur le côté de la tête.

SEBALD : Droite ou gauche ?

SKY : Quoi ? Oh ! Sur le côté gauche, au-dessus de l'oreille. Et ça l'a mise K.O. direct. Elle est tombée juste au pied du lit. À genoux, là, comme ça, les bras sur le pieu, à saigner un peu sur sa couette, les jambes repliées sous son corps.

SEBALD : Elle était en vie à cet instant ?

SKY : Oh, ouais, elle était en vie. Mais elle ne m'insultait plus. Elle se bornait à me regarder, assise sur son lit, comme si j'étais de la merde de chien, comme si j'étais la pire chose qu'elle ait jamais vue de toute son existence. Et comme si elle avait peur de moi, également. Les deux en même temps. Je n'avais vu cette expression qu'une seule fois auparavant, ce genre de *combinaison* comme vous diriez. Chez mon ex. Ma petite amie, Laura. Comme si elle avait peur de moi et qu'en même temps, je la dégoûtais. C'est à ce moment-là que j'ai arraché le moniteur et que je m'en suis servi pour la frapper. (Pause)

SEBALD : Monsieur Sky ?

SKY : Elle adorait cet ordinateur. Croyez-moi, ça n'a pas été facile.

LE ROMAN DE L'HOLOCAUSTE

Stewart O'Nan

LE ROMAN DE L'HOLOCAUSTE arrive en ville ! En chair et en os, Messieurs-dames ! Venez voir le phénomène du XXe siècle, le survivant incontesté de l'ultime bataille entre le Bien et le Mal ! Venez écouter sa désolante histoire, toute de tortures et d'humiliations ! Tremblez devant les atrocités sauvagement inhumaines perpétrées par ses bourreaux ! Oui ! Il arrive en ville pour une seule et unique représentation sous chapiteau, au champ de foire le long de la rivière. Tout le jour durant, les enfants ont accouru, traversant le pont sur leurs vélos pour tenter de se faufiler sous la tente. Venez ! Venez tous !

Au fond, se dit le Roman de l'Holocauste, ce n'est pas le pire. Mais pas loin. Il a été choisi par Oprah, désigné, convoqué, alors le voilà. Lorsqu'il quitte son appartement londonien, le brouillard s'attarde encore sur les statues de Leicester Square ; les pigeons viennent picorer le bout de ses chaussures neuves, achetées spécialement pour l'occasion. Il a de l'argent, désormais, et un nom que tout le monde connaît (à défaut de connaître son visage). Il prend un taxi jusqu'à Gatwick, fait un passage au *duty-free*, quelques bouteilles de scotch en guise de cadeau de départ.

Jamais l'ironie n'abandonne tout à fait le Roman de l'Holocauste. Presque tout le fait sourire, même si rien ne l'amuse vraiment. Le Roman de l'Holocauste est discret et s'habille bien. Rirait-il aux éclats que les gens se retourneraient sur lui comme sur une vieille dame gâteuse. Tout en arpentant les couloirs de l'aéroport, le Roman de l'Holocauste se parle à lui-même, se souvient des devantures et des étals, du grognement des bus, des lettres artistement peintes à la main… Une époque qui a sombré dans le passé, pendant qu'il se réveillait et faisait le deuil de ses jeunes années. Il les chérit, à présent. À la porte d'embarquement, il se perd un instant dans les nouvelles insignifiantes qui se répètent sans fin ; considérant ses mains, il se demande si ce voyage en vaut vraiment la peine. L'avion le rend nerveux, et quand le Roman de l'Holocauste passe aux toilettes, il se les lave avant *et* après – par peur des germes.

Bien sûr, le Roman de l'Holocauste, enclin comme il l'est à la mélancolie et à la nostalgie, est consterné de voir autant de familles se séparer au moment d'embarquer. Les enfants s'accrochent aux basques de leurs mères et hurlent jusqu'au moment où leurs grands-parents les emportent, en leur enjoignant de faire au revoir de la main. Le Roman de l'Holocauste n'approuve pas cela.

La classe affaires est une nouveauté pour lui, le signe que sa cote a grimpé – tout ça en quelques coups de fil, ce qu'il trouve totalement incompréhensible. C'est comme à Hollywood, se dit-il ; un jour tu es une célébrité et le lendemain, une star. Sur l'écran situé à l'autre bout de la cabine s'inscrit la douce parabole de leur trajectoire, leur vitesse et la température extérieure. Le décompte des heures avant d'atterrir à New York défile comme le tic-tac d'une bombe. Le Roman de l'Holocauste n'arrive pas à dormir ; il se laisse néanmoins partir à la dérive – pour se réveiller brusquement quand sa tête plonge vers l'avant.

Il est originaire d'une île aux rivages rocailleux, semés de masures et de chèvres qui partent à l'assaut d'abrupts sentiers. Les gens du cru sont simples, ils ont la sagesse des pierres. Jusqu'à tout ça, ils ne voyaient guère le Roman de l'Holocauste que comme une erreur de la nature, un enfant qui en savait trop, mais ne servait à rien.

Le Roman de l'Holocauste n'a ni frère ni sœur, ni femme ni mari – juste des amantes inconstantes qui séjournent là une semaine avant de repartir pour la Grèce ou le Moyen-Orient. Elles considèrent le Roman de l'Holocauste comme quelqu'un de relativement inoffensif et un peu passé de mode, accueillant sans pour autant être chaleureux – l'attachement qu'il inspire demeure en demi-teinte. « Un ami », disent-elles ordinairement ; je passe quelques jours chez « un ami ». Le Roman de l'Holocauste leur prépare un petit déjeuner et les conduit jusqu'au taxi qui les attend sous la pluie. Il les abrite sous son parapluie, leur ouvre la portière et leur envoie un pauvre baiser à travers la vitre, avant de retourner à sa morne routine matinale à peine perturbée par le sifflement des radiateurs. Le Roman de l'Holocauste a toute la journée devant lui et pas le moindre projet.

Le Roman de l'Holocauste se rend parfois dans des musées, simplement pour voir du monde. Mais il lui arrive aussi de ne pas quitter son appartement de toute la semaine. Il lit alors le journal de la première à la dernière page, passe des heures à regarder BBC3 ou reste dans son canapé et s'endort devant des films d'Antonioni.

De temps à autre il ferme les yeux dans son bain et se laisse couler, ses cheveux fins flottant à la surface comme du *kelp* – et il imagine alors que des mains étrangères l'attendent à la surface, impatientes de lui maintenir la tête sous l'eau.

Peut-être que la célébrité fera changer le Roman de l'Holocauste ? L'argent n'est pas important, mais il se peut que les gens le voient différemment. Il y aura des lettres des fans, peut-être, voire pourquoi pas des groupies qui viendront sonner à sa porte… des étudiantes, quelques tarés attirés par la controverse et d'irascibles érudits qui se disputeront sur quelque obscur point de détail.

Dans le Roman de l'Holocauste, le héros est un adolescent du nom de Franz Ignaz. Il est originaire d'une ville qui n'a ni chèvres ni boue, et ses parents le trouvent merveilleux. Franz est un jeune virtuose, qui pratique le violon depuis l'âge de quatre ans – un interprète indépassable de Moscheles et de Mendelssohn. C'est à la lumière tremblotante d'une bougie, dans la cave d'une maison où il se cache, qu'il interprète leurs œuvres désormais proscrites à des familles qui tentent d'échapper à la Gestapo.

Le Roman de l'Holocauste a pris des leçons de piano à l'école, mais il a abandonné au beau milieu des études de Czerny. À en croire son professeur, il avait un sens correct de la métrique, mais aucune oreille. Pour vraiment bien jouer, il lui aurait fallu commencer plus jeune – mais comment le Roman de l'Holocauste aurait-il pu lui raconter la maison familiale, l'humidité portée par la mer et l'unique étagère qui recueillait l'encyclopédie écornée qu'il avait lue et relue ? Comment aurait-il pu lui dire l'enfant sans charme qu'il avait été, maladroit, toujours à faire les choses de travers et sans cesse houspillé pour sa gaucherie ?

Dans le Roman de l'Holocauste, les familles ne peuvent applaudir Franz Ignaz sans trahir leur présence ; en guise de remerciement, ils viennent tour à tour lui toucher la joue et le regarder dans les yeux. Plus tard, dans les camps, ce même geste prend une dimension déchirante, puis brutale lorsque le commandant s'en empare. La mère du Roman de l'Holocauste avait cette habitude, elle aussi, chaque fois qu'il la décevait ou faisait quelque chose de mal (c'est-à-dire, tout le temps). Il essayait toujours d'éviter ses yeux, car il se faisait honte, mais elle plaçait sa main sur le côté de son visage et relevait sa tête afin de capter son regard et de lui voler ainsi tous ses secrets. Le Roman de l'Holocauste ne sait pas bien comment tout cela a pu prendre une telle place dans le livre ni le sens qu'il faut y trouver. La culpabilité, sans doute, ou du ressentiment à l'endroit de sa génitrice – même si, lorsqu'il convoque son souvenir, elle est irréprochable. Elle n'a évidemment rien à voir avec les six millions de morts, et comparer son enfance solitaire au génocide est une insulte, une obscénité. Mais c'est pourtant ce qu'il a fait.

Les hôtesses distribuent des serviettes tièdes, et le Roman de l'Holocauste s'abandonne à leur senteur citronnée. Après sept heures en position assise, c'est censé le rafraîchir. Dans moins d'une heure il est attendu sur le plateau d'une grosse émission matinale ; il lui faut préparer ce qu'il va y dire.

Ils vont l'interroger sur ses parents – effacés, comme le petit village sur son île, les chèvres en liberté dans les montagnes, ou qui dormaient dans les cuisines. Ils prononceront le nom magique du camp auquel il a survécu dans son enfance (non, il ne les laissera pas filmer le chiffre vert pratiquement indéchiffrable qu'il a sur le bras) et ils lui demanderont de raconter son histoire.

« Dans le livre », dira-t-il, ramenant tout à Franz Ignaz et à Mendelssohn. Il chantera les louanges de Moscheles, un compositeur trop peu connu – mais si sa tactique parviendra à siphonner un peu temps, ça ne suffira pas à le sauver de sa propre histoire, des phrases et de l'invraisemblable monceau de papier qui sépare l'utile des défunts. C'était un garçon de la campagne, habitué à travailler, les jambes musclées à force d'escalader les sentes sinueuses. Ses parents étaient vieux (encore qu'à bien y songer, il s'aperçoit qu'ils avaient alors dix ans de moins que lui aujourd'hui). Mais ce n'est pas là une histoire qui intéresse le Roman de l'Holocauste. Tout se résumait à une suite de malchances, et ce n'est pas le sujet du livre.

Car le Roman de l'Holocauste est empreint de magie. Dans le Roman de l'Holocauste, Franz Ignaz se fait un ami dans le camp, un petit prodige des échecs qui s'appelle David. Âgé de huit ans, celui-ci est à deux doigts de devenir Grand Maître. Son père, et avant lui le père de son père, étaient des champions à Breslau. Ce n'est pas si loin de la vérité, même si le Roman de l'Holocauste n'a jamais rencontré le garçon, qui se trouvait en réalité dans une baraque différente. Il était lituanien et son nom commençait par un « K ». Kolya ? Il devrait se souvenir. Dans la vraie vie, le garçon avait fini mitraillé en même temps que des centaines d'autres enfants. Mais dans le Roman de l'Holocauste, lui et Franz nourrissent d'interminables discussions à propos de la logique des nazis ; en les coinçant sur les failles métaphysiques de leur rationalisme, ils parviennent à sauver tout le monde. C'est pour rire, bien entendu, dans la mesure où ces arguties n'ont aucun effet concret sur la vie du camp. Mais cela amène une dimension humaine ainsi qu'un éclairage philosophique qui fonctionnent très bien dans le Roman de l'Holocauste.

Comme ils atterrissent à New York, l'avion longe Long Island la majeure partie de la descente. Les oreilles du Roman de l'Holocauste se débouchent mal – il est même obligé d'utiliser son petit doigt pour l'une d'elles. Lorsque l'avion finit par toucher le sol, ses voisins applaudissent et il se demande : « Mais pourquoi ? »

L'attachée de presse de ses éditeurs américains l'attend à l'arrivée, son livre levé bien haut, pour qu'il puisse la reconnaître. La limousine envoyée par la station l'accueille à l'extérieur ; on dirait une caverne de cuir avec minibar et télé allumée – en permanence, suppose-t-il – sur la chaîne qui l'a invité.

« Comment se passe cette tournée de promo ? » lui demande l'attachée de presse. Il lui explique que c'est sa première étape, que, généralement, il redoute ce genre d'épreuves et qu'il quitte rarement son appartement. Et même si c'est la stricte vérité, il se rend bien compte en le disant à quel point ça sonne pathétique. Pourquoi ressent-il ce besoin de se confier à des étrangers ?

« Vous devez être ravi, pour Oprah ? Nous on l'est, en tout cas.

— C'est une sacrée surprise, admet-il. Je dois dire que je ne connais pas bien son émission.

— C'est super, le rassure-t-elle. Tout le monde regarde. »

Le Queens défile au travers de la vitre – et soudain le Roman de l'Holocauste se sent envahi d'une faim de loup. Il voudrait se rendre directement à l'hôtel, dormir un peu. Londres lui manque déjà, la vue sur le parc depuis les hautes fenêtres de son appartement, le sifflement de la bouilloire sur la gazinière qui le fait se lever de sa table de travail et le ramène, brièvement, au monde des vivants.

Ils longent un cimetière sur près d'un kilomètre, des collines semées de croix – combien de milliers ? – juste avant que la ville ne s'érige face à eux comme une immense clôture. Les eaux bleues de la rivière filent en dessous d'eux. Il est déjà venu ici, invité par ses éditeurs, mais jamais avec les égards dus à une célébrité (et cette fois davantage encore que la précédente, il se fait – étrangement – l'effet d'un imposteur). Depuis le pont, les vitres des façades scintillent fièrement dans la lumière ambrée du matin. Il a l'impression que la ville lui appartient – et se demande si c'est ça, le pouvoir.

Combien de gens vivent ici – dix... douze millions ? Le Roman de l'Holocauste imagine un instant les morts prendre leur place, les appartements et les bureaux envahis, les ascenseurs qui essaient vainement de se refermer sur eux.

Les risques du métier, se dit-il, à moins que ce ne soit simplement lié à sa vie, au fait qu'il ait eu la chance (ou la malchance) de survivre ? Il est là, lui, le Roman de l'Holocauste, prêt à être exhibé d'un bout à l'autre de l'Amérique, dans toute sa sagesse. Impossible responsabilité. Que peut-il bien dire à tous ces gens ?

Ils vont vouloir lui parler du film, savoir s'il est content du choix du réalisateur (non) ou du script, une longue suite de clichés réducteurs. Ils vont lui demander si le film restera fidèle au livre. Contractuellement, il a le droit de dire le fond de sa pensée, mais son agent lui a conseillé soit de se montrer docile, soit de se contenter de banalités, d'amener la conversation sur le terrain, plus abstrait, des rapports entre littérature et art populaire.

Dans le film du Roman de l'Holocauste, il y aura des scènes d'amour dans les baraques. Franz Ignaz et David seront amoureux de la même fille qui, dans le livre, n'est mentionnée que deux fois. Les nazis seront tous joués par des acteurs anglais, et les garçons par deux vedettes de la télé américaine. Le réalisateur a décidé que tout se passerait pendant l'été, pour accentuer le contraste… Chants d'oiseaux et soleil à travers les branches des arbres. Il a vu qu'ils utiliseraient du klezmer pour les scènes dans le village et une musique originale plus sombre pour le camp. (Et pourquoi pas du Mendelssohn, qui semblerait tout indiqué ? aurait voulu demander le Roman de l'Holocauste.) Tout cela figurait dans une longue lettre que le réalisateur lui avait fait parvenir un mois après la signature du contrat. Le Roman de l'Holocauste n'avait plus entendu parler de lui, si ce n'est par l'intermédiaire de son agent – et pour de vagues nouvelles.

« Est-ce que vous me dédicaceriez un exemplaire ? » lui demande l'attachée de presse ; sans réfléchir, il lui prend le livre des mains, l'ouvre sur la page de titre et y appose sa signature. Il est ici pour ça.

« Merci, lui dit-elle. Je n'ai pas encore eu le temps de le lire, mais ça a l'air intéressant. J'ai vraiment adoré *Le Choix de Sophie.*

— Jamais lu. »

Il lui rend le livre, mais elle reprend le dessus en l'encourageant à voir le film, Meryl Streep y est vraiment très bonne.

Ils traversent Manhattan, à présent ; les voitures sont à touche-touche et les trottoirs noirs de monde. Tous morts, se dit-il, imaginez-les tous en train de tomber, des corps sans vie, couchés sur leurs volants. Peut-être que là, vous comprendriez.

Voilà ce qu'il allait leur dire ! Imaginez tous les habitants de cette ville, morts. Les concierges, les mamies qui promènent leur chien, les coursiers à bicyclette.

Quel merveilleux invité il va faire.

En roulant vers le centre-ville, il passe devant des centaines de cafés. À un angle de rue, il voit un homme en train de manger un sandwich ; le Roman de l'Holocauste se retient non sans peine de sauter par la portière pour le lui arracher et l'engloutir de ses doigts graisseux.

« Est-ce qu'on peut s'arrêter, le temps de prendre quelque chose à manger ? » demande-t-il – mais non, on n'a pas le temps.

« Il y aura un petit en-cas qui vous attendra en loge », le rassure-t-elle. Et tel est le cas : un plateau de bagels entiers et du fromage en tube. Le café a un goût d'essence. Un membre de la production le prend par le bras et l'emmène au maquillage, où on l'installe dans un fauteuil de coiffeur, devant un miroir. La femme qui s'occupe de lui ne lui adresse pas la parole, trop occupée qu'elle est à discuter de ses horaires avec une de ses collègues. Elle aimerait échanger une journée avec quelqu'un. Le Roman de l'Holocauste se tient là, sous le bavoir qui protège son costume, à regarder la vieille pute maquillée comme une voiture volée qui lui fait face. C'était il y a tellement longtemps – mais ce n'est pas ça qu'ils veulent entendre. Et honnêtement, ce n'est pas la vérité. Pas du tout.

Ils vont l'interroger sur ses recherches, les masses de dossiers et les carbones qu'il a parcourus, les milliers de photos du British Museum – qu'il faisait défiler comme un film muet. Dans le Roman de l'Holocauste, Franz Ignaz s'efforce de découvrir ce qui est arrivé à tous les habitants de son immeuble. Avec l'aide de David et d'un kapo, il finit par tous les retrouver, et bientôt, en échange de quelques services et en soudoyant les bonnes personnes, il parvient à tous les réunir dans une seule et même baraque pour reconstituer une communauté. Ils font semblant de toujours habiter à Dantzig. La vie dans le camp et ce qui s'y déroule les conduit à y croire pour de bon, comme une sorte d'hallucination collective qui les aide à maintenir leur famille intacte.

Naturellement, les dernières personnes que Franz Ignaz retrouve sont son père et sa mère, qui ont été affectés à quelque travail éreintant et sont sur le point de mourir. Une fois inutiles, ils seront exterminés, aussi Franz Ignaz doit-il trouver un moyen de leur faire passer de la nourriture.

Le Roman de l'Holocauste aurait-il pu venir en aide à ses propres parents ? Serait-il allé jusqu'à mourir pour eux ? Toujours les mêmes vieilles questions, peut-être celles auxquelles le livre était censé répondre. Mais, bien sûr, ça ne marche pas comme ça. Ce n'est qu'un livre.

« C'est bon ! » lui dit la maquilleuse en lui enlevant le bavoir. On le ramène à la loge, où un athlète quelconque et son attachée de presse ont pris sa place sur le canapé.

« Deux minutes ! » lance un type avec des écouteurs à l'accompagnatrice du Roman de l'Holocauste ; elle lui demande la permission de rajuster sa cravate et d'épousseter les épaules de son costume.

« Vous êtes splendide ! » lui dit-elle, comme s'ils venaient de rire à une bonne blague.

Le type aux écouteurs les guide le long d'un couloir jusqu'à un studio brillamment éclairé, referme délicatement la porte derrière eux. C'est moins spacieux que ne l'aurait imaginé le Roman de l'Holocauste, et le plateau est surélevé, comme un char de carnaval. Il y a présentement une autre invitée sous le feu de projecteurs, une blonde plus grande que lui, dont la garde-robe met en valeur les bras vigoureux et la généreuse poitrine… Une star de cinéma. Il se demande qui ça peut bien être.

Dans la vraie vie, le Roman de l'Holocauste n'a jamais recherché ses parents. Il n'a jamais retrouvé personne de son village. Ils étaient tous morts, aucun doute là-dessus. Et même s'il a refusé d'admettre la vérité plusieurs mois durant – il n'avait pas grand-chose d'autre pour s'occuper l'esprit, à ce moment-là –, il a bien dû s'y résoudre au bout du compte. Il n'y a pas eu d'évasion sensationnelle, pas de miracles en toc. Rien de drôle, rien d'exaltant, pas de tour de passe-passe. Il n'a pas caché de bijoux pour acheter quelque faveur ni partagé sa nourriture avec des enfants malades et, une fois libéré, il voulait tout oublier de cette période.

Il ne veut pas davantage s'en souvenir maintenant, mais ce n'est plus comme s'il avait le choix. Tout le monde est prêt. La blonde en a fini, et le type aux écouteurs l'accompagne jusqu'au fauteuil encore chaud de la précédente invitée. Un technicien son vient lui installer un micro sur le devant de sa chemise – le contact frais de la barrette sur sa peau le fait frissonner. L'animatrice le remercie d'être là. Elle est tellement maquillée que son visage est divisé en zones de différentes couleurs. Un Mondrian sur pattes.

« Je suis tellement honorée de vous rencontrer. Votre livre est absolument merveilleux, tellement touchant. »

Il la remercie d'un docte hochement de tête pendant que le technicien rajuste le revers de sa veste. « On peut avoir un niveau ? » demande une voix quasi divine qui tombe des cintres.

« Dites quelque chose ! lui ordonne le technicien son.

— Bonjour, hasarde le Roman de l'Holocauste. Vous m'entendez ?

— Nickel ! répond le plafond.

— Trente secondes », lance le type aux écouteurs.

Son livre serré contre elle, l'attachée de presse du Roman de l'Holocauste se tient près de la porte, hors champ, et lève les deux pouces.

« Je vais vous présenter, lui dit l'animatrice, dire quelques mots à propos du livre, et puis je vous poserai quelques questions. Ne vous en faites pas, ça sera terminé avant que vous vous en rendiez compte. »

Il repense à Londres, à son ordinateur qui l'attend sur sa table de travail, à la cuisine vide, au courrier qui s'entasse. Comme ça doit être calme, apaisant. Pourquoi cela lui semble-t-il si parfait ? La meilleure des manières de vivre sa vie ?

Dans la vraie vie, tous ceux qu'il a connus enfants sont morts. Les soldats ont débarqué avec leurs bateaux, rassemblé tout le monde pour les abattre, l'un après l'autre – lui seul a survécu. C'est ça, le secret du Roman de l'Holocauste, celui qu'il n'a jamais confié ni ne confiera jamais à quiconque. Jamais. (À moins qu'ils ne le sachent déjà !) Dans le Roman de l'Holocauste, tous ceux qu'il aime vivent à jamais. Et c'est ce mensonge qui l'a rendu célèbre.

« Cinq, quatre… » annonce le type aux écouteurs avant de terminer son compte à rebours sur ses doigts.

« Nous sommes de retour », commence l'animatrice en se penchant vers la caméra. Elle le présente, proclame devant le pays tout entier qu'il vient d'écrire un roman lumineux, crucial, à propos de la plus sombre tragédie de notre Histoire. Oprah a choisi de le distinguer dans son club du livre et il nous arrive tout droit de Londres, en Angleterre, pour participer à l'émission. Elle se tourne vers lui, le regarde droit dans les yeux – et c'est plus fort que lui : il revoit sa mère, revoit sa main sur sa joue. Que penserait-elle de tout ça ?

« Merci d'être avec nous ce matin.

— Merci, répond le Roman de l'Holocauste. Heureux d'être avec vous. »

AELIANA

Bev Vincent

LE SOLEIL EST COUCHÉ depuis près d'une heure quand Aeliana émerge de sa tanière dans le sous-sol d'un immeuble abandonné, perdu au fond d'une allée sombre. Le quartier est miteux, la ville lugubre. Sa caverne, bien que froide et humide, ne suffit pas à lui assurer une protection totale ; des vitres crasseuses et fêlées en haut du mur laissent passer la lumière du soleil. Aeliana s'est donc fabriqué un deuxième abri en utilisant des bouts de carton, de bois et de métal récupérés dans les rues à la surface.

Elle adore sortir quand la lune est haute, adore explorer le monde tout en cherchant sa nourriture.

Elle n'est pas difficile. Si les rats l'ont prise de vitesse et ont raflé les morceaux de choix dans les poubelles, elle se rabat sur les rats eux-mêmes.

Le ciment et l'asphalte irradient la chaleur accumulée au fil de la journée. Son nez sensible détecte un fumet. Les vestiges d'un repas partiellement digéré éclaboussent le trottoir près d'un corps affalé sur le dos, mais l'homme est encore chaud et il respire ; elle le laisse donc tranquille. La plupart des humains qu'elle croise la nuit sont morts. Dans ces parages, la vie est aussi brève que dénuée de valeur.

Elle contourne sans bruit l'angle du bâtiment, capte une nouvelle odeur qui plane dans l'air stagnant : de la viande fraîche. Un corps nu est étalé sur le ventre au beau milieu de l'allée. Les bras écartés, le nez écrasé contre le trottoir. Mort depuis quelques heures, estime Aeliana.

Elle associe les découvertes de ce genre à l'homme qu'elle appelle le Seigneur du Crépuscule. Il passe ici pendant les minutes grises qui séparent le jour de la nuit, et laisse toujours un cadavre derrière lui. Les ossements d'hommes et de femmes similaires tapissent le sol de sa tanière. On dirait presque des cadeaux laissés à son intention.

Au moment où Aeliana s'en approche, quelque chose crisse derrière elle. Des gyrophares peignent l'allée en rouge, puis en bleu, puis de nouveau en rouge. Des portières s'ouvrent. Des pas approchent. Aeliana file dans les ombres, se plaque contre le mur et retient son souffle.

« Par ici », dit une voix masculine.

Le rayon d'une lampe torche danse dans l'allée ; il éclaire un instant les pattes velues d'Aeliana. Elle les ramène sous son corps et se tapit.

« J'appelle le central », dit une femme.

Le rayon tombe une nouvelle fois sur Aeliana.

« C'est quoi ce bordel ? dit l'homme. Emerson, tu vois ça ? »

Sous sa forme actuelle, et dans la pénombre, il serait sans doute possible de confondre Aeliana avec un lynx. En y regardant de plus près, cependant, ses yeux sont trop grands et expressifs, ses traits trop larges. Ses griffes sont trop longues et trop souples pour un félin, ses poils trop fins et clairsemés. Elle s'est déjà vue à travers les yeux des humains, et sait comment ils la perçoivent. Comme une chose anormale, hideuse, obscène.

Aeliana essaie de fuir le rayon de la lampe, mais il reste braqué sur elle. Il ne lui fait pas mal, contrairement à la lumière du soleil, mais elle se sent exposée, vulnérable. Tous les prédateurs sont aussi les proies d'autre chose.

L'homme sort une arme de son étui et vise. Aeliana connaît les pistolets. Un grand nombre de ses semblables ont été blessés ou tués au cours des âges. Elle bondit au moment où il tire. La balle manque sa cible de justesse, mais un éclat de brique arraché au mur lui entaille la patte arrière.

Ignorant la douleur, elle s'élance dans l'allée, vers le sanctuaire de l'obscurité. L'homme ne refait pas feu. Elle disparaît à l'angle du bâtiment et boitille vers son refuge. Elle referme la porte derrière elle d'une poussée, dévale les marches en bois, puis s'effondre au pied de l'escalier, pantelante. Le sol est dur et froid, mais elle se sent en sécurité ici.

Elle ferme les yeux. Une lueur dorée nimbe son corps lorsqu'elle reprend sa forme humaine. Elle ressemble à une fillette d'une douzaine d'années, mais elle est bien plus vieille que ça. Le temps a beau s'écouler, elle ne ressemblera sans doute jamais à une adulte.

La blessure de sa patte devient une belle entaille sur son pied. Il finira par guérir, mais pour l'instant il lui fait mal. La douleur mise à part, Aeliana se sent affamée. Cette rencontre déplaisante l'a privée d'un festin. Dans quelques heures, quand les intrus seront partis, elle fera une nouvelle tentative. Sa blessure la rendra plus vulnérable, mais c'est un risque qu'elle devra prendre.

Elle rampe sur le sol irrégulier, jusqu'à la pile de vêtements posée près de l'entrée de sa tanière. Une fois habillée, elle déniche un lambeau de tissu suffisamment long et s'en sert pour bander son pied.

Une lumière balaie les fenêtres sales au sommet du mur. Elle entend un frottement. Un autre éclair de lumière. Puis elle entend le grincement caractéristique des charnières quand la porte du haut s'ouvre.

Quelqu'un arrive.

La puissante lampe torche de l'officier Kate Emerson suit le tracé des gouttes rouges dans l'allée. Étant celle qui a le plus d'ancienneté, elle laisse Philips préserver l'intégrité de la scène du crime dans l'attente des renforts pendant qu'elle-même suit la piste. Son arme de poing n'a pas quitté son étui, mais elle a défait le rabat pour pouvoir y accéder facilement.

Philips croit avoir vu un chat sauvage, mais l'obscurité s'avère parfois trompeuse. S'ils ont affaire au tueur qui balance des cadavres dans cette partie de la ville depuis plusieurs mois, elle ne peut pas le laisser s'enfuir. L'arrestation de ce criminel ferait très bien dans son dossier – un échelon de plus sur l'échelle menant à un badge doré, qui gonflerait son salaire et lui éviterait de traîner dans les rues une fois la nuit tombée. La vie d'un inspecteur est moins dangereuse, et elle a une petite fille qui n'a pas de papa à la maison.

La piste mène à une porte en bois au bout de l'allée suivante. Trois gouttes de sang frais luisent sur le seuil dans le rayon de sa lampe. Elle envisage de contacter Philips par radio, mais il lui dira sûrement d'attendre les renforts. Théoriquement, ce serait la marche à suivre, mais elle ne veut pas que le tueur lui échappe.

Elle referme sa main sur le bouton de porte, le tourne. Le battant s'ouvre avec un grincement de protestation. Au temps pour l'idée de prendre par surprise la chose ou la personne que Philips a blessée…

La poussière qui recouvre le sol de l'entrée est intacte, mais elle repère des traces sur les marches du sous-sol, à sa droite. Elles sont récentes, à en juger par leur aspect. S'il s'agit bien d'empreintes de pattes, elles ne ressemblent à rien de ce qu'elle a pu voir auparavant. Elle trouve aussi une goutte de sang sur la deuxième marche. Tout en descendant l'escalier, elle sort son pistolet de son étui et le brandit en collant sous son bras armé la main qui tient la lampe torche.

Une fois parvenue au sous-sol, elle repère des signes indiquant que quelque chose a été traîné – ou s'est traîné – sur le sol en ciment crasseux. Là aussi, des gouttes de sang. Elle fait quelques pas prudents en balayant les alentours de sa lampe torche. Le sous-sol est couvert de détritus. Dans un coin, elle voit ce qui ressemble à un tas d'ossements blanchis. S'agit-il du repaire du tueur ?

Sa lampe fait d'elle une cible facile, mais elle serait encore plus vulnérable dans le noir. Elle continue d'avancer, distingue une sorte de cabane ou d'abri miteux. Un éclair de couleur traverse alors son champ de vision – elle braque aussitôt sa lampe torche, ainsi que son arme, sur sa gauche.

Elle pousse un cri de surprise, écarte son doigt de la détente. C'est une petite fille, accroupie comme un léopard prêt à bondir. Dix ans, peut-être un peu plus. Sa crinière de boucles dorées a l'air de ne pas avoir vu de brosse depuis… toujours. La fillette est recouverte de guenilles.

« Qu'est-ce que tu fais ici ? »

Avant de rengainer son arme, elle regarde derrière l'enfant pour s'assurer qu'il n'y a personne dans la cabane.

« Où sont ta maman et ton papa ? »

La fillette se redresse, mais reste muette.

Emerson fait un pas vers elle et l'examine des pieds à la tête dans le rayon de sa lampe. Elle est pieds nus. Un pansement de fortune sur son pied droit suinte de sang.

« Laisse-moi regarder ça. »

La fillette ne bouge pas.

« Je ne vais pas te faire mal. Je veux juste jeter un coup d'œil à ton pied. »

La fillette secoue la tête.

Emerson s'agenouille pour paraître moins menaçante. Après quelques secondes, la fillette traverse le sous-sol en boitant.

« Comment tu t'appelles ? » demande Emerson.

La suite la prend totalement par surprise. Ses pensées sont noyées sous la déferlante d'un nom, qui éclate dans son esprit avec autant de violence que si elle avait la tête collée contre un ampli. Elle titube en arrière, une main tendue pour conserver son équilibre.

Elle inspire profondément et examine la fillette. Celle-ci lui rappelle l'un de ces tableaux kitsch qui représentent des enfants abandonnés aux yeux démesurés. Son visage couvert de crasse est grave, comme si elle avait connu une vie de chagrin et de tourment.

« C'est toi qui as fait ça ? Tu t'appelles Aeliana ? »

La fillette hoche la tête. L'ombre d'un sourire ourle ses lèvres. Elle se balance d'un pied sur l'autre, puis grimace de douleur.

« Ravie de faire ta connaissance. Je m'appelle Kate. »

Emerson tapote sa jambe repliée pour attirer la fillette sur ce siège improvisé. Elle referme ensuite un bras autour de la taille d'Aeliana et la soulève en la serrant contre sa poitrine. Puis elle se retourne et se dirige vers l'escalier.

« Ne t'inquiète pas, dit-elle. Je vais te mettre en sécurité. »

La fillette se tortille, obligeant Emerson à se servir de ses deux mains pour la retenir. La lampe torche dessine des motifs erratiques sur les murs et le plafond en tombant par terre.

Une odeur inhabituelle, amère, enveloppe Emerson. Le corps frêle qu'elle serre entre ses bras semble fondre et se réduire à rien. Une vague de chaleur la submerge et quelque chose s'écoule le long de son corps, comme si on venait de lui renverser un seau d'eau tiède sur la tête. Après quelques secondes, ses bras se referment autour de sa poitrine. Flic expérimentée, elle connaît les techniques pour maîtriser des criminels, mais d'une façon ou d'une autre cette petite fille s'est débrouillée pour échapper à son étreinte. Emerson inspire plusieurs fois à fond pour conserver son sang-froid, elle lutte contre une envie de tourner les talons et de fuir. Ce n'est qu'une petite fille, se dit-elle. Une petite fille blessée et effrayée. Il est de son devoir de la protéger.

Elle ramasse la lampe torche, qui a survécu à sa chute sur le sol en ciment. Son éclat illumine Aeliana, qui s'est de nouveau accroupie devant son abri, comme un animal sauvage. L'espace de quelques secondes, ses traits semblent se modifier. Son nez s'étrécit et son front large s'aplatit. Emerson se dit que c'est une illusion provoquée par le jeu des ombres et de la lumière, car Aeliana ressemble maintenant à une petite fille parfaitement normale.

« Tu veux bien rester ici jusqu'à ce que je revienne avec quelque chose pour soigner ton pied ? demande-t-elle. Je n'essaierai plus de t'emmener. »

Aeliana hoche la tête.

« C'était ton papa ? Dans l'allée ? »

Emerson rejette violemment la tête en arrière quand une image crue du cadavre s'imprime dans son esprit.

Aeliana secoue la tête.

« Waouh. O.K. Et ta maman ? »

La fillette hausse les épaules.

Emerson ne sait pas comment interpréter les événements qui se sont produits depuis qu'elle est descendue dans ce sous-sol. La seule chose à faire, c'est de s'occuper des blessures de la petite. Pour l'instant, du moins.

« Je reviens tout de suite, dit-elle. Reste ici. »

Elle est au milieu de l'escalier quand sa radio crachote sur son épaule.

« Emerson ? Tu es là ?

— J'ai perdu la piste. Je suis en train de te rejoindre.

— Les renforts arrivent dans cinq minutes, dit-il.

— Bien reçu. »

La scène de crime bourdonne d'activité. En son absence, Philips a circonscrit la zone avec de la rubalise pour empêcher toute personne non autorisée d'y pénétrer. Les techniciens de la police scientifique installent leurs projecteurs et s'attellent à la besogne ardue du prélèvement d'indices. Les inspecteurs qui prennent l'affaire en main envoient Emerson et Philips ratisser le quartier à la recherche de témoins. C'est une tâche ingrate – aucun habitant du coin n'accepterait de dire quoi que ce soit à des flics –, mais ça fait partie du boulot.

Philips se charge du côté est de l'allée, Emerson du côté ouest. Avant de s'y mettre, elle récupère quelques objets de premiers secours dans le coffre de sa voiture de patrouille. Elle commence par toquer ostensiblement aux portes puis, à la première occasion, disparaît à l'angle de l'allée.

Aeliana sort de sa cabane quand Emerson parvient à la dernière marche du sous-sol. La flic lui montre ce qu'elle a apporté.

« Je ne vais pas essayer de te reprendre dans mes bras, promis. »

La fillette s'approche lentement, mais finit par accepter de s'asseoir de nouveau sur les genoux d'Emerson. Celle-ci nettoie la plaie, applique une crème et enveloppe le pied dans de la gaze.

« Essaie de faire en sorte qu'il reste propre, dit-elle. Tu as faim ? »

La fillette hoche la tête.

Emerson lui tend le sandwich à la dinde qu'elle gardait pour sa pause-déjeuner. Elle ouvre une bouteille d'eau avant de la lui donner également.

« Tu sais quelque chose à propos de l'homme dans l'allée ? »

Une scène se déroule dans la tête d'Emerson, comme un vieux film d'actualités. Le point de vue est inhabituel, très près du sol. Un pneu roule, s'arrête à l'entrée d'une allée. La portière s'ouvre et un pied apparaît. L'image se décale vers le haut pour dévoiler un homme occupé à sortir un objet lourd du coffre. Il l'emporte au fond de l'allée sombre, l'abandonne par terre puis rentre dans sa voiture, laquelle s'éloigne quelques secondes plus tard.

« Tu as vu son visage ? »

Emerson reçoit l'image d'un homme plongé dans l'obscurité. Elle discerne quelques particularités – des oreilles proéminentes, un début de calvitie –, mais rien de suffisant pour l'identifier.

« C'est le Seigneur du Crépuscule, dit Aeliana – s'exprimant à voix haute pour la première fois.

— Pourquoi est-ce que tu l'appelles comme ça ? »

Les médias n'avaient pas encore découvert qu'un individu abandonnait des corps dans cette partie de la ville, et nul n'avait pris la peine de les en informer. Le tueur n'avait donc pas encore de surnom.

Aeliana se désigna du doigt.

« Je suis une disciple de la lune et des étoiles, déclara-t-elle. Toi, tu es une fille du soleil. Lui est entre les deux. »

Emerson hoche la tête, alors même qu'elle n'a pas la moindre idée de ce que veut dire la fillette.

« Je peux t'appeler si je le revois.

— Comment ? »

Une nouvelle image inonde l'esprit d'Emerson : Aeliana qui lui fait signe.

« Tu peux faire ça où que je sois ? »

Aeliana hausse les épaules.

« Je crois.

— Il est dangereux. »

D'autres images défilent dans la tête d'Emerson. Des monstres hideux dotés de crocs et de griffes. Elle observe de nouveau la petite fille et tente de se représenter ce qui s'est passé un peu plus tôt, quand elle a fondu dans ses bras. Possède-t-elle une autre forme un tant soit peu similaire à ces créatures ? Mais elle comprend le message. Aeliana aussi est dangereuse.

« D'accord, dit-elle, mais ne prends pas de risques. Fais attention à toi. Je reviendrai dès que possible. »

Emerson repousse les cheveux emmêlés qui tombent sur le visage d'Aeliana, puis l'embrasse sur le front. Elle perçoit une nouvelle fois cet arôme étrange. Il lui fait penser à la mort.

Aeliana sent avant même de le voir que le Seigneur du Crépuscule lui apporte un nouveau cadeau. Elle ferme les yeux et transmet un message à Kate. Leur lien empathique est puissant. Cela fait bien, bien longtemps qu'elle n'a pas noué de relation avec un humain. Elle peut non seulement envoyer des messages à Kate, mais aussi voir par ses yeux et lui permettre de voir par les siens.

Kate est venue lui rendre visite à trois reprises depuis cette première nuit. Elle lui a apporté de la nourriture (dont certains aliments totalement inconnus d'Aeliana) et s'est occupée de sa blessure, qui cicatrise bien. Chaque fois, elle a essayé de la convaincre de partir avec elle. Elle a banni de son esprit les images qu'Aeliana lui a montrées, et la voit comme une enfant.

Ce que désire Kate est impossible, Aeliana le sait. Elles viennent de deux mondes différents ; des mondes qui doivent toujours rester séparés.

Le soir tombe quand Kate gare sa voiture à proximité de l'allée. Bien à l'abri dans son repaire, Aeliana projette son esprit dans le royaume étranger du jour, tel que Kate le voit. Elle bronche un peu au début, gênée par l'éclat de la lumière.

« Tu es sûre qu'il va venir ? pense Kate.

— Bientôt. »

Aeliana lève les yeux vers le ciel pour profiter de cette rare occasion de voir le soleil, lequel est sur le point de disparaître derrière la ligne d'horizon de la ville. Kate lève la main pour abriter ses yeux, ce qui ne manque pas de l'amuser. Les humains eux-mêmes ne sont pas immunisés contre son rayonnement tyrannique.

Elles restent assises dans un silence agréable. Aeliana aime se trouver dans l'esprit de Kate. Elle est restée si longtemps seule que cette compagnie lui fait du bien. Elle vagabonde dans les souvenirs de son hôte. La plupart d'entre eux comportent une petite fille : celle de Kate. Aeliana a l'impression d'être enveloppée dans une couverture bien chaude.

Emerson entend un véhicule s'approcher. Le soleil a désormais disparu derrière les gratte-ciel. Les ombres démesurément étirées dénaturent les objets les plus familiers. Elle se recroqueville derrière son volant pendant que la voiture la dépasse à vitesse réduite. Une fois qu'elle a disparu, Emerson s'extirpe de son siège et avance furtivement dans la rue, sans un instant quitter les ombres. Aeliana approuve.

Des feux stop s'allument devant elle. La portière s'ouvre côté conducteur, et une haute silhouette s'extrait de la voiture. Les mains posées sur le toit du véhicule, l'homme inspecte les environs. Apparemment persuadé d'être seul, il referme la portière et contourne l'automobile. Le coffre se soulève. L'individu se penche à l'intérieur, saisit une forme lourde et encombrante, puis la traîne en direction de l'allée.

Emerson profite du fait qu'il soit occupé pour se rapprocher subrepticement. Elle a sorti son arme à feu, prête pour l'affrontement qui va mettre fin au règne de terreur de ce tueur. Kate devrait appeler le central, mais elle ne veut pas partager les lauriers. L'appel peut bien attendre qu'elle l'ait maîtrisé. Elle n'est pas en service, mais peu importe. Son chef la couvrira de félicitations et lui offrira une promotion.

À l'entrée de l'allée, elle rassemble son courage et contourne l'angle d'un mouvement brusque, son arme braquée devant elle.

« Pas un geste ! » lance-t-elle de sa voix la plus forte, la plus sévère, la plus autoritaire.

L'homme se jette sur elle et fait sauter l'arme de sa main. Sa tête heurte quelque chose de dur. Elle s'effondre. Un instant plus tard, l'homme est sur elle et la gifle, la frappe à coups de poing. Il lui plaque les bras de part et d'autre du corps. Aeliana hurle dans sa tête, et Emerson se croit également en train de hurler – mais elle n'en est pas sûre.

L'homme se met à grogner. Emerson ne comprend pas ce qu'il dit. Les divagations d'un fou. Quelque chose lui transperce le ventre. Elle baisse les yeux juste à temps pour le voir retirer le couteau et le plonger de nouveau en elle. La douleur éclipse celle qu'elle a ressentie au cours d'une fusillade, quelques années plus tôt. Son corps devient froid, puis chaud, puis froid. Son agresseur arrache le couteau et essuie la lame sur l'épaule de sa victime. Qui s'évanouit presque aussitôt.

Une aura dorée enveloppe Aeliana quand elle prend sa forme animale. Il ne fait pas encore tout à fait noir dehors, mais elle se sent aiguillonnée par la fureur. Kate a besoin de son aide. Elle peut déjà sentir son essence vitale s'écouler hors de son corps.

Quelques secondes plus tard, elle bondit dans l'allée. Le Seigneur du Crépuscule est toujours penché au-dessus de Kate. Il ne l'entend pas approcher. D'un seul bond elle est sur lui. Ses crocs trouvent la chair tendre de son cou, ses griffes creusent des sillons sur son dos et ses bras. Le couteau tombe par terre avec un tintement. Il tente de la repousser, mais elle est trop agile pour lui. Le sang jaillit à gros bouillons de son cou. Elle referme sa gueule sur un gros morceau de chair qu'elle arrache d'un coup. Ses molaires le broient et elle l'avale.

L'homme s'écroule. Aeliana le tire loin de Kate pour empêcher son sang de la souiller. Il n'est pas encore mort, mais il ne fera pas long feu.

Elle ne veut pas que Kate la voie ainsi ; elle bat donc en retraite au sein des ombres et se transforme de nouveau. Le soleil a presque disparu, mais ses rayons diffus parviennent encore à lui brûler la peau. Elle tire sur le bras de Kate pour tenter de la réveiller. Aeliana ne sait pas comment étancher le flot de sang qui s'écoule de son abdomen.

L'obscurité ne tarde pas à s'épaissir, et Aeliana se retrouve dans son élément. L'homme est mort, mais Kate respire toujours, bien que de façon faible et irrégulière. Elle bat des paupières, essaie de se concentrer sur Aeliana. La petite fille qui n'est pas vraiment une petite fille.

« Lève-toi », dit Aeliana.

Kate esquisse un mouvement, laisse échapper un gémissement. Elle plaque une main contre son ventre, et la retire maculée de sang. Quelque chose qui aurait dû rester à l'intérieur de son corps pointe par l'une des plaies béantes.

Aeliana se déverse dans l'esprit de Kate. Ses pensées sont embrouillées. Elle est sur le point de s'évanouir encore.

« Lève-toi ! hurle Aeliana, aussi bien à voix haute qu'à l'intérieur de sa tête.

— Pas la peine », répond Kate.

Aeliana se rend compte qu'elle a raison. Personne ne sait qu'elle est là. Même si une ambulance arrivait dans la minute, elle a déjà perdu trop de sang.

« Pas la peine. »

Elle frissonne, et une larme coule sur sa joue.

« Ma petite fille », dit-elle.

Aeliana, qui se trouve à la fois auprès de Kate et à l'intérieur d'elle, comprend qu'il n'est pas question d'elle.

Les poumons de Kate hurlent leur besoin d'oxygène. Elle va bientôt mourir, et Aeliana n'a aucun moyen de faire disparaître sa douleur. Elle comprend que la mort terrifie Kate. Pour elle, cela signifie la fin. Parmi les semblables d'Aeliana, certains peuvent aller au-delà de la mort. Mais pas Kate.

Comme si cette dernière était capable d'entendre ses pensées, elle se tourne vers elle. « Transforme-moi. Rends-moi immortelle. Comme toi. »

Aeliana secoue la tête.

« Je veux voir… ma petite fille… grandir.

— Je ne peux pas, dit-elle.

— S'il te plaît.

— Il faudrait que tu renonces à ton monde.

— Comprends… pas…

— Ta fille ne serait plus qu'un rêve pour toi. »

Aeliana tait le fait que l'aspect de Kate ne manquerait sans doute pas de répugner sa fille.

« Non. »

La douleur ravage le corps de Kate. Elle parvient à peine à garder les yeux ouverts. Elle tend une main ensanglantée vers la petite fille accroupie près d'elle.

« Melissa.

— Je la trouverai », dit Aeliana.

Elle est encore mêlée à l'esprit de Kate quand celle-ci meurt. Elle s'est toujours demandé à quoi ça ressemblerait. Son tour viendra peut-être un jour. Ou peut-être qu'elle vivra éternellement.

Les chats de gouttière, les rats et autres vermines ne tarderont pas à prélever leur dû sur les corps abandonnés dans l'allée. Elle aimerait pouvoir épargner à Kate cette indignité, mais le monde fera comme bon lui semble avec sa dépouille mortelle.

Aeliana se tourne vers les autres cadavres, ceux de l'homme assassiné et du tueur, au sang duquel elle a déjà goûté. Elle se nourrira de ces restes avant l'arrivée des charognards, et en emportera assez pour tenir plusieurs jours. Les hommes aux gyrophares rouges et bleus finiront par venir et récupérer ce qu'il restera d'eux.

Et après ?

Aeliana n'a pas peur du futur. Même sans les cadeaux du Seigneur du Crépuscule, il y aura toujours quelque chose à manger dans le quartier miteux de cette ville lugubre.

CHARABIA ET THERESA

Clive Barker

L'APOTHÉOSE DE saint Raymond de Crouch End advint, comme c'est le cas pour la plupart des exaltations anglaises, en janvier. On admet généralement dans les cercles célestes que janvier, mois blafard s'il en est, est le moment le plus propice pour visiter la blanche Albion. Un mois plus tôt, et les yeux des enfants sont tournés vers les cieux dans l'espoir d'y entrevoir un renne et un traîneau. Un mois plus tard, et c'est la perspective – même ténue – du printemps qui suffit à aiguiser les sens d'âmes assommées par la monotonie. Et puisque les anges ont une fragrance repérable à des kilomètres à la ronde (qui pour d'aucuns, évoque à la fois le chien mouillé et la crème rance), moins la populace est en éveil et meilleures sont les chances qu'une divine intervention (comme l'élévation d'un saint) soit menée à bien sans attirer une attention malvenue.

Janvier ce fut, donc. Le 17, pour être précis. Un vendredi. Un vendredi humide, froid et brumeux ; idéal en somme pour une apothéose discrète. Raymond Pocock – le saint en devenir – vivait dans une rue agréable, quoique fort mal éclairée, à quelques encablures de l'artère principale de Crouch End. Et puisque dès quatre heures cet après-midi-là, les nuages chargés de pluie et le crépuscule naissant avaient concouru à moucher toute lumière des cieux, personne n'assista à la venue de l'ange Sophus Demetria.

Sophus ne nourrissait pas la moindre illusion quant à l'affaire en cours. Pocock, l'aimable sauveur d'enfants, serait la troisième âme en un peu plus d'une année qu'elle allait soustraire à sa condition hylique pour la révéler à sa nature éthérique. Mais cet après-midi-là il y avait de la boulette dans l'air. À peine l'ange avait-elle mis un pied dans la sordide chambrette de Raymond que le turbulent perroquet de ce dernier sonna l'alarme depuis son perchoir installé sur le rebord de la fenêtre. Pocock tenta mollement de le faire taire, mais le tapage du volatile avait réveillé les occupants de l'appartement voisin et de celui du dessous, et déjà ils hurlaient à l'animal de la fermer. N'obtenant aucun résultat, ils se présentèrent à la sainte porte en menaçant maître et oiseau ; la découvrant déverrouillée, l'un des belliqueux voisins l'ouvrit en grand.

Sophus était une pacifiste. Bien qu'ils fussent nombreux parmi la Sublime Engeance à ne pas cracher sur un bon petit massacre si l'occasion de s'en tirer à bon compte s'offrait à eux, Sophus – dont le père avait servi comme légionnaire lors de la Purge de Dis – avait été abreuvée de tellement de récits de carnage durant son enfance que la seule idée du sang lui donnait la nausée. Aussi, plutôt que de disposer des témoins à la porte, ce qui aurait résolu bien des problèmes, tenta-t-elle d'arracher Pocock à la vulgarité de sa condition avec assez de célérité et de lumière pour que les importuns postés sur le seuil s'en retrouvent cois.

Pour commencer, elle baigna la chambre sans joie d'un tel flamboiement béatifique que les témoins durent se couvrir les yeux et battre en retraite sur le lugubre palier. Puis elle étreignit le bon Raymond et déposa sur son front le baiser de la canonisation. À l'angélique contact, sa moelle s'évapora et sa chair disparut, de sorte qu'il se résuma bientôt au poids de son âme. D'un regard Sophus fit alors disparaître le plafond, les poutres et le toit au-dessus d'eux, pour entamer leur ascension vers le Paradis.

Sans voix, confus et apeurés, les témoins coururent se réfugier derrière les portes closes de leurs logis, de crainte que ce prodige ne s'en prenne ensuite à eux. Le silence envahit l'immeuble. La pluie se mit à tomber, et avec elle vint la nuit.

Saint Raymond de Crouch End fut reçu avec force gloire et rhétorique dans les Maintes Demeures du Père. Une fois baigné, puis paré de vêtements si raffinés qu'il en pleura, il fut invité à évoquer ses bonnes actions au pied du Trône. Lorsque, timidement, Raymond objecta qu'il serait immodeste de faire l'inventaire de ses prouesses, on lui rétorqua que la modestie était une invention du Déchu pour encourager les hommes à se déprécier et, qu'en conséquence, il n'avait pas à réprimer ses vantardises.

Bien qu'à peine une heure plus tôt il se trouvât encore dans l'intimité de sa chambre, à composer une ode aux tragédies de la chair, la réalité de ce sordide état s'effaçait déjà de sa mémoire. Lui eût-on demandé de convoquer le souvenir des créatures qui avaient partagé avec lui ladite chambre, qu'il en aurait sans doute été incapable. Sans même parler de les reconnaître.

« Regarde-moi ça ! » lança le perroquet en s'étudiant dans le petit miroir ayant été l'unique concession du saint à la vanité.

« Bon sang, mais qu'est-ce qui s'est passé ? »

Ses plumes reposaient en un tas aux couleurs vives au pied de son perchoir. Ainsi révélée par l'éplumage, sa chair, croûteuse et tendue, le démangeait en diable, mais il n'était pas mécontent. Il avait des bras et des jambes. Les génitoires qui pendaient à l'ombre de son ventre étaient d'une taille impressionnante. Il avait des yeux sur le devant de son visage, et de sa bouche (juste en dessous de son nez crochu) sortaient à présent des mots qui n'avaient plus rien d'un babillage appris par cœur : c'étaient bel et bien les siens.

« Je suis humain, dit-il. Doux Jésus ! Je suis humain ! »

Il ne s'adressait toutefois pas au vide de la chambre. Assise dans le coin opposé, se tenait Theresa. Cadeau d'une petite fille guérie de son bégaiement par les bons soins du saint, elle qui n'était jusqu'à récemment qu'une tortue enfouie dans sa carapace se voyait désormais agrémentée d'un mètre cinquante supplémentaire.

« Mais comment ça a pu arriver ? »

Le perroquet, baptisé Charabia par son maître à cause de son anglais approximatif, voulait comprendre.

Theresa leva vers lui son petit visage gris. Elle était chauve et d'une laideur peu commune. Sa peau n'était pas moins ridée ou écailleuse dans sa présente incarnation que dans la précédente.

« Il a été emmené par un ange, dit-elle. Et sa présence nous a, en quelque sorte, *altérés*. »

Elle considéra ses improbables mains.

« Je me sens toute nue ! lança-t-elle.

— Mais tu *es* toute nue, répliqua Charabia. Tu as perdu ta carapace, et moi mes plumes. Mais nous avons tellement gagné au change.

— Je me demande… hasarda Theresa.

— Quoi donc ? Si nous avons gagné tant que ça ? »

Charabia se rendit à la fenêtre, effleura du bout des doigts la vitre glacée.

« Oh… murmura-t-il. Il y a tant de choses à voir dehors.

— Vu d'ici, ça n'a pas l'air particulièrement reluisant.

— Dieux du ciel…

— Tiens ta langue, cingla Theresa. Quelqu'un pourrait nous entendre.

— Et ?

— Réfléchis, perroquet ! Il n'était certainement pas dans les desseins du Seigneur de nous transfigurer ainsi. Nous sommes d'accord ?

— Nous sommes d'accord.

— Et donc si tu t'adresses au Ciel, même en jurant ainsi, et si quelqu'un là-haut entend tes jérémiades…

— Il pourrait nous retransformer en animaux ?

— Précisément.

— Alors il faut qu'on fiche le camp d'ici au plus vite. On doit se dénicher des habits parmi ceux de saint Raymond et nous perdre dans le vaste monde. »

Vingt minutes plus tard ils se tenaient au beau milieu de Crouch End, occupés à parcourir un exemplaire de l'*Evening Standard* récupéré dans une poubelle. Pressés par la bruine, les gens les dépassaient en râlant, parfois même en les bousculant.

« Serions-nous par hasard dans le passage ? s'interrogea Theresa. Est-ce là un problème ?

— Ils ne nous remarquent même pas. Aaaah, si j'avais encore toutes mes plumes…

— Ils t'enverraient chez les fous, le coupa une Theresa concentrée sur sa lecture. Tant d'horreurs, soupira-t-elle. Tant d'horreurs partout. »

Elle passa le journal à Charabia.

« Enfants assassinés. Hôtels incendiés. Bombes posées dans des urinoirs. Ce n'est qu'atrocité sur atrocité. Je pense qu'on devrait se trouver une petite île – où ni homme ni ange ne nous retrouverait jamais.

— Et tourner le dos à tout ça ? objecta Charabia en ouvrant grand les bras – et en percutant une jeune femme au passage.

— Range tes putains de mains ! lui lança celle-ci en continuant son chemin.

— Ils ne nous remarquent même pas, hein ? fit remarquer Theresa. Moi, je crois qu'ils nous voient très bien.

— La pluie déteint sur leur état d'esprit, argua Charabia. Ça ira mieux une fois que le temps se sera éclairci.

— Tu es bien optimiste, perroquet, marmonna Theresa. Et ça pourrait bien nous coûter la vie.

— Et si on se trouvait plutôt un petit quelque chose à manger ? » suggéra-t-il en la prenant par le bras.

Il y avait justement un supermarché à quelques centaines de mètres de là, dont les chatoyantes vitrines se reflétaient dans le miroir humide du trottoir.

« On ne ressemble à rien, fit remarquer Theresa. Ils vont nous lyncher si jamais ils se mettent *vraiment* à nous regarder.

— C'est vrai que tu es habillée n'importe comment. Alors que *moi*, j'ai réussi à ajouter une touche de glamour à mon allure. »

Il avait choisi dans la garde-robe de Raymond la meilleure évocation possible de son ramage, mais à la glorieuse manifestation des beautés de la nature, il n'était parvenu qu'à substituer un accoutrement vulgaire et sans goût. Theresa avait elle aussi cherché à recréer une approximation de son état premier en entassant sur son dos tellement de gros manteaux et de gilets (tous gris ou verts) qu'elle en ployait pratiquement sous leur poids.

« J'imagine que si on ne se mélange pas trop, fit Theresa, on devrait arriver à passer entre les gouttes.

— Bon, qu'est-ce qu'on fait ? On y va ou on n'y va pas ? »

Elle haussa les épaules.

« J'ai faim », maugréa-t-elle.

Ils se faufilèrent donc à l'intérieur, parcourant les rayons du magasin en quête de petites douceurs : biscuits, chocolat, noix, carottes, ainsi qu'une grande bouteille de ce cognac auquel Raymond était secrètement devenu dépendant depuis le mois de septembre. Après quoi ils escaladèrent Crouch End Hill pour s'installer sur un banc à l'extérieur de Christchurch, non loin du sommet. Les arbres qui encerclaient le bâtiment avaient perdu leurs feuilles, mais le seul couvert de leurs branches suffit à abriter les deux vagabonds le temps qu'ils puissent boire, grignoter et débattre de leur liberté.

« Je sens une grande responsabilité peser sur moi, dit Theresa.

— Vraiment ? s'étonna Charabia en soustrayant aux doigts squameux de sa compagne la bouteille de cognac. Et pourquoi donc ?

— N'est-ce pas évident ? Nous sommes la preuve manifeste de la réalité des miracles. Nous avons assisté à l'élévation d'un saint.

— Et nous avons été témoins de ses bonnes actions, ajouta Charabia. Tous ces enfants, ces jolies petites filles que sa bonté seule a guéris. C'était un grand homme.

— Elles n'avaient pas trop l'air d'apprécier le processus de guérison, objecta Theresa. Elles pleuraient beaucoup.

— Disons qu'elles se montraient… distantes. Sans doute parce qu'elles étaient toutes nues, et qu'elles n'appréciaient guère ses mains moites.

— Et peut-être qu'il n'était pas très… adroit. Mais c'était un grand homme, comme tu dis. Tu as fini avec le cognac ? »

Charabia lui tendit la bouteille, déjà à moitié vide.

« J'ai quand même vu ses doigts glisser un paquet de fois, tempéra l'homme-perroquet. Généralement…

— Généralement ?

— … à bien y réfléchir, je dirais même tout le temps…

— Tout le temps ?

— C'était un grand homme.

— Tout le temps ?

— Tout le temps entre leurs jambes. »

Ils restèrent quelques instants à ruminer en silence.

« Tu sais quoi ? finit par dire Theresa.

— Quoi ?

— Je crois que notre tonton Raymond n'était qu'un pervers dégénéré. »

De nouveau, un long silence. À travers les branches, Charabia fixait le ciel vierge d'étoiles.

« Qu'est-ce qui se passera s'ils s'en rendent compte ?

— Tout dépend si tu crois ou non en la Divine Miséricorde. »

Theresa s'octroya une nouvelle rasade de cognac.

« Personnellement, je pense qu'on n'en a pas terminé avec notre bon Raymond. »

Le saint ne sut jamais quelle fut son erreur ; était-ce un regard déplacé posé sur un chérubin, ou bien la manière dont il butait parfois sur le mot « enfant » qui l'avait trahi ? Toujours est-il qu'à un moment il goûtait à la compagnie d'âmes lumineuses, dont chaque pas allumait des étoiles au firmament, et que l'instant suivant leurs doux visages se peignaient de reproches – tandis que l'air, qui jusqu'alors l'avait rempli d'extase, s'était peuplé de verges de bois vert qui s'abattaient sur lui.

Il implora pitié, encore et encore. Ses désirs l'avaient asservi, il l'admettait, mais il leur avait résisté de tout son être. Et s'il avait pu, à l'occasion, céder à cette honteuse fièvre, était-ce vraiment au-delà de tout pardon ? Dans l'ordonnancement du grand dessein, il avait à coup sûr fait plus de bien que de mal.

Les verges, pourtant, ne faiblirent point et continuèrent de marquer sa chair. On le força à s'agenouiller – il était en sanglots.

« Laissez-moi partir ! lança-t-il enfin à la Sublime Engeance, je renonce ici et maintenant à ma sainteté. Cessez de me châtier et renvoyez-moi simplement chez moi. »

La pluie avait cessé aux alentours de 8 h 45, et à 9 heures, lorsque Sophus Demetria ramena Raymond à ses humbles pénates, les nuages finissaient de se dissiper. La lune illuminait la chambre où il avait soigné près de cinquante fillettes et où, près de cinquante fois, il avait pleuré de honte. L'astre nocturne se reflétait par le trou du toit dans les flaques qui s'étaient formées sur le tapis. Il éclairait aussi la caisse de bois désormais vide où avait vécu sa tortue, ainsi que le tas de plumes gisant au pied du perchoir de Charabia.

« Espèce de salope ! lança-t-il à l'ange. Qu'est-ce que tu leur as fait ?

— Rien du tout, répondit Sophus, qui suspecta soudain le pire. Tais-toi ! Tu m'empêches de réfléchir. »

Craignant une nouvelle rossée, Raymond se tint coi pendant que l'ange, sourcils froncés, intimait au vide de la pièce de lui livrer séant les fantômes du passé. Raymond se revit, arraché à ses sonnets par la coulée de lumière céleste annonciatrice de quelque séraphique présence. Il vit le perroquet épouvanté s'envoler de son perchoir ; vit la porte ouverte à la volée par les voisins venus se plaindre avant qu'une terreur mêlée d'admiration ne les fasse battre en retraite vers le seuil.

La reconstitution gagnait en frénésie à mesure que Sophus s'impatientait d'en connaître le dénouement. Les silhouettes éthérées d'un homme et d'un ange s'élevèrent au travers du toit, et Raymond se tourna vers les échos de Charabia et Theresa.

« Mon Dieu ! lâcha-t-il. Que leur arrive-t-il ? »

Le perroquet trémulait comme un possédé, il perdait son plumage tandis que sa chair gonflait et bouillonnait. La carapace de la tortue craqua lorsque à son tour elle enfla, abandonnant son état reptilien pour une physionomie qui semblait plus humaine.

« Qu'ai-je fait ? murmura Sophus. Dieu du ciel, qu'ai-je donc fait ? »

Puis, se tournant vers celui qui, naguère encore, était un saint :

« Je t'en tiens pour responsable, lui dit-elle. Tu m'as distraite avec tes larmes de gratitude. Et maintenant me voilà contrainte de faire ce que j'avais promis à Père de ne jamais faire.

— À savoir ?

— Prendre une vie », répondit Sophus, son attention tout entière tournée vers les images qui défilaient en accéléré sous ses yeux.

Le perroquet et la tortue volaient des vêtements, avant de se diriger vers la porte.

« Pas *une* vie, reprit l'ange, des sanglots dans la voix. Deux. Car il me faut faire en sorte d'effacer cette erreur. »

Les rues des quartiers nord de Londres ne sont guère réputées pour leurs miracles. Des meurtres, assurément, des viols et des émeutes. Mais des apparitions ? Ça, c'est bon pour High Holborn et Lambeth. Certes, une entité affublée du corps d'un chow-chow et de la tête de Winston Churchill aurait bien été aperçue du côté de Finsbury Park. Mais depuis les années cinquante, cette rumeur éminemment sujette à caution était ce qui se rapprochait le plus d'une visitation dans les parages.

Jusqu'à cette nuit. Cette nuit, et pour la seconde fois en l'espace de cinq heures, une lumière miraculeuse apparut – et cette fois (la pluie ayant cessé, et la relative douceur de l'air ayant convaincu les fêtards de sortir), elle ne passa pas inaperçue.

Sophus était trop pressée pour faire montre de discrétion. Elle remonta Broadway sous la forme d'une boule de feu, faisant vaciller les athées dans leurs fondamentaux et pétrifiant les croyants dans leur foi. Un notaire stupéfait, voyant l'incendiaire traînée passer devant sa fenêtre, appela la police et les pompiers. Le temps que Sophus Demetria ait rejoint les contreforts de Crouch End Hill, le son des sirènes emplissait la nuit.

« J'entends une musique, dit Theresa.

— Tu veux dire des alarmes.

— Je veux dire de la musique. »

Se levant de son banc, bouteille à la main, elle se tourna vers la modeste église située derrière eux. En provenaient les échos d'un chœur beuglant à pleins poumons.

« Qu'est-ce qu'ils chantent ?

— Un Requiem, répondit Theresa, avant de se diriger vers les marches de l'église.

— Putain, mais où tu vas, là ?

— Écouter.

— Laisse-moi au moins le... »

Il n'eut pas le temps de dire le mot « cognac ». Les sirènes avaient attiré son attention sur le pied de la colline, où il vit le feu de Sophus Demetria qui inondait l'asphalte.

« Theresa ? » murmura-t-il.

N'obtenant aucune réponse, il se tourna vers sa compagne. Celle-ci, nullement consciente des risques encourus, se tenait devant le portail de l'église, prête à l'ouvrir.

Charabia cria pour l'avertir – à tout le moins essaya-t-il –, mais lorsqu'il éleva la voix quelque réminiscence aviaire prit le dessus et son appel se mua en un croassement étranglé. Eût-elle saisi ses paroles que Theresa y serait restée sourde, transportée qu'elle était par le fracas du Requiem. En un instant, elle disparut à la vue du perroquet.

Le premier instinct de Charabia fut de décamper ; de mettre autant de distance que possible entre cette chair toute neuve et l'ange qui voulait la défaire. Mais s'il fuyait maintenant et que la Divine Messagère infligeait à Theresa quelque fatal sévice, que lui resterait-il ? Une vie à se cacher, à craindre la moindre lumière qui traverserait sa fenêtre ; une vie à taire le miracle qui l'avait ainsi transmué, de peur qu'un servile chrétien n'aille le dénoncer à Dieu ? Ce serait là une bien misérable existence. Mieux valait affronter sur l'instant l'infâme défaiseuse, avec Theresa à ses côtés.

D'un bond il se retrouva en haut des marches ; l'apercevant parmi les ombres, l'ange piqua des deux pour escalader la colline – son corps ardent semblait enfler à chaque enjambée. Paniqué, le souffle court, Charabia courut jusqu'au portail, ouvrit le vantail à la volée et s'écroula à l'intérieur.

Une vague de mélancolie venue de l'autre bout de l'église l'accueillit. Elle émanait de l'endroit où quelque soixante choristes s'étaient rassemblés devant l'autel pour chanter cette ode funeste.

Theresa leva vers lui ses yeux noirs emplis de larmes.

« N'est-ce pas magnifique ? demanda-t-elle

— L'Ange.

— Oui, je sais. Elle vient pour nous. »

Theresa se tourna vers les vitraux qui s'élevaient derrière elle. Un feu intense brûlait au-dehors ; des rais de pourpre, d'azur et de rouge tombaient aux pieds des fugitifs.

« Inutile de fuir. Mieux vaut profiter de la musique jusqu'à la fin. »

Malgré l'incandescent brasier, le chœur n'avait nullement faibli au moment du *Libera Me*. Transportés par la musique, la plupart des chanteurs continuaient à faire de leur mieux, prenant peut-être cette gloire flamboyante pour un éclair de transcendance induit par le Requiem. Au lieu de perdre en puissance, la musique enflait encore lorsque les portes à l'autre bout de l'église s'ouvrirent toutes grandes, livrant passage à Sophus Demetria.

Le chef de chœur, qui s'était jusqu'alors benoîtement fermé à tout ce qui passait autour de lui, choisit ce moment pour se retourner. La baguette lui en tomba des mains. Soudain livrés à eux-mêmes, les chanteurs s'égarèrent en l'espace d'une mesure et le Requiem se mua en une piteuse cacophonie par-dessus laquelle s'éleva la voix de l'ange, semblable à la caresse d'un doigt sur le rebord d'un verre :

« Vous ! lança-t-elle en désignant Charabia et Theresa. Venez là !

— Dis-lui d'aller se faire foutre, glissa Charabia à sa compagne.

— Venez à moi ! »

Theresa se tourna pour faire face à la travée centrale.

« Vous tous ! Vous vous apprêtez à voir s'accomplir l'Œuvre de Dieu !

— La ferme, gronda l'ange.

— Elle va nous tuer, car elle ne veut pas nous voir humains ! »

Le chœur avait complètement oublié le Requiem, à présent. Deux des ténors étaient en pleurs, tandis que l'une des contraltos avait perdu le contrôle de sa vessie – elle urinait bruyamment sur le marbre des marches.

« Ne détournez pas le regard, leur intima Theresa. Vous devez vous souvenir à jamais de ceci.

— Ça ne vous sauvera pas ! » clama Sophus.

Ses poignets s'allumèrent soudain – à n'en pas douter, la perspective d'une cinglante déflagration à venir…

« Est-ce que… tu voudrais bien prendre ma main ? » demanda timidement Charabia à Theresa.

Elle sourit tendrement, entrelaça ses doigts entre les siens. Après quoi – bien que conscients que rien ne pourrait les sauver du feu qui les guettait –, ils entreprirent de s'éloigner de sa source, tel un couple d'épousés marchant à rebours de l'autel sacramentel. Les témoins s'éparpillaient derrière eux. Le chef de chœur avait trouvé refuge sous son pupitre ; les basses, comme les autres, avaient déserté ; l'un des ténors éplorés en quête d'un mouchoir se faisait bousculer par les sopranos qui cherchaient à fuir. L'ange leva haut ses mains assassines.

« C'était sympa le temps que ça a duré », glissa Charabia à Theresa, en se tournant vers elle pour ne pas voir arriver l'éclair.

Qui ne vint pas. Ils battirent en retraite d'une marche encore, puis d'une autre, sans pour autant que la foudre ne s'abatte. Lorsqu'ils osèrent enfin lever les yeux vers l'ange, ce fut pour découvrir, à leur plus grande stupéfaction, que tonton Raymond s'était matérialisé à temps pour s'interposer entre eux et l'ire angélique. Il portait les stigmates de son séjour au Paradis. Sa vêture d'or pendait en lambeaux. Sa chair était contusionnée, ensanglantée des innombrables coups reçus. Mais il avait la force d'un homme au-delà de toute rédemption. « Ils sont innocents ! hurla-t-il. Comme des petits enfants. »

Rendue furieuse par l'ingérence, Sophus Demetria lâcha un cri inarticulé en même temps que le feu qu'elle destinait à Charabia et Theresa.

Il atteignit Pocock en plein dans son coupable entrejambe – ce dont, par chance ou par bonheur, personne ne saurait jamais rien – et entama son œuvre de dévoration. Raymond rejeta la tête en arrière en laissant échapper un hurlement d'agonie autant que de gratitude – puis, sans laisser à l'ange le temps de rompre contact, il leva les mains pour lui enfoncer ses doigts dans les orbites.

Les anges sont insensibles à la douleur physique ; c'est l'un de leurs drames. Mais les doigts de Raymond, présentement en train de se transformer en excréments, se frayèrent un chemin jusque sous le crâne de Sophus Demetria. Aveuglée par la merde, la Divine Apparition vacilla, ne s'éloignant ainsi de ses victimes que pour se cogner à une escouade de policiers et de pompiers qui entraient justement dans l'église, prêts à donner de la hache et de la lance d'incendie. Elle leva les bras au-dessus de sa tête puis s'éleva le long d'une colonne de lumière, préférant s'arracher au plan terrestre avant que sa miraculeuse présence n'attire davantage d'indésirables mortels et n'entraîne d'autres fâcheuses conséquences.

Les germes du pourrissement qu'elle avait semés chez Raymond ne disparurent pas pour autant avec elle. Le malheureux se transmuait en merde, et rien ne pouvait l'en empêcher. Lorsqu'enfin Charabia et Theresa le rejoignirent, il n'était guère plus qu'une tête surnageant au-dessus d'une flaque d'excréments. Il semblait pourtant assez heureux.

« Eh bien, eh bien... Quelle journée, n'est-ce pas ? »

Il expectora une bouillasse informe.

« Je me demande si... tout cela n'a pas été qu'un rêve.

— Non, ce n'était pas un rêve, rétorqua Theresa en ôtant une mèche de cheveux rebelle de son œil.

— Est-ce qu'elle reviendra ? demanda Charabia.

— Très certainement, lui répondit Raymond. Mais la Terre est vaste, et elle aura ma merde dans les yeux pour l'empêcher de vous retrouver. Inutile de vivre dans la peur. Je l'ai assez fait pour nous trois.

— Ils n'ont pas voulu de vous au Paradis ? lui demanda Theresa.

— J'ai bien peur que non. Cela dit, maintenant que j'ai vu à quoi cela ressemblait, ça ne m'embête pas plus que ça. Il y a juste une chose... »

Le processus de dissolution avait gagné son visage : ses yeux pendaient à présent hors de leurs orbites.

« Oui ? voulut savoir Charabia.

— Un baiser. »

Theresa se pencha, posa ses lèvres sur les siennes. Les pompiers et les policiers détournèrent les yeux, écœurés.

Pocock s'adressa ensuite à Charabia :

« Et toi, mon fidèle ami ? »

Comme son ancien maître se résumait désormais à une bouche flottant à la surface d'une flaque de merde, ledit Charabia hésita.

« Je ne suis pas ton fidèle ami », finit-il par lui répondre.

La bouche n'eut pas le temps de demander pardon : elle s'était défaite avant de pouvoir articuler la moindre syllabe supplémentaire.

« Je ne regrette pas d'avoir refusé de l'embrasser », fit remarquer Charabia alors qu'ils redescendaient au pied de la colline, presque une heure plus tard.

« Tu peux te montrer dur, perroquet, lui lança Theresa avant d'ajouter : Je me demande ce que les choristes vont bien pouvoir dire lorsqu'ils reparleront de ça ?

— Oh, répliqua Charabia, ils inventeront quelque chose ! La vérité ne sera jamais révélée.

— À moins que nous nous en chargions.

— Non, lui dit Charabia. Il faut qu'on garde tout ça pour nous.

— Pourquoi ?

— Theresa, ma douce, n'est-ce pas évident ? Nous sommes humains, à présent. Et à ce titre, il est des choses que nous devons éviter.

— Les anges ?

— Oui.

— Les excréments ?

— Aussi.

— Et ?

— La vérité.

— Ah, fit Theresa. La Vérité. (Elle lâcha un petit rire.) À partir de maintenant, bannissons-la de toute conversation. D'accord ?

— D'accord, répondit-il en déposant un bécot sur sa joue écailleuse.

— Je commence ? demanda Theresa.

— S'il te plaît.

— Je te hais, mon amour. Et la simple idée d'avoir des enfants avec toi me révulse. (Charabia flatta la bosse qui enflait à l'avant de son pantalon.) Et ceci, dit-il, est un bâton de réglisse – et je n'imagine pas pire moment pour en faire usage. »

Sur ces mots ils s'embrassèrent avec passion et, à l'instar de tant d'autres couples qui arpentaient la ville ce soir-là, partirent en quête d'un endroit où entremêler leurs désirs, tout en s'abreuvant de délicieux mensonges.

LA FIN DE TOUTES CHOSES

Brian Keene

AUJOURD'HUI, comme tous les autres jours, je me suis levé et j'ai fait du café. Pendant qu'il coulait, j'ai retiré mes chaussons et enfilé mes chaussures. Une fois le café prêt, je m'en suis versé une tasse, je suis sorti et j'ai pris la direction de la rivière. J'ai resserré ma ceinture pour m'assurer qu'elle ne traîne pas dans toute la merde d'oie qui tapisse le jardin. Mais même avec la ceinture nouée à fond, ma robe de chambre flottait. Sans doute à cause de tout le poids que j'ai perdu.

Je me suis posté au bord de l'eau et j'ai attendu la fin du monde.

Ce matin, j'ai souhaité le réchauffement climatique. Vu le temps qu'il fait, c'est plutôt approprié. Vingt degrés en plein cœur de la Pennsylvanie, à quelques jours de Noël ? Si ça, ce n'est pas un signe de la réalité du réchauffement climatique, je ne vois pas ce qui pourrait l'être. Mais le problème, avec le réchauffement, c'est que ce n'est pas assez rapide. Ça reste une mort insidieuse. J'avais besoin de quelque chose de fulgurant. Je veux que la fin du monde se produise aujourd'hui, pas dans plusieurs décennies.

J'ai donc attendu, avec ma tasse de café fumante, ma robe de chambre gonflée par le vent – et, comme d'habitude, la fin du monde n'est pas venue.

Il paraît que la magie se résume à de la physique : l'art de plier à votre volonté le monde qui vous entoure. Si c'est vrai, alors je suis un très mauvais magicien.

Loin sur l'eau une oie s'est redressée, a claqué des ailes et s'est mise à pourchasser une congénère. L'intéressée a cacardé en réponse, et les échos de leurs caquètements furieux ont retenti dans le jardin. Jusqu'à notre arrivée dans cette maison, j'avais toujours cru que les oies passaient l'hiver dans le sud. Et qui sait ? Peut-être qu'elles le font encore. Peut-être que ces oies-là se sont dit : « Et merde. Tu sais quoi ? Il fait vingt degrés, ici. Pourquoi est-ce qu'on s'embêterait à aller plus au sud ? »

Peut-être que ces oies savent quelque chose que j'ignore. Peut-être que leur magie est plus puissante.

J'ai regardé la rivière s'écouler, le soleil levant se refléter sur les vagues et les remous. J'ai regardé les éoliennes sur la rive opposée tourner paresseusement pour alimenter Lancaster County en électricité. J'ai regardé un hors-bord au loin, et le pêcheur solitaire qui s'y tenait debout. Finalement, une fois mon café terminé, j'ai fait demi-tour, remonté le jardin, et je suis rentré.

Ce n'est qu'en écrivant ces lignes que je me rends compte de quelque chose : quand j'étais au bord de la rivière ce matin, j'ai réussi à ne pas regarder cet endroit, près du quai. Ce n'est pas toujours le cas. Mais aujourd'hui, j'y suis parvenu.

Je considère ça comme une petite victoire.

Aujourd'hui, comme tous les autres jours, j'ai répété mon rituel matinal : café, chaussures, puis la rive. Noël s'est rapproché d'un jour, et il fait encore plus chaud qu'hier. Le réchauffement climatique persistant à me décevoir, j'ai souhaité autre chose.

Ce matin, j'ai choisi l'apocalypse zombie. Pas le scénario de fin du monde le plus réaliste, j'en conviens, mais il y avait une série sur les zombies hier soir, à la télé. Je n'ai jamais été un grand fan de films d'horreur, mais je l'ai quand même regardée – comme je regarde toutes les autres émissions : parce que ça me donne quelque chose à faire en attendant. Les personnages n'arrêtaient pas de dire que c'était dur pour eux, que leur monde s'écroulait, que c'était trop injuste. Je les ai enviés. Ils ont tout ce que je voudrais.

Non, les zombies ne sont peut-être pas la fin du monde la plus réaliste, mais je les appelais quand même de mes vœux, parce que rien d'autre ne semblait fonctionner.

Après en avoir terminé, je me suis retourné pour repartir vers la maison. Mais aujourd'hui… aujourd'hui, j'ai dérapé. Aujourd'hui, en me retournant, j'ai regardé vers cet endroit près du quai.

Et j'ai vu Braylon, j'ai vu mon petit garçon, se noyer une fois de plus.

Aujourd'hui, j'ai souhaité une chute d'astéroïde. Rien de très recherché, notez bien. Juste un gros caillou de l'espace, un truc de la taille du Texas, peut-être, qui dégringolerait du ciel et s'écraserait au milieu de la Pennsylvanie avec assez de force pour pulvériser cette putain de rivière et réduire la maison en poussière. Mais tout comme le réchauffement climatique et les zombies, l'espace m'a fait défaut. Je suis resté un moment planté là, à scruter le ciel, mais je n'ai vu que des avions au départ de Harrisburg ou de Baltimore-Washington, qui transportaient des gens ailleurs. Moi aussi, je veux partir ailleurs, mais aucun avion ne m'emmènera là-bas. Je veux rejoindre Braylon et Caroline, mais il n'existe pas de vol direct pour cette destination. Les trains, les bus et les avions ne vont pas là-bas, sauf en cas d'accident. Et même là, je risquerais d'avoir un coup de chance et de m'en tirer.

Il n'y a qu'une seule autre manière d'y aller, et j'ai encore trop peur pour le faire.

J'ai continué de fixer les nuages, d'observer les avions. Il y en avait un nouveau toutes les cinq minutes environ. Mais pas d'astéroïdes. Pas de comètes. Pas de paix pour moi. Je suis resté tellement longtemps à regarder que j'ai attrapé une crampe dans la nuque.

Quand j'ai fini par baisser les yeux, Braylon était encore là, vêtu du même pantalon de survêtement (« pantalon doudou », comme il disait toujours) et du même t-shirt Minecraft qu'il portait la dernière fois que je l'avais vu à cet endroit, les mains refermées sur le filet à papillons orange que Caroline lui avait acheté. Il pointait encore du doigt les vairons agglutinés près du quai. J'ai serré les poings et fermé les yeux, mais ça ne m'a pas empêché de l'entendre. « Regarde, papa ! Tu vois tous les bébés poissons ? Je parie que je peux en attraper. »

La première fois qu'il m'a dit ça, tout en s'accroupissant au bord du quai pour plonger son filet dans la rivière, je l'ai exhorté à faire attention. Quand j'ai ouvert la bouche, cette fois, seul un gémissement sourd en est sorti. Mon angoisse a presque noyé le petit cri surpris – pas effrayé, surpris – qu'il a poussé en tombant ; un cri coupé net une seconde plus tard, quand sa tête a heurté le bord en ciment.

Je savais que je verrais son sang là-bas, colorer lentement l'eau une fois de plus, aussi ai-je attendu de m'être retourné avant d'ouvrir les yeux.

J'ai pleuré jusqu'à la maison, tout le long du chemin. Ma robe de chambre s'est défaite et la ceinture a traîné dans la merde d'oie, mais je ne m'en suis pas aperçu sur le coup. Bouleversé, je me suis effondré sur le canapé et me suis endormi à force de pleurer. Il m'a fallu un long moment avant d'y parvenir, mais peu importait. Les coussins du canapé ont conservé l'empreinte que mon corps y avait laissée la nuit d'avant.

Je n'ai pas dormi dans le lit, ou même passé plus de cinq minutes dans la chambre, depuis que Caroline s'y est tuée. Tous ses vêtements, ses chaussures, son maquillage et ses crèmes pour la peau, ces petites bougies parfumées qu'elle aimait bien, tout le reste est encore là-dedans. Mes vêtements gisent dans un panier à linge posé par terre dans le salon. C'est là que je les mets, sauf quand je les porte ou quand je les lave.

Et la chambre de Braylon ?

Je ne m'y suis rendu qu'une fois depuis qu'il s'est noyé. Le lendemain. Deux jours avant l'enterrement. Trois jours avant que Caroline parte le rejoindre, et me laisse seul dans cette maison.

Je ne suis pas entré dans cette chambre depuis, mais je l'imagine très clairement. Si j'ouvrais la porte, je sais ce que je verrais, l'endroit où chaque objet se trouverait. Son lit serait défait, les draps et les oreillers décorés d'animaux de cirque porteraient encore son odeur. Le sol serait couvert de figurines de toutes sortes : super-héros Marvel et DC, Ben 10, Imaginext, Tortues Ninja et Star Wars en veux-tu, en voilà. La petite table du circuit – qui avait subsisté longtemps après que Braylon eut vendu son petit train *Thomas et ses amis* pendant notre vide-grenier parce « c'était pour les petits, et il avait huit ans maintenant » – serait toujours couverte de Lego, avec la maison que nous construisions ensemble. Une maison que personne ne terminerait jamais. Une maison incomplète. Une maison hantée.

Exactement comme celle-ci.

Aujourd'hui, j'ai souhaité une attaque terroriste.

Aujourd'hui il pleuvait ; je suis resté à l'intérieur, souhaitant que le monde entier soit inondé, que la rivière déborde et que l'eau emporte tout : moi, la maison, la chambre à coucher, la chambre de Braylon, et toutes les affaires, et tous les fantômes.

Aujourd'hui, j'ai souhaité une pandémie. Pas un truc comme la grippe, qui met longtemps avant de se répandre de manière efficace. Non, j'ai demandé une maladie du style Ebola sous stéroïdes. Quelque chose qui se répandrait comme un feu de forêt, qui engloutirait le monde. Qui m'engloutirait moi. J'ai pris ma température en rentrant, mais elle était normale.

Je ne regarde pas beaucoup de films d'horreur, je l'ai déjà dit. C'est parce que la plupart me semblent stupides. Prenez les films avec des fantômes, par exemple. La maison est hantée et il s'y passe des choses terribles, mais est-ce que les personnages prennent la décision logique et foutent le camp ? Non. Ils restent dans la maison. Ils refusent de déménager. Je n'ai compris pourquoi qu'après la disparition de Braylon et Caroline. Après leur enterrement, après que tout le monde eut fini d'offrir ses condoléances, quand je me suis retrouvé tout seul ici. Une fois la maison nettoyée par des professionnels, après que la police eut terminé son enquête, et une fois les murs et la moquette frottés pour faire partir tout le sang de Caroline. Et même là, assis sur le canapé pendant cette première nuit, à me mordre la lèvre inférieure pour ne pas crier, à me demander ce que j'allais faire du reste de ma vie, à me demander comment avoir un reste de ma vie, je ne comprenais toujours pas pourquoi les gens dans ces films ne déménageaient jamais. Ce n'est qu'au moment où j'ai songé à vendre la maison, et où j'ai découvert précisément quelles étaient mes chances d'y parvenir avec le marché actuel, et combien je devais toujours à la banque, que j'ai commencé à comprendre. Ce n'est qu'au moment où un ami, l'un des derniers amis à qui j'ai parlé avant que tout le monde cesse de venir me voir, m'a dit que je devrais m'éloigner un peu, prendre des vacances ou acheter un camping-car et partir loin d'ici pour tout recommencer à zéro – c'est là que j'ai commencé à comprendre ces films. Ce n'est qu'au moment où j'ai commencé à voir Braylon encore et encore près de la rivière, à entendre son rire – à entendre le bruit que faisait sa tête en heurtant le quai – que j'ai *vraiment* compris. Ce n'est qu'au moment où j'ai commencé à dormir sur le canapé, à me réveiller tous les matins débraillé, désespéré, perclus de douleurs depuis les genoux jusqu'au cou pendant que l'écho de ce coup de feu résonnait dans ma tête encore et encore et encore, que je me suis identifié aux personnages de ces films.

Le problème n'est pas qu'ils refusent de quitter la maison hantée. C'est qu'ils ne *peuvent* pas.

Et moi non plus.

Aujourd'hui, je suis descendu au bord de la rivière et j'ai souhaité un suicide par flic interposé. Ou, pour être plus précis, j'ai souhaité pouvoir trouver un moyen de provoquer un suicide par flic interposé. Je n'ai jamais été chasseur, donc ce n'est pas comme si j'avais beaucoup d'armes chez moi. La seule que nous avions, c'était le .45 dont Caroline s'est servie ; il se trouve désormais quelque part dans le placard des pièces à conviction de la police d'État. Ils ont dit que je pourrais revenir le chercher quand l'enquête serait terminée, mais je n'en ai pas pris la peine. Si j'y étais allé, j'aurais dû les écouter me dire à quel point ils étaient tous désolés – et j'aurais encore des amis si c'était ce que je voulais.

Même si j'avais une arme, je ne sais pas sur qui je tirerais. Je n'en veux pas assez à quiconque pour me lancer dans une tuerie. D'accord, j'en veux au monde entier. J'en veux à l'univers. Je meurs d'envie qu'il disparaisse. Mais je n'ai rien contre les autres gens qui sont encore là. Ce serait le destin si une comète ou un séisme éradiquait tout le monde, mais moi, je n'ai pas le courage de me tuer, encore moins de tuer quelqu'un d'autre. Je pourrais me jeter du haut d'un immeuble, mais avec la chance que j'ai, je finirais paralysé et coincé ici, hanté vingt-quatre heures sur vingt-quatre. Je pourrais avaler des cachets, mais je ne sais pas lesquels prendre, et là encore, je n'ai aucune garantie qu'une surdose ferait l'affaire. J'ai essayé de me renseigner sur Internet, mais ce n'est pas aussi facile de trouver ce genre d'informations qu'on voudrait nous le faire croire à la télé.

Aujourd'hui, c'est la veille de Noël. Braylon et Caroline étaient là, l'an dernier. Nous avons passé la journée ensemble. Nous avons laissé Braylon ouvrir un cadeau avant de se coucher, avec la promesse qu'il pourrait ouvrir tous les autres (y compris ceux qu'apporterait le Père Noël) le lendemain matin. Il avait sept ans à l'époque, et il croyait encore au Père Noël. Quatre mois plus tard, il m'a demandé s'il existait, et je lui ai demandé ce qu'il en pensait – il ne savait pas trop.

Il est parti, maintenant. Il est parti, et je ne saurai jamais s'il a compris ou pas.

Ce matin, j'ai souhaité que le supervolcan sous Yellowstone explose, recouvre les États-Unis de cendres brûlantes et rende le ciel aussi gris que l'intérieur de ma tête.

Les oies ont fini par s'en aller. Vers le sud, j'imagine, même si les températures avoisinent toujours les vingt degrés. C'est bizarre, elles me manquent un peu, de même que le bruit qu'elles faisaient. Il n'y a plus que moi, maintenant, une fois de plus. Moi et les souvenirs de ma femme et de mon fils.

Leurs fantômes se font entendre de plus en plus.

Aujourd'hui, c'est Noël, mais en réalité c'est un jour comme les autres. Je me suis levé et j'ai fait du café. Pendant qu'il coulait, j'ai retiré mes chaussons et enfilé mes chaussures. Une fois le café prêt, je m'en suis versé une tasse, je suis sorti et j'ai pris la direction de la rivière. Ma robe de chambre flotte plus que jamais.

Je suis assis ici, au bord de l'eau, et j'attends la fin du monde.

Ce matin, j'ai souhaité qu'il y ait un accident nucléaire à Three Mile Island. La centrale n'est qu'à dix kilomètres en amont de la rivière. Mais comme toujours, il ne s'est rien passé.

Il fait encore plus chaud aujourd'hui qu'hier. Beaucoup trop chaud pour un Noël en Pennsylvanie. Le temps idéal pour se baigner.

Je suis assis ici, en train d'écrire – et quand je regarde vers l'endroit où Braylon est tombé, je sais que les éclaboussures de son sang ne sont plus là, sur le coin du quai. Mais je les vois quand même. Je vois le fantôme.

Je vais finir ça, après quoi je vais aller m'asseoir au bord du quai histoire de tremper un peu mes pieds dans l'eau. Et qui sait ? Vu comme il fait chaud, j'irai peut-être nager. Je n'ai pas les couilles de me tuer, mais peut-être que je peux me contenter de nager jusqu'à épuisement. Dieu sait que ça ne devrait pas prendre trop longtemps. Je suis toujours épuisé, en ce moment.

Je me demande si je verrai son fantôme là-bas, sous l'eau ? Je me demande si je les trouverai en train de m'attendre, dans l'endroit où nous allons quand ce monde prend fin ?

LA DANSE DU CIMETIÈRE

Richard Chizmar

ELLIOTT FOSSE, TRENTE-TROIS ANS, comptable de province. Attend, seul. Plein hiver. Minuit passé. Le parking en gravier, désert, du cimetière de Winchester County.

Elliott contemplait les ténèbres glacées par la vitre du pick-up. Ses pensées se reportèrent sur la note manuscrite fourrée dans la poche de son pantalon. Il baissa la main et palpa le denim. Le pantalon était flambant neuf – acheté pour le travail moins d'une semaine plus tôt, encore raide au toucher –, mais Elliott parvint à sentir le froissement rassurant du papier à l'intérieur de la poche.

Pendant que la femme à la radio rabâchait son alerte à la neige pour tout le secteur est de l'État, le vent se déchaînait à l'extérieur – assez fort pour faire tanguer le pick-up. Le souffle d'Elliott formait des panaches dans l'air, et malgré l'absence de chauffage, il dut essuyer des gouttes de transpiration sur son visage. De la même main, il cueillit une bouteille de bière posée sur le tableau de bord et la siffla, la laissant inclinée bien après l'avoir vidée. Il la balança ensuite sur le siège passager, où elle cliqueta contre deux de ses compagnes, puis saisit la poignée de la portière.

Le vent lui cingla aussitôt le visage. La transpiration gela immédiatement sur ses joues. Il s'empressa de sortir la lampe torche de sa poche et de relever le col de sa veste pour protéger son cou. Le ciel nocturne, vide d'étoiles, recouvrait le cimetière comme une immense tente de cirque noire. Ses mains nues tremblaient de façon incontrôlable, et le rayon de sa lampe tressautait sur le sol congelé. Au loin, presque étouffé par les gémissements du vent, il perçut un claquement métallique ; un bruit sourd dont les échos se propageaient aux alentours. Il hésita, tenta d'en deviner la provenance, mais échoua. Ça sentait la neige, pensa-t-il en levant la tête.

Plaquant une main sur le poids bancal enfoui dans la poche de sa veste, il gravit lentement les marches fissurées qui menaient au portail monumental. Pendant les heures d'ouverture, le portail marquait l'entrée principale du cimetière ; il était toujours flanqué par le gardien, un type de petite taille et de forme ronde, affublé d'une barbe d'un roux éclatant. Mais à une heure du matin, les lieux étaient depuis longtemps fermés et abandonnés.

Les jambes d'Elliott le faisaient souffrir à chaque marche. L'alcool dans son organisme ne parvenait pas à rivaliser avec la puissance de la tempête. Les bourrasques glaciales lui brûlaient les yeux et les oreilles. Il mourait d'envie de se reposer, mais le contenu de la note dans sa poche l'aiguillonnait irrésistiblement. En atteignant la dernière marche, il fut accueilli par un cadenas rouillé gros comme le poing qui cognait bruyamment contre les portes jumelles. On aurait cru le carillon d'une cloche avertissant la campagne d'un danger invisible.

Il prit appui contre le portail pour se reposer un instant – et l'acier glacé lui arracha une grimace de surprise. Il se frictionna les mains, puis se dirigea vers un passage étroit en partie dissimulé par une grappe de ronces entremêlées, à la jonction du grillage et de l'angle gauche du portail. Elliott se coula à travers l'ouverture et sentit monter en lui le frisson d'excitation habituel. Il était déjà venu ici à de nombreuses reprises… de nombreuses reprises. Mais cette nuit, c'était différent.

En se faufilant parmi les pierres tombales d'un blanc passé, Elliott remarqua pour la première fois que leur disposition était un peu étrange, comme si elles avaient été lâchées depuis le ciel suivant un motif bien précis. D'en haut, rumina-t-il, le cimetière devait ressembler à un lotissement surpeuplé.

Il jeta un nouveau coup d'œil vers le ciel. *Il y a de la neige dans l'air,* songea-t-il, *et un paquet.* Il progressait plus lentement, désormais, toujours confiant, mais soucieux de ne pas manquer la tombe.

Il était venu ici de nombreuses fois, mais c'était la première qui lui avait laissé le souvenir le plus vif : quinze ans plus tôt, en pleine journée. Tout le monde était là. Elliott, sombre, loin derrière les parents de Kassie, caché au sein de la foule endeuillée. Le père de Kassie, fièrement dressé, chacune de ses mains puissantes posée sur l'épaule d'un fils. La mère, drapée du noir de rigueur, debout près de lui, ravalant ses larmes.

Juste après l'enterrement, la foule avait quitté le cimetière pour se réunir dans la maison de ses parents ; Elliott, lui, était resté. Il avait patienté dans le bosquet de chênes en surplomb, dissimulé entre les arbres. Quand les ouvriers avaient terminé leur tâche, il avait descendu la colline à pas de loup pour aller s'asseoir sur la tombe fraîche et discuter avec sa bien-aimée. Et ça avait été magique, la première fois que Kassie lui parlait vraiment, se livrait à lui. Il l'avait sentie au plus profond de lui ce jour-là, et sut que tout avait été juste – sa mort, son meurtre, une bénédiction.

Dans les hauteurs du cimetière, une branche morte craqua et s'écrasa au sol. Les souvenirs de l'enterrement de Kassie se dissipèrent. Il resta debout, immobile, à observer les arbres dépouillés se balancer et osciller dans le vent, leurs branches mortes raclant et crissant les unes contre les autres. Une vision brumeuse se dessina dans son esprit, squelettes et démons en train de danser. *On l'appelle la danse du cimetière*, annoncèrent les démons de leurs bouches édentées et pourries où se tortillaient des lombrics visqueux. *Viens danser avec nous, Elliott*, lui lancèrent-ils en l'invitant à les suivre de leurs longs doigts osseux. *Viens*. Et il avait envie d'obéir. Il avait envie de se joindre à eux. Ils avaient l'air tellement accueillants. *Viens danser la danse du cimetière...*

Il secoua la tête pour chasser ces pensées – trop d'alcool, voilà tout – puis s'engagea dans une rigole étroite en traînant les pieds dans le fin tapis de feuilles mortes. Reconnaissant la rangée familière de stèles devant lui, il accéléra le pas. Il s'arrêta enfin, et braqua le rayon lumineux sur la plus grosse plaque.

La stèle était propre et soigneusement entretenue ; l'herbe gelée tout autour était encore bien tondue. Deux bouquets de fleurs coupées reposaient contre la pierre. Elliott reconnut celui qu'il avait laissé la veille, pendant sa pause-déjeuner. Il se rapprocha, s'agenouilla, jeta sa lampe torche de côté et s'installa près de la pierre en granit blanc. Il toucha les sillons profonds de l'inscription, caressa lentement chaque lettre et s'arrêta sur son nom.

« Kassie, chuchota-t-il, ses paroles emportées par le vent. Je l'ai trouvée, mon amour. »

Il enfonça la main dans sa poche et en tira un morceau de papier réglé tout chiffonné.

« Je n'arrivais pas à croire que tu me reviennes après toutes ces années. Mais j'ai trouvé la note sur mon oreiller, là où tu l'as laissée. »

Des larmes se mirent brusquement à couler sur son visage.

« J'ai toujours su que tu me pardonnerais. Vraiment. Tu sais que j'étais obligé de le faire… C'était le seul moyen. Tu ne me regardais même pas, à l'époque, ajouta-t-il d'un ton implorant. J'ai tout fait pour que tu me remarques, mais ça ne marchait pas. Donc je n'avais pas le choix. »

Le cimetière s'éveilla autour de lui, respirant pour les morts. Le vent forcit, plaquant des feuilles contre les troncs d'arbres et les plus hautes pierres tombales. Elliott serra le papier dans son poing pour empêcher la nuit de le lui voler.

« J'arrive, maintenant, mon amour. (Il eut un rire de soulagement nerveux.) On pourrait être ensemble pour toujours. »

Il sortit la main de la poche de sa veste et leva les yeux vers le ciel. La neige allait se mettre à tomber. Bientôt. Une soudaine rafale envoya une autre branche s'écraser par terre, où elle explosa en centaines d'échardes acérées.

Deux tombes plus loin, Elliott s'effondra lui aussi, les doigts repliés sur la crosse du pistolet, figés à jamais. L'unique coup de feu retentit à travers le cimetière jusqu'à ce que la tempête l'engloutisse. Des fragments de tissu cérébral jaillirent dans les airs et, mêlés aux échardes, retombèrent en pluie sur le cadavre. Sa tête fracassée roula sur le côté, et un peu de matière grise se déversa sur le tertre herbeux.

L'espace d'un instant, un croissant de lune ivoire transperça les ténèbres, pour disparaître aussitôt. Alors même que le vent soulevait puis réclamait le morceau de papier froissé recouvert de l'écriture d'Elliott, les arbres immenses retrouvèrent leurs partenaires de danse. Et la neige commença à tomber.

L'ATTRACTION DES FLAMMES

Kevin Quigley

PLANTÉ AU SOMMET d'une perche, le crâne contemplait les trois garçons de ses orbites encrassées par l'âge. Il n'avait pas l'air humain.

« Qu'est-ce que c'est ? » demanda Johnny à Chip en le montrant d'un doigt craintif.

Son ami régla la question d'un haussement d'épaules.

« Sans doute un gorille, ou un truc dans le genre. »

Johnny se sentit un peu mieux. Chip savait tout un tas de trucs : il avait douze ans.

« Je suis pas sûr, Chip, dit Bobby – qui persistait à examiner la chose. J'ai vu des photos de crânes de gorille dans notre manuel de biologie l'an dernier, et ils ne ressemblaient pas à ça. »

Johnny se tourna vers Chip ; celui-ci prit d'abord un air contrarié, puis un petit sourire apparut sur son visage.

« Ce n'est qu'un crâne, de toute façon, expliqua-t-il. Il peut pas te faire de mal, si ? »

Bobby reporta les yeux sur Chip.

« Ouais, j'imagine.

— Bon, maintenant allons-y. J'ai pas envie de faire la queue pendant des heures. »

Les garçons s'éloignèrent du crâne pour se diriger vers l'entrée. Johnny eut un petit frisson intérieur, partagé entre l'appréhension et l'excitation, au moment de passer sous l'écriteau « Le Monde de la Peur ». Ça allait être génial.

Oh ! là, là ! la fête foraine ! Les bonbons, la barbe à papa sucrée, les bonnes odeurs qui flottaient dans l'air comme un nuage. Les cris des bonimenteurs qui lançaient « Un dollar ! », « C'est la fête ! », ou « Trois essais, tentez votre chance ! ». D'immenses créatures pataudes aux mains effrayantes – rien que des hommes montés sur des échasses, mais qui faisaient quand même peur. Des hot-dogs et des hamburgers, des cacahuètes grillées et des beignets qui ne demandaient qu'à être achetés et dévorés.

Johnny adorait ça. Tous ces gens, même les adultes, qui venaient ici pour recevoir leur dose de sensations fortes, pour se faire peur ou pour le simple plaisir. La fête foraine était un endroit magique. Il ne pouvait pas vraiment confier ce genre de choses à Chip ou même à Bobby, mais il le sentait dans son cœur. C'était un endroit magique ; et quand il y était, il se sentait magique lui aussi.

Ils étaient cependant tous d'accord pour dire que le meilleur, dans une fête foraine, c'était toujours la maison hantée. Être mort de trouille dans le noir, puis une fois dehors faire comme si de rien n'était. Une fois, à la foire du comté de Scattersborough, Johnny et Bobby avaient fait la Maison du Diable ensemble. Au moment où le visage du Dracula géant s'était éclairé – donnant l'impression de se jeter sur eux –, Bobby s'était mis à hurler. Une fois à l'extérieur, il avait tenté de faire croire à Johnny qu'il criait juste pour lui faire peur, mais Johnny ne l'avait pas cru une seule seconde. Il l'avait dit à Chip, et tous deux s'étaient moqués de Bobby pendant des mois.

Puis un truc incroyable se produisit. Ils étaient tous en train de regarder la télé chez Chip quand ils tombèrent sur une pub pour quelque chose qui s'appelait Le Monde de la Peur. Ils étaient occupés à faire les idiots, à jouer à la bagarre, à rire tellement fort qu'ils en avaient mal au ventre – mais ils s'arrêtèrent net en voyant la publicité.

« Vous aimez avoir peur ? » leur demanda une voix rauque à travers la télé. Ils levèrent tous les yeux, virent un type déguisé en loup-garou apparaître à l'écran et marcher vers eux. Johnny écarquilla les yeux. Oui à cent pour cent, il aimait avoir peur.

« Alors venez au Monde de la Peur ! » Un clown au visage dégoulinant de sang dansait à présent au ralenti sur l'écran. Le cœur de Johnny fit un bond dans sa poitrine ; son estomac se tordit de peur.

« Jeux ! Manèges ! Cinq nouvelles maisons hantées ! » Cinq, avait dit la voix ? Cinq maisons hantées ?

« Ouvert tous les soirs en octobre ! Venez, venez tous ! » À cet instant, ils se promirent de faire partie des heureux élus.

« Hors de question », décréta la maman de Chip. Celles de Johnny et de Bobby étaient du même avis. « Vous êtes trop jeunes, décidèrent-elles. Ça fait trop peur. »

Bien sûr, Chip avait un plan en tête. Le deuxième samedi du mois, Chip et Johnny firent croire à leurs mères qu'ils allaient dormir chez Bobby. Bobby dit à la sienne qu'il passait la nuit chez Chip. Ils se retrouvèrent à l'arrêt de bus en périphérie de la ville, morts de rire. Ils n'arrivaient pas à croire qu'ils s'en étaient tirés aussi facilement.

À présent, ils étaient enfin sur place : au cœur du Monde de la Peur, tout seuls. Johnny n'avait jamais été aussi heureux.

« Tiens, tiens, tiens, bien le bonjour ! » leur lança un homme coiffé d'un grand chapeau.

Il se pencha, puis leur adressa un immense sourire qui dévoila ses dents. Johnny et Bobby eurent un mouvement de recul, mais Chip se contenta de rire.

« Vous êtes qui ? » demanda-t-il en souriant.

L'homme se redressa de toute sa hauteur.

« Au nom d'Étienne LaRue je réponds,
maître du Monde de la Peur, et vous donc ? »

Ils laissèrent échapper un petit rire, mais Johnny avait également un peu peur. Ce type n'avait pas l'air net.

« Je m'appelle Chip, et voici Bobby et Johnny. »

Monsieur LaRue posa les mains sur ses hanches ; son sourire s'élargit encore.

« Chip, Bobby et Johnny, mes garçons ! Alors, prêts pour le grand frisson ? »

Chip rit franchement, cette fois. Johnny sourit, mais il se sentait un peu nerveux. Ne leur avait-on pas dit de ne jamais adresser la parole aux inconnus ?

« Seul ou à trois, suivez mes conseils,
tant de frissons ici s'éveillent !
Si vous voulez affronter la peur,
L'Attraction des Flammes fera votre bonheur ! »

« L'Attraction des Flammes ? demanda Johnny. C'est un jeu ? »

LaRue examina Johnny comme s'il s'était agi d'un insecte. Il se pencha, dévoila de nouveau ses dents – mais cette fois Johnny n'eut pas l'impression qu'il souriait.

« L'Attraction des Flammes n'est pas un jeu,
C'est un lieu infâme, déconseillé aux peureux… »

LaRue tendit la main, et l'espace d'une seconde Johnny fut incapable de détacher son regard de son doigt dressé et tremblant. Il était immense, bien plus long que la normale, terminé par un ongle jaune et craquelé. Johnny repensa au crâne à l'entrée. Ce n'était pas vraiment celui d'un humain, si ? Et s'il n'était pas humain, qu'en était-il de M. LaRue ? Une peur réelle commença à lui tordre le ventre, mais avant qu'il puisse dire ou faire quoi que ce soit, Chip lui tapa sur l'épaule et il se retourna.

Elle était là-bas, perchée sur une colline, à l'écart de toutes les autres attractions. Contrairement aux autres maisons hantées, celle-ci était plongée dans le noir ; elle avait l'air de tomber en ruine.

« C'est une maison hantée, ça ? » demanda Bobby.

Johnny pouvait entendre la peur qui teintait sa voix.

« C'est la plus effrayante de toutes, déclara LaRue,
comme vous allez le découvrir !
Elle vous glacera jusqu'à la moelle des os,
je peux vous le garantir ! »

Mais Johnny était déjà effrayé. La vue de cette maison isolée sur sa colline ne lui faisait pas seulement peur. Elle l'emplissait d'un profond malaise.

« Je ne crois pas... » commença-t-il, mais Chip se pencha vers lui pour lui chuchoter à l'oreille :

« Tu as la trouille ?

— Non », répondit Johnny, qui déglutit dans l'espoir de ravaler une partie de son malaise.

Quand LaRue commença à se diriger vers L'Attraction des Flammes, Chip lui emboîta le pas. Johnny le rattrapa à contrecœur. Bobby traîna un peu des pieds, mais suivit le mouvement.

« Johnny ? demanda-t-il si brusquement que l'intéressé sursauta légèrement. Tout va bien, hein ? »

Johnny regarda au-delà des lumières, de l'autre côté des manèges, vers la colline où se dressait la maison noire, branlante et inquiétante. C'était la plus effrayante de toutes, aucun doute là-dessus.

« Oui, tout va bien », dit-il – mais quand il s'efforça de sourire, le garçon s'en découvrit incapable.

Il avait trop peur.

« Où sont toutes les lumières ? » chuchota Bobby d'une voix tremblante à l'intention de Johnny.

Le chemin qu'ils avaient emprunté n'était pas éclairé, et Johnny se retourna pour regarder les lumières du Monde de la Peur. Elles lui parurent très lointaines.

« Je ne sais pas », murmura-t-il en réponse.

Il se sentait presque aussi effrayé que Bobby devait l'être, à en juger par sa voix. Il s'apprêtait à ajouter quelque chose quand M. LaRue les interrompit.

« Pourquoi n'y a-t-il pas de lumières, c'est bien ça ? »

Sa voix tonna sur la longue bande de terre plate et sombre qui séparait le parc de la colline.

« Impossible de voir ce qui se trouve devant vous ?
Mais voyons, la lumière est l'ennemie de la surprise,
cela gâcherait absolument tout ! »

Johnny hocha la tête, mais les rimes de M. LaRue commençaient à devenir inquiétantes. Surtout dans le noir, avec la lune comme seul éclairage. Dans la pénombre qui régnait à cette heure, il était difficile de bien voir le visage de l'homme imposant.

« Vous allez vous taire, oui ? » cracha Chip d'un ton énervé.

Johnny n'était pas dupe. Sa colère cachait bien mal sa peur, et si Chip avait peur…

« Nous y voilà, mais attention à la marche, jeunes amis ! Derrière cette porte se trouve la peur de votre vie ! »

Ils étaient au pied du petit escalier qui menait à la galerie extérieure de la maison. Une immense porte de guingois les attendait au sommet, légèrement entrouverte. Les mots « L'ATTRACTION DES FLAMMES » étaient peints en jaune au-dessus du chambranle, contrastant avec le mur extérieur grisâtre. Le garçon avait l'impression qu'une bête poilue gigotait dans son ventre et qu'il allait vomir d'un instant à l'autre. LaRue bondit jusqu'en haut des marches, ouvrit la porte en grand et leur lança un sourire féroce.

« Entrez donc, si vous n'avez pas peur, l'effroi vous attend à l'intérieur ! » gloussa-t-il.

Chip gravit lentement les marches, puis hésita une fois devant la porte ouverte. Il se retourna vers Johnny, une lueur de doute dans les yeux.

« Avance, lui lança LaRue avec un sourire un peu plus crispé. Avance, franchis l'entrée. Allons, mon garçon, pourquoi hésiter ? »

Chip tourna le dos à Johnny, parut inspirer à fond, puis avança et passa le seuil. Les ténèbres l'engloutirent aussitôt.

Fonce, maintenant ! ordonna le cerveau de Johnny, qui se précipita en haut des marches à la suite de son ami, franchit la porte et se cogna contre Chip avant que son cerveau puisse ajouter : *Je voulais dire dans l'autre sens !* Bobby leur lança « Attendez-moi, les gars ! » avant de les rejoindre.

Il bouscula ses deux amis, entassés dans l'entrée sombre et exiguë de la maison.

« Attendez un peu, dit Chip à la gauche de Johnny. Il ne fallait pas lui donner des tickets ? »

La porte claqua alors derrière eux, les plongeant dans une obscurité totale. Ils poussèrent tous un cri, et la voix glaçante, désincarnée de M. LaRue s'éleva à l'extérieur :

« Maintenant vous voilà piégés, bande d'idiots,
mon plan a fonctionné sans le moindre accroc ! »

Johnny prit conscience à cet instant seulement qu'il était très petit, très effrayé, et que ses parents n'avaient pas la moindre idée d'où il se trouvait.

« Bien jeunes et bien frais, vous voilà faits comme des rats
et je vois qu'approche l'heure du repas. »

« Quoi ? hoqueta Bobby en se raccrochant à Johnny. Ça fait partie de la maison hantée, ça ?

— Chut ! » siffla Chip.

Bobby devint muet. Johnny pouvait à présent entendre du bruit au niveau des hauts plafonds invisibles de la maison. On aurait dit… un bruissement, comme ces éventails orientaux dont maman se servait en été. Un son délicat, mais curieusement sinistre.

Comme les éventails : *flap, flap, flap,* dans le noir le plus complet.

« Sortons d'ici », décréta Chip d'une voix fêlée.

Ils firent quelques pas en avant, Johnny suivant le mur à tâtons. La bête qui s'agitait nerveusement dans son ventre faisait maintenant des sauts périlleux et son cerveau lui hurlait : *Fuis ! Fuis !* Il avait envie de répondre à Bobby que non, ça ne faisait pas partie de la maison hantée. C'était pour de vrai.

À cet instant, une lumière s'alluma dans un coin, accompagnée par un grand bruit sourd. Ils purent voir où ils se trouvaient : dans les ruines carbonisées d'un ancien couloir. Le sol balafré par les flammes se détachait par endroits, et la tapisserie brûlée pendait en lambeaux tout autour d'eux. La lueur émanait du sol, tout au bout du couloir, et pointait vers le plafond.

Une autre lumière apparut avec le même choc sonore, cette fois bien plus près, elle aussi braquée vers le plafond. Tout était calme, mis à part le *flap*, *flap*, *flap* régulier au-dessus de leurs têtes.

Qu'est-ce que c'est ? s'interrogea une partie de son esprit d'une voix empreinte de panique.

Cours ! ordonna l'autre d'un ton étrange, très similaire à celui de la première.

Son bon sens faillit avoir le dessus : Johnny était à deux doigts de pousser ses amis et de leur dire : « Foncez ! Dépêchez-vous ! » Mais il avait onze ans, et sa curiosité fut la plus forte.

Il leva les yeux. Ils levèrent tous les yeux.

C'est à ce moment que les papillons de nuit attaquèrent.

Johnny hurla, les yeux écarquillés, alors que la nuée d'insectes s'abattait sur eux. Il y en avait des centaines, non, des milliers, qui brassaient l'air de leurs ailes duveteuses fines comme du papier. Ils descendaient du plafond par paquets, le battement de leurs millions d'ailes noyé sous les hurlements des trois enfants. Les seules paroles distinctes provenaient de sa gauche, de Chip, qui leur criait : « Courez, les gars, courez ! »

L'espace d'un instant, Johnny s'en découvrit incapable. Incapable d'arracher ses yeux terrifiés de la gigantesque masse grise et palpitante qui le surplombait. Pétrifié, il attendait que ces choses l'atteignent, il attendait de voir ce qui se passerait…

Puis Chip tira sur la manche de son t-shirt et il parvint enfin à se détourner. Les visages de Chip et de Bobby étaient blafards, presque maladifs dans cette lumière artificielle. Ils avaient l'air terrifiés.

« La porte ! » s'écria Chip juste au moment où un papillon se posait sur sa joue.

D'une gifle, il l'écrasa contre sa peau.

« Oh, dégueu ! » fit Bobby.

Pendant une seconde, Johnny resta à dévisager son ami, les yeux fixés sur la trace poisseuse d'un brun rougeâtre qui maculait sa joue. Puis d'autres papillons de nuit arrivèrent et se jetèrent sur eux comme des centaines de petits missiles. Johnny cacha sa tête sous ses bras, cria et se mit à courir en direction de la porte.

D'autres spots s'allumèrent le long du couloir, comme un éclairage de cinéma, mais en plus puissant. Des papillons de nuit déferlaient sur lui, rebondissaient contre son corps. Son envie de vomir était plus forte que jamais. En relevant un peu la tête, Johnny vit la porte, celle qu'ils avaient franchie à peine quelques minutes auparavant. Il tendit sa petite main ; des papillons tentèrent d'y atterrir, avant de battre des ailes pour s'envoler en comprenant que sa main était une cible mouvante.

Priant pour qu'elle ne soit pas verrouillée, Johnny agrippa la poignée et tira.

La porte était fermée à clef.

« Oh, merde ! » s'exclama-t-il.

Chip lui rentra dedans. À travers son vieux t-shirt Sharks, Johnny sentit une douzaine de papillons s'écraser entre son dos et le ventre de Chip. Ce fut à ce moment qu'il finit par vomir ; les hot-dogs et les haricots qu'il avait mangés au déjeuner s'échappèrent librement de son estomac pour atterrir en une flaque fumante sur le sol près de la porte. Johnny se sentit soudain horriblement faible.

« Le… l'escalier, John », lança Chip derrière lui.

À l'entendre, lui aussi avait du mal à garder son repas.

« Là-haut ! »

Johnny regarda autour de lui – et les vit : des marches pourries et carbonisées qui montaient à l'assaut des ténèbres. Une inquiétante pièce noire, encombrée de meubles décrépits, le séparait de l'escalier, mais elle ne lui paraissait pas si grande que ça ; il espérait surtout que rien ne s'y tapissait.

« Je ne veux pas aller là-bas ! » pleurnicha Bobby.

Johnny se retourna et le vit agiter les mains pour chasser des essaims grouillants de papillons.

« Il fait tout noir, là-haut !

— Tant mieux, ils ne nous suivront pas, alors ! hurla Chip en réponse. Ils ne viennent que là où il y a de la lumière ! »

L'Attraction des Flammes, pensa Johnny, *oh ! mon Dieu ! nous aurions dû nous douter.*

Johnny s'élança, en prenant garde de ne pas marcher dans son propre vomi, et se dirigea vers l'escalier. Les marches – une trentaine en tout – n'avaient pas l'air très stables, elles menaçaient de s'effondrer sous le poids d'un seul d'entre eux, sans parler des trois.

« Vas-y, Johnny ! cria Chip dans son dos.

— Et si elles s'effondrent ? hurla-t-il en réponse.

— Mais non ! rétorqua Chip en le poussant sans ménagement. Vas-y ! »

Johnny avala sa salive et agrippa la rambarde. Il sentit une partie du bois carbonisé s'effriter sous sa main. Il prit appui sur son pied et entreprit d'escalader les marches deux par deux, le regard braqué vers le haut. *Elles vont casser,* pensait-il, le cœur battant la chamade, *j'en suis sûr, elles vont casser.*

Puis il se retrouva au sommet de l'escalier, dans un nouveau couloir qui, heureusement, n'était pas éclairé. Il fit volte-face, baissa les yeux vers ses amis. Chip gravit à toute allure les marches noircies, deux par deux comme Johnny l'avait fait. Bobby fermait la marche : accroché des deux mains à la rambarde, il montait lentement, les yeux rivés sur ses pieds.

Sitôt au sommet, Chip bondit en tendant les bras devant lui pour ne pas s'écraser sur le mur d'en face. Johnny se retourna vers l'escalier, le front couvert de sueur.

« Allez, Bobby ! » dit-il, à mi-chemin entre le chuchotement et le cri.

Il avait vu suffisamment de dessins animés pour savoir que si on criait trop fort dans certains endroits, tout s'effondrait.

« Ça va casser », gémit Bobby une fois parvenu à la moitié. Johnny s'apprêtait à répliquer que « pas du tout, voyons », quand il entendit quelque chose craquer.

« C'est la rambarde, lui chuchota Chip, horrifié. Oh non, elle va se détacher !

— Lâche-la, Bobby ! » lança Johnny.

L'interpellé se retourna pour leur faire face.

« Pourquoi ? » demanda-t-il tout en s'exécutant.

À cet instant précis, ladite rambarde grinça plus fort que jamais, et les quelques clous qui maintenaient en place sa masse de bois brûlé cédèrent. Dans un crissement, elle s'inclina vers l'extérieur, s'immobilisa une seconde, puis se détacha et alla s'écraser sur le sol en contrebas.

« Bobby ! » hurla Johnny.

Trop tard pour la prudence, désormais. Bobby avait les yeux fixés sur le sol, là où s'était fracassée la rambarde.

« Bobby ! cria-t-il encore, avec davantage de force. Cours, maintenant ! »

Un autre craquement résonna dans l'obscurité. Le bruissement d'ailes des papillons de nuit kamikazes leur parvenait toujours depuis le couloir éclairé.

Bobby leva nerveusement la jambe et posa délicatement le pied sur la marche suivante. Il prit une courte inspiration, mais en examinant plus attentivement le visage baissé de son ami, Johnny crut deviner qu'il s'agissait plutôt d'un sanglot. Bobby *pleurait*, apparemment.

Oh, chiotte, pensa Johnny. Les marches craquèrent de nouveau, plus fort cette fois. Au lieu d'inciter Bobby à accélérer, le son parut le pétrifier.

« Dépêche ! hurla Chip, et Bobby leva les yeux.

— Je ne peux pas, geignit-il à l'instant même où un craquement encore plus inquiétant se répercutait sur les murs de la petite pièce remplie de meubles.

— Oh, mes garçons, mes chers petits garçons ! » tonna une voix – celle de LaRue.

À croire qu'elle venait de partout à la fois. Elle possédait un écho métallique, comme les haut-parleurs à l'école, pensa Johnny en grimaçant.

« Vous croyez avoir gagné la partie ?
Mes petites créatures ont à peine grignoté
et tout cela leur a ouvert l'appétit ! »

LaRue termina sa rime par un long caquètement sinistre, accompagné de ce même choc sourd qu'ils avaient entendu dans l'entrée. Presque aussitôt, un énorme néon s'alluma en bourdonnant juste au-dessus du palier où se tenaient Johnny et Chip.

« Oh non », dit Johnny, l'esprit emporté dans un maelstrom de terreur.

Sans réfléchir, il s'élança dans l'escalier. Bobby, l'air plus terrifié que jamais, poussa un cri perçant quand son ami l'attrapa par le poignet et le tira vers le haut. Il suffit à Johnny d'un bref coup d'œil en arrière pour confirmer ce qu'il savait déjà : une partie des papillons quittaient le couloir et se pressaient vers la nouvelle source de lumière au-dessus de la pièce si sombre. Le sang battant dans ses veines, Johnny reporta les yeux sur l'escalier, trébucha, tomba sur le ventre et se cogna la tête contre une marche. Continuant sur sa lancée, Bobby gravit rapidement les dernières marches. Johnny se mit lentement à quatre pattes et secoua la tête. Il sentait déjà une bosse se former sur son crâne. Il se remit prudemment debout et fit un pas en avant.

L'escalier laissa échapper un craquement inquiétant – le sang de Johnny se figea. Il sentit un frémissement sous ses pieds, et tout à coup le sommet de l'escalier commença à sombrer. Johnny s'inclina vers la droite, les bras tendus pour conserver son équilibre. Devant lui, ses amis lui hurlaient de courir. Derrière lui, le bruit horrible des papillons en approche gagnait en intensité. Johnny n'entendait ni les uns ni les autres. Ses yeux et son esprit étaient concentrés sur le sol tout en bas, où les marches grinçantes étaient sur le point de s'écraser en emportant dans leur chute le petit corps d'un garçon.

Je suis fichu, pensa-t-il. C'est alors que le premier des papillons atterrit sur lui, battant des ailes contre sa nuque et voletant dans ses cheveux.

La réalité concrète des papillons de nuit le tira de sa rêverie morbide. Il leva les yeux, vit les marches inclinées se détacher du palier et faillit paniquer. *Je ne vais pas y arriver*, pensa-t-il.

Un papillon voleta à ce moment-là dans son oreille, produisant un froissement horrible et répugnant qui sembla occuper tout l'espace sous son crâne.

Johnny hurla, appuya sur sa jambe et força l'autre à suivre le mouvement. Un, deux, trois pas rapides ; juste avant de plaquer son pied sur la première des marches détachées, il poussa de toutes ses forces et se retrouva en train de voler.

Pendant une seconde, tout s'arrêta. La panique qui obscurcissait son esprit, le bruit d'ailes dans son oreille, le goût âcre de vomi dans sa bouche – tout disparut et il se retrouva libre, flottant dans les airs. Cette impression s'évanouit brusquement quand il atterrit sur le palier. Il se mit en boule et roula jusqu'au mur d'en face. Son genou rencontra le rebord cassé de la première marche et il poussa un cri.

Johnny se dépêcha de fourrer son doigt dans son oreille et d'écraser le papillon qui s'y trouvait, le tuant sur le coup. Il délogea les fragments ensanglantés, de nouveau nauséeux, puis s'essuya sur son jean.

Bobby se pencha pour lui mettre une main sur l'épaule.

« Tu vas bien ? lui demanda-t-il avec une pointe de respect.

— Ça va », parvint-il à répondre, désormais concentré sur la présence des papillons.

Il ouvrit les yeux, tourna la tête. Ils arrivaient en une masse grouillante qui fonçait vers la lumière et les garçons assis en dessous.

« Courez, courez ! » cria-t-il en essayant de se lever.

Sa jambe céda sous son poids quand il pesa sur son genou blessé – il serait tombé si Chip ne l'avait pas agrippé par le bras et hissé à la verticale.

« Par où ? » demanda Chip.

Johnny plissa les yeux pour examiner le nouveau couloir qui leur faisait face. Un papillon égaré voleta dans son champ de vision ; il le chassa du revers de la main. Plusieurs portes s'égrenaient de part et d'autre du couloir, sans rien pour les différencier. Il resta paralysé l'espace d'un instant, puis se souvint d'avoir vu son père faire quelque chose, deux ans plus tôt, quand il essayait de choisir où ils passeraient les vacances. Il avait étalé une carte sur la table de la salle à manger, fermé les yeux, et posé son index au hasard. Ils s'étaient retrouvés à Disneyland – ce qui, du moins aux yeux de Johnny, indiquait qu'il s'agissait plutôt d'une bonne méthode.

Il ferma les paupières, entendit le froissement des papillons tout proches, et tendit le doigt.

« Là-bas ! » dit-il.

Chip se mit en marche en l'entraînant à sa suite, avant même qu'il ait le temps de rouvrir les yeux pour voir quelle porte il avait choisie. Bobby, qui courait en tête, s'arrêta à l'avant-dernière porte, côté gauche.

« Faites qu'elle soit ouverte », l'entendit gémir Johnny.

Chip l'aida à avancer, et quand ils furent tous réunis devant la porte, Bobby tourna la poignée. La porte n'était pas verrouillée.

« Ouf ! » s'exclama Johnny.

Il retira son bras des épaules de Chip et suivit Bobby dans la pièce où il faisait noir comme dans un four. Chip s'empressa de leur emboîter le pas, claqua la porte derrière eux. Johnny entendit le bruit écœurant de dizaines de papillons battant des ailes contre le bois, côté couloir.

« Et maintenant ? demanda Bobby.

— Et maintenant quoi ? rétorqua Johnny en se plaquant contre la porte, les membres en croix, au cas où les papillons trouveraient un moyen de s'infiltrer.

— Qu'est-ce qu'on fait ?

— Je n'en sais rien ! »

La panique commençait à resurgir. Johnny songea qu'il n'avait jamais tant souhaité que sa mère soit avec lui. Comme ce serait facile de pleurer, là, tout de suite, de s'asseoir dans cette pièce obscure, de se rouler en boule et de pleurer.

Non ! pensa-t-il. *Ce n'est qu'une maison, il doit bien y avoir un moyen de sortir !*

« Il y a peut-être une porte au bout de cette pièce », dit Chip d'une voix tremblante, apeurée.

Johnny n'y voyait rien, mais il sentit que son ami s'apprêtait à s'élancer.

« Non, n'y va pas ! cracha-t-il en tendant le bras pour le retenir. On ne sait pas ce qu'il y a là-dedans ! »

Quelques secondes s'écoulèrent. Johnny réfléchissait à toute allure.

« On peut pas rester plantés là à attendre ! s'écria alors Chip en échappant à son ami.

— Non ! lança Johnny, imité par Bobby. Chip, arrête ! »

Il entendit ses pas résonner sur le parquet, mais ne parvint pas à déterminer la direction qu'ils prenaient. Les bruits faisaient des choses étranges, dans cette obscurité complète. Chip pouvait être n'importe où.

Puis le martèlement s'interrompit brusquement. Johnny entendit Chip pousser un cri étouffé, et il perçut le bruit d'un corps qui heurte un obstacle.

Il s'est cogné contre le mur du fond, pensa Johnny, soudain glacé, toujours plaqué contre la porte. *C'est tout.* Mais il n'y croyait pas lui-même.

Quelques secondes après la collision, Johnny entendit un autre bruit : le son clair et caractéristique d'une masse lourde glissant sur un rail. Comme les portes coulissantes de la baie vitrée à l'arrière de sa maison, pensa-t-il. Mais pourquoi… ? Le glissement se tut, puis il entendit un son quasi imperceptible : celui d'une respiration.

LaRue ! Oh ! mon Dieu ! il est là, avec nous !

Puis un autre bruit de porte coulissante, plus rapide cette fois, et un autre, et encore un autre. La respiration qu'il entendait était plus forte, maintenant, comme si quelqu'un – LaRue – avait fourni un gros effort.

« Qu'est-ce qui se passe ? » gémit Bobby, qui s'était rapproché de Johnny.

Il lui agrippa le bras.

« Johnny, qu'est-ce qui se passe ? »

Tout à coup, une lumière s'alluma au milieu de la pièce. Johnny abrita ses yeux aux pupilles désormais dilatées, puis les rouvrit lentement.

« Oh, dit-il d'une toute petite voix. Oh ! mon Dieu. »

Les glissements provenaient bel et bien de portes coulissantes en verre, intégrées dans une lourde structure métallique, exactement comme celles qu'il avait chez lui. Il y en avait quatre en tout, qui traversaient toute la longueur de la pièce sur un rail ménagé dans le parquet. Une paroi en panneaux de contreplaqué avait été érigée à une trentaine de centimètres derrière la baie vitrée. Chip se trouvait entre cette paroi et le verre, éclairé par le plafonnier, allongé par terre.

« Qu'est-ce que… ? » fit Bobby.

Johnny ne lui prêta pas attention.

« Chip, réveille-toi ! cria-t-il. Il t'a piégé, il faut que tu te réveilles ! Tu... »

La voix mielleuse et sarcastique de LaRue emplit alors la pièce. Johnny se tut, sous le choc.

« Vous êtes venus de loin pour chercher la peur,
un peu de sensations fortes, quelques frayeurs.
Mais maintenant, mes garçons, ouvrez grand les yeux
pour une petite expérience de la terreur. »

À ces paroles, Chip commença à remuer. Johnny retrouva sa voix et s'écria :

« Chip, lève-toi, il faut que tu sortes d'ici !

— Quoi ? » demanda son ami derrière le verre.

Il se redressa, se frotta le front. Sa voix était étouffée ; elle résonnait de façon étrange, comme s'il était très loin.

« Sors de là ! » répéta Johnny.

Il s'écarta de la porte et se mit à courir vers la paroi vitrée. L'espace d'un instant, la pièce se retrouva de nouveau plongée dans le noir. Johnny s'arrêta, et la lumière se ralluma. Il resta immobile pendant une seconde, puis le phénomène se reproduisit, plus rapidement cette fois. La lumière s'éteignit, se ralluma. Plus vite : éteint, allumé, éteint, allumé, éteint, allumé.

Des stroboscopes ? se demanda Johnny. Il en avait vu à l'école, quand les CM2 avaient joué *Les Pirates de Penzance* l'année précédente. *Qu'est-ce que... ?*

Il leva la tête vers les plafonniers et tenta de distinguer quelque chose. Une petite trappe s'ouvrit dans le plafond, entre deux lumières. Deux mains apparurent en un éclair, chargées d'un gros sac en toile qu'elles lâchèrent aussitôt. Le sac atterrit à côté de Chip dans un bruit mat.

Puis Johnny comprit. Il vit.

Un papillon de nuit solitaire s'aventura hors du sac. Un deuxième ne tarda pas à le suivre, puis un troisième, puis toute une dizaine. Chip, qui semblait revenir peu à peu à lui, contemplait le sac d'un air horrifié. D'autres papillons sortirent et s'envolèrent vers les stroboscopes. Chip bondit sur ses pieds et se mit à hurler. Johnny se précipita vers la porte vitrée et plaqua ses mains sur la surface fraîche pour essayer de la faire glisser d'un côté ou de l'autre. Mais c'était impossible : les portes étaient trop lourdes.

Un autre sac en toile tomba du plafond et laissa échapper de nouveaux papillons de nuit. Désorientés par la lumière intermittente, ils semblaient zigzaguer de façon erratique au lieu de voler normalement. Chip courait d'un côté à l'autre en hurlant. Il donnait l'impression de jouer au mime, figé dans des poses de statue. Johnny tapa contre le verre.

« Laissez-le sortir ! S'il vous plaît, laissez-le sortir ! »

La voix glaçante et désincarnée de LaRue lui répondit :

« Mes protégés ont faim, les pauvres chéris
et le plus drôle dans tout ceci,
c'est qu'après un Chip ou deux,
il leur restera de la place pour Johnny ! »

Johnny se mit à crier, à marteler la porte vitrée de coups de poing. Un autre sac s'écrasa par terre, et des papillons s'en extirpèrent en vrombissant. La prison de verre grouillait désormais de papillons, dont les corps d'un brun grisâtre palpitaient frénétiquement dans la lumière clignotante. Johnny vit Chip pousser un autre cri, et un papillon voler droit dans sa bouche. Le cri s'interrompit brusquement, et le garçon fut pris d'un violent haut-le-cœur.

« Non, non ! » hurla Johnny tout en essayant désespérément de faire bouger les portes, ses mains crissant sur la surface lisse.

Avec une lenteur cauchemardesque, Chip tomba par terre, le corps illuminé par le clignotement des stroboscopes. Il eut un nouveau haut-le-cœur, et le papillon qui avait volé dans sa bouche en rejaillit, mou et humide. Dans l'un des éclairs de lumière bleu-blanc, Johnny vit une cohorte de papillons foncer vers le visage de Chip.

Ne crie pas, Chip, pensa Johnny, *n'ouvre pas la bouche !*

Mais Chip cria ; il ne pouvait sans doute pas s'en empêcher. Il se releva, brandit ses bras devant lui pour protéger ses yeux – mais sa bouche, ouverte sur un hurlement, resta exposée. Les papillons se concentrèrent sur leur cible comme un groupe d'avions de chasse en formation, et une demi-douzaine d'entre eux s'engouffrèrent dans sa bouche.

Les cris de Chip s'interrompirent une nouvelle fois. Sa petite main se plaqua contre la vitre, ses genoux parurent faiblir. Toute la partie supérieure de son corps se voûta, et il ressembla soudain au vieux M. Engle qui vivait au bout de la rue, tout le temps plié en deux du haut de ses quatre-vingt-huit ans. Sans réfléchir, Johnny posa sa main de son côté de la paroi, face à celle de Chip. Des papillons bourdonnaient autour de sa tête comme un nuage gris-noir hargneux, remuant et se déplaçant comme une immense masse compacte. Les yeux exorbités, Chip leva son autre main pour agripper sa gorge.

Il n'arrive plus à respirer, pensa Johnny. Il cogna faiblement contre le verre sans décoller son autre main.

« Laissez-le sortir », hoqueta-t-il.

Mais toute force avait déserté sa voix.

Un nouvel essaim de papillons vola vers le visage de Chip. À sa grande horreur, Johnny vit deux insectes se loger dans ses narines. Chip s'écarta de la baie vitrée et recula d'un pas incertain jusqu'au centre de la prison de verre et de bois. Il se tenait la gorge à deux mains, à présent, mais cette fois-ci il griffait.

« Oh non », dit Johnny en plaquant ses paumes contre le verre.

Chip enfonça ses ongles dans la peau de sa gorge, creusant quatre sillons qui se gorgèrent aussitôt de sang. Il griffa encore, avec les deux mains cette fois, assez fort pour se déchirer le cou. Johnny plongea son regard dans ses yeux écarquillés sous la lumière stroboscopique. Ils brillaient comme des yeux d'extraterrestres, humides et implorants.

Chip s'écroula sur le parquet dans un bruit sourd. Étrangement, c'est ça qui effraya le plus Johnny. Un sac de pommes de terre aurait produit le même son. Qu'est-ce que cela impliquait pour Chip ?

Il était conscient d'avoir les joues trempées de larmes, mais peu lui importait. Chip gisait sur le sol, pris de convulsions. Une espèce de liquide s'écoulait de sa bouche, et Johnny fut incapable d'en voir davantage. Il se sentait malade à en vomir, il avait peur, il était épuisé, et il voulait seulement sortir d'ici.

Il se détourna de la cage de verre.

« Bobby ! » lança-t-il.

À la lumière des stroboscopes, il vit qu'il n'y avait plus personne devant la porte. De nouveau pris de panique, Johnny l'appela encore, plus fort cette fois :

« BOBBY ! »

La pièce tomba dans le silence. Le garçon perçut alors des sanglots douloureux en provenance d'un coin sombre. Il s'élança dans cette direction et découvrit Bobby recroquevillé dans un angle, en train de pleurer.

« Bobby, dit Johnny en essuyant ses propres larmes, il faut qu'on s'en aille. »

Son ami lui désigna la cage.

« Tu as vu ce qu'ils ont fait ? »

Un court instant, le souvenir tenta de s'imposer à son esprit. Oui, bien sûr qu'il avait vu. Mais il ne pouvait pas laisser cette image le déconcentrer. Il secoua la tête et répondit :

« Oui, mais si on reste là, ils nous feront la même chose. »

Bobby garda un instant le silence, puis il serra très fort les paupières et se mit à crier.

Je ne peux pas le raisonner, pensa Johnny. Il le saisit alors par le bras comme il l'avait fait dans l'escalier et le hissa sur ses pieds. Il l'attrapa ensuite par son t-shirt et le tira à sa suite vers la porte par laquelle ils étaient entrés.

Faites qu'elle soit ouverte, s'il vous plaît, faites qu'elle soit ouverte, chuchota son esprit. C'était devenu un mantra, et Johnny douta un instant de ce qu'il espérait comme résultat. La porte s'ouvrit sans effort quand il appuya sur la poignée, et il poussa un Bobby toujours hurlant dans le couloir. Il jeta un dernier regard en arrière. Sous les lumières clignotantes, les papillons de nuit s'agglutinaient sur le corps de Chip, formant une masse grouillante qui aurait pu autrefois être celle d'un petit garçon.

« Bon sang, Chip », dit-il avant de s'obliger à se retourner et à quitter la pièce.

Le claquement de la porte dans son dos avait quelque chose d'irrévocable. Chip était mort. Doux Jésus, Chip était mort.

Le couloir était plongé dans l'obscurité. Pendant qu'ils se trouvaient dans la pièce, LaRue avait dû éteindre la lumière en haut de l'escalier. Johnny lança un coup d'œil nerveux dans cette direction, puis il se mit à examiner les rangées jumelles de portes qu'il distinguait à peine dans le couloir.

« Viens, dit-il à Bobby, dont les cris s'amenuisaient peu à peu.

— Où ça ? » geignit-il.

Les pensées s'emmêlaient dans l'esprit de Johnny. Il n'avait pas la moindre idée de la réponse à apporter à cette question.

Ils se tinrent dans le noir, tremblants, en se raccrochant inconsciemment l'un à l'autre. Johnny avait cessé de pleurer – il semblait enfin avoir réussi à mettre de côté la mort de Chip, ne serait-ce que provisoirement. Bobby, cependant, était en piteux état. Un jour, Johnny avait entendu dans une émission que c'était super facile de craquer dans certaines circonstances. Ils avaient montré des images d'une fille en pleine crise à l'hôpital : elle hurlait, pleurait, incapable de s'arrêter. Et si c'était ce qui arrivait à Bobby ? Et s'il craquait ? Comment est-ce qu'on met fin à quelque chose comme ça ?

Il faut qu'on sorte d'ici, pensa-t-il fiévreusement. Il lâcha prudemment Bobby et se dirigea vers la porte située derrière lui.

« Excellent choix ! »

C'était la voix terrible d'Étienne LaRue, qui retentissait dans les haut-parleurs dissimulés.

« Excellent choix, vous allez vous amuser,
Car derrière cette porte il n'y a rien à redouter.
Ouvrez-la, c'est peut-être le bon chemin,
ou alors vous finirez comme Chip… Vous verrez bien ! »

La main de Johnny resta suspendue au-dessus de la poignée. Il devait bien se l'avouer : il n'avait pas du tout hâte de voir ce qui allait se passer.

Il fit volte-face, rejoignit une autre porte, en effleura la surface. La voix de LaRue s'éleva de nouveau, et cette fois elle se teintait d'un accent dangereux d'hilarité sinistre. Comme s'il était sur le point d'éclater de rire, mais pour de très, très mauvaises raisons.

« Porte numéro deux,
un choix judicieux,
franchissez-la et attention aux yeux. »

Johnny ferma les paupières, empli d'un mélange de frustration, de crainte et de panique. Quelle porte ? Quelle direction ?

Il en toucha une autre.

« Entre donc,
un peu de courage,
il n'y a rien de néfaste
dans ces parages. »

Une autre.

« Bravo, John,
c'est la bonne porte,
franchis-la vite,
vois ce qu'elle t'apporte ! »

« Fermez-la ! » cria Johnny, la tête renversée en arrière.

Des larmes coulaient sur ses joues, mais cette fois elles n'avaient rien à voir avec la tristesse ou la douleur : c'étaient des larmes de colère.

« Fermez-la, putain ! »

C'était la première fois qu'il prononçait ce mot à voix haute. C'était puissant, libérateur. Bobby, qui avait arrêté de pleurer quand Johnny s'était mis à crier, le dévisagea sans rien dire. Johnny le reprit par le bras (il commençait à avoir l'impression d'être son grand frère, ce qui n'était peut-être pas si éloigné de la vérité) et l'entraîna vers la porte située tout au bout du couloir.

« Ah, la dernière de toutes les portes », intervint LaRue.

Johnny l'ignora.

« Mon impatience grandit de minute en minute ! »

« Fermez-la », marmonna Johnny en cherchant la poignée à tâtons.

« Mais si j'étais à votre place... » poursuivit LaRue.

Johnny ouvrit la porte en grand. Derrière, une obscurité insondable.

« Viens », dit-il à Bobby en franchissant le seuil sans lâcher le bras de son ami.

« ... Je prendrais garde à la chute. »

Et tout à coup il tomba, dégringolant dans le noir. Bobby se trouvait à côté de lui, il tombait lui aussi, et ils criaient tous les deux ; puis ils atteignirent le fond, s'écrasèrent sur un sol dur, et Johnny continua de hurler – contrairement à Bobby, atrocement, *terriblement* muet.

L'obscurité, de nouveau, et la douleur. Au début, Johnny se découvrit incapable de faire autre chose que hurler, allongé sur cette surface froide, hébété, effrayé et endolori. Quand l'horreur de leur chute à travers les ténèbres commença à s'estomper, ses cris s'apaisèrent peu à peu et il parvint à s'asseoir.

« Bobby ? »

Rien. Puis il répéta, d'une voix un peu plus paniquée :

« Bobby ? »

Toujours rien. Plusieurs scénarios défilèrent dans son esprit : Bobby avait atterri sur la tête et du sang coulait de ses oreilles en ruisseaux paresseux, ou bien il avait atterri sur le ventre et des fragments de côtes transperçaient ses organes, ou…

Arrête ! pensa-t-il de toutes ses forces. Il ne s'était rien produit de ce genre. Johnny entendit son sang battre une fois dans ses oreilles, puis la réponse arriva. Pas encore.

« Bobby ! » cria-t-il.

Sa voix sonnait creux et résonnait, comme celle du guide dans les grottes de Howe, où son père les avait emmenés l'année précédente, dans l'État de New York. Où étaient-ils ? *Dans un sous-sol, andouille*, lui répondit son cerveau. *Tu es tombé, tu te souviens ?*

« Ah, oui », chuchota-t-il pour lui-même d'un ton distrait.

Il perçut alors un bruit. Était-ce une respiration ? Bobby, peut-être ? Johnny pencha la tête. C'était un son léger, précipité, à peine audible – mais bien présent. Johnny se leva avec un sourire sombre, avant de retomber aussitôt par terre. Une pointe de douleur traversa sa jambe avec la violence d'un coup de feu. Ses yeux se remplirent de larmes. S'était-il cassé quelque chose en heurtant le sol ? Était-ce possible ?

« Non, gémit-il. Pitié, pas ça. »

Le seul moyen d'en être certain était de chercher à se remettre debout. Sa jambe lui faisait beaucoup moins mal quand il était assis ; il y avait donc peut-être de l'espoir. Avec hésitation, il déplaça son bras sur le côté gauche de son corps, près de sa jambe blessée. Sous ses mains, le sol était froid, dur… mais il cédait aussi légèrement sous la pression. Il fit courir ses doigts sur le sol, comme si ses mains étaient d'étranges animaux à cinq pattes. Ses ongles s'enfoncèrent un tout petit peu. *De la terre ?* pensa Johnny. *Pourquoi y aurait-il de la terre ici ?* Il secoua la tête en se disant que, de toute façon, il ne pourrait pas le savoir avant de trouver une source de lumière. Il plia le genou de sa jambe valide et, en poussant sur ses mains plaquées contre le sol, parvint à se tenir accroupi. La douleur fusa dans sa jambe gauche, mais elle n'était pas insoutenable. Rien de cassé, donc, sans doute juste une légère entorse. Il se mit très lentement debout et la douleur s'intensifia, mais ce n'était pas aussi terrible qu'il aurait pu le craindre. Il imagina les os épais de sa jambe céder et casser en perçant la peau, faisant jaillir des flots de sang…

« Arrête ça ! » dit-il dans un chuchotement rauque.

Il resta immobile pendant une seconde, les yeux fermés, pour écouter le bruit de respiration qu'il avait cru percevoir juste avant – comme si fermer les yeux allait l'aider à mieux entendre. Les battements de son cœur prédominaient, suivis de près par le battement d'ailes des papillons dans ce noir d'encre. Un frisson le traversa et il refoula le souvenir de Chip plaqué contre la vitre, en train de s'étouffer. Il était sur le point de se hurler d'arrêter, plus fort cette fois, quand une lumière s'alluma.

À travers ses paupières, Johnny ne voyait rien d'autre qu'un vague halo jaune et les fantômes d'images blancs qui dansaient toujours devant lui quand il avait les yeux fermés. Il avait peur de cette lumière. Dans cette maison de fous, il se passait toujours des choses horribles quand la lumière était allumée. Cependant, il entendait les papillons de nuit s'agiter, et s'il devait fuir ou les chasser, il fallait qu'il les voie. Et puis, il s'inquiétait toujours pour Bobby ; Bobby qu'il pouvait entendre respirer, mais qui ne répondait pas quand il l'appelait.

Lentement, Johnny commença à entrouvrir les yeux. La lumière filtrant à travers ses paupières lui blessa temporairement les yeux. Il leva une main pour les abriter, et les ouvrit en grand. La source de lumière était juste devant lui – c'était une lampe à U.V. comme celle que sa mère avait installée dans la serre de leur jardin –, et les papillons tournaient frénétiquement autour des puissantes ampoules. Au grand soulagement de Johnny, ils n'étaient pas encore trop nombreux. Il retira sa main de ses yeux et se tourna vers la droite, à la recherche de Bobby. Il se retrouva face à face avec un crâne humain gris en décomposition, perché au sommet d'un bout de bois. Des papillons de nuit rampaient dans les orbites et sortaient du trou béant laissé par le nez, comme des abeilles affairées dans leur ruche. La partie inférieure de la mâchoire était absente, et la supérieure saillait dans un rictus de colère. John le contempla pendant trente bonnes secondes, incapable de respirer, de parler, de crier. Puis, un papillon s'envola et atterrit sur son visage.

L'hystérie prit le dessus et il se tourna pour fuir en battant follement des bras, ses yeux involontairement fermés. Il se cogna contre quelque chose ; ses paupières s'ouvrirent brusquement, juste à temps pour qu'il voie un autre crâne empalé dégringoler de son support et se fracasser bruyamment sur le sol froid de la cave. L'espace d'une seconde, Johnny cessa de crier, incapable de croire à ce qu'il venait de voir. Quand il voulut se remettre à hurler, seule chose que son esprit lui permettait de faire, il ne produisit qu'une série de hoquets rauques, à demi étranglés. Il vit quatre autres crânes plantés sur des bâtons, enfoncés dans la terre d'un petit jardin en sous-sol. Un amas de tomates pourries diffusait son odeur âcre depuis un grand mur de pierre qui fermait le bout du jardin. Il y avait des papillons de nuit un peu partout, mais ils ne remplissaient pas l'espace ; ils ne paraissaient pas aussi menaçants ici que là-haut. Les crânes, cependant, qui le fixaient de leurs orbites vacantes… Pour la première fois, il se rendit compte qu'ils étaient tous de taille réduite. S'agissait-il de crânes d'enfants ?

Sur sa gauche, au niveau du sol, Johnny perçut le gémissement d'une personne sonnée. Il bondit sur ses pieds, terrifié. *C'est l'un des fantômes des enfants,* pensa-t-il. *Oublie les papillons, ce sont les fantômes qui vont me tuer, ils vont me tuer parce que je suis vivant et qu'ils sont morts.* Cette pensée lui traversa l'esprit en un éclair, et quand il regarda bien malgré lui en direction du bruit, il vit qu'il s'agissait bien d'un enfant. Il n'était pas mort, cependant. C'était Bobby, allongé sur la terre battue du jardin. Il s'agita un peu, puis revint enfin à lui.

« Bobby ? demanda Johnny en parvenant momentanément à oublier le jardin macabre. Bobby, tu es réveillé ? »

Son ami avait atterri sur le dos. Il bascula légèrement sur le flanc et serra encore plus fort les paupières.

« Bobby, s'il te plaît », implora Johnny en se demandant si son ami n'était pas dans le coma ou quelque chose de ce genre, comme à la télé.

Qu'est-ce qu'il ferait, si c'était le cas ? Il poussa gentiment Bobby du bout de l'orteil.

« Allez, Bob. »

Johnny se pencha, en prenant soin de rester concentré uniquement sur Bobby, le saisit par les épaules et le secoua un peu. Il s'apprêtait à lui redire de se réveiller quand les yeux de son ami s'ouvrirent d'un coup, d'un bleu fixe et étincelant.

« Ouf, Bobby, j'ai cru que tu étais dans le co... » commença-t-il, mais Bobby se mit alors à crier.

Il écarquilla encore plus les yeux et leva le bras pour désigner quelque chose derrière Johnny. Celui-ci fit volte-face et vit un autre crâne, qui semblait les dévisager de ses grandes orbites impassibles depuis son perchoir. Johnny eut un instant envie de se joindre à Bobby, de crier de toutes ses forces devant ce film d'horreur devenu réalité… mais l'instant passa. Johnny savait que la peur restait là, que la terreur n'avait pas disparu, mais pour le moment, du moins, il se sentait capable d'affronter quelques crânes. Ils en avaient vu un en entrant dans Le Monde de la Peur, non ? Ce n'était qu'un bout de squelette, et il ne pouvait pas leur faire de mal.

À moins que leurs fantômes… insista son esprit avec ferveur. Mais il se surprit lui-même à faire taire cette voix. *Ce ne sont pas des fantômes*, rétorqua-t-il avec un sourire amer. *C'est juste un tas de crânes débiles.*

Il se retourna, empoigna Bobby par les épaules. Le visage horrifié et contorsionné de son ami lui donna envie d'éclater en sanglots, mais il se retint.

« Bobby, écoute-moi », dit-il d'une voix ferme, presque une voix d'adulte.

Bobby poursuivit ses lamentations ; il se décala légèrement et pointa du doigt les autres crânes empalés qui les entouraient.

« C'est juste un tas de crânes, Bobby. »

Cette déclaration eut pour seul effet de le faire hurler encore plus. Une vague de désespoir envahit Johnny. Il voulait par-dessus tout sortir d'ici, mais il refusait d'abandonner Bobby. Son ami n'allait pas finir comme ces enfants désormais réduits à des crânes plantés dans une cave pleine de moisissures. Ou comme Chip.

Johnny se remit précautionneusement debout. Sa jambe restait douloureuse, mais la souffrance était supportable. Il se plia en deux, saisit Bobby sous les aisselles et le hissa. Il n'avait jamais été beaucoup plus fort que son ami, mais l'adrénaline courait dans ses veines. Tout en maintenant Bobby en position debout, il s'élança en avant et le plaqua contre le mur de pierre situé au fond du jardin. Bobby cessa aussitôt de crier.

« Tu as fini ? » lui hurla Johnny.

Bobby hocha la tête, l'air encore plus effrayé maintenant que la première fois qu'il avait remarqué les crânes. Son visage se froissa comme s'il était sur le point de fondre en larmes. Johnny comprenait ce qu'il ressentait, mais il ne pouvait pas lui permettre d'y céder.

« Bobby, on doit sortir d'ici. Tu comprends ? »

Bobby hocha nouveau la tête.

« O.K., très bien. Parce que le type qui nous a enfermés ici va continuer à nous faire des trucs jusqu'à ce qu'on soit sortis. On ne peut pas le laisser nous impressionner, d'accord ? »

Il vit une larme solitaire couler sur la joue de son ami. D'une toute petite voix, Bobby demanda :

« Mais, et pour Chip ? »

Le cœur de Johnny fit un petit soubresaut bizarre. Il rassembla toutes les forces qui lui restaient et combattit son envie de recommencer lui-même à pleurer.

« Chip est mort, Bobby. Mais si on continue d'y penser, LaRue va gagner et nous tuer nous aussi. Et ça, c'est hors de question. »

Comme par hasard, une voix retentissante, dégoulinant d'un humour sombre glaçant, jaillit des haut-parleurs invisibles.

« Bienvenue, jeunes hommes,
J'espère que mes amis vous plaisent
perchés sur leurs piques.
Quoi que vous fassiez,
jamais vous ne m'échapperez
et ce sera bientôt vos têtes
qui se retrouveront empalées. »

Les yeux de Bobby n'avaient cessé de s'agrandir, et quand la voix se tut il prit une inspiration pour crier. Johnny lui plaqua une main sur la bouche avant qu'il puisse émettre un son.

« Tu ne comprends pas ? lui lança-t-il avec dureté. C'est ça qu'il veut ! Il veut qu'on devienne fous pour que ce soit plus facile de... de nous tuer ! »

Bobby avait toujours les yeux écarquillés, mais le hurlement qui naissait dans sa gorge s'était éteint. Johnny baissa lentement sa main et plongea son regard dans celui de son ami.

« On doit se serrer les coudes, Bobby.

— Je ne veux pas mourir, répondit-il d'une petite voix tremblotante.

— Moi non plus, tu sais. On va sortir d'ici.

— Tu promets ? » demanda Bobby.

Johnny eut comme un déclic intérieur. *Est-ce que je promets ?* C'était le genre de question qu'on posait aux adultes. *Je ne peux pas promettre des choses comme ça. Je ne suis qu'un enfant.*

Puis il songea à la voix adulte qu'il avait prise quand il avait plaqué Bobby contre le mur. Il avait réussi à bloquer le souvenir de la mort de Chip, et à se raisonner au sujet des crânes. Et s'il était devenu adulte, maintenant ? Qu'est-ce que cela signifiait ?

« Oui, répondit-il après un moment d'hésitation. Oui, je promets.

— Merci », dit Bobby – et Johnny eut de nouveau envie de pleurer.

D'un regard il fit le tour de la pièce. Les crânes ne lui faisaient plus autant d'effet. On pouvait sans doute s'habituer à tout, pour peu qu'on fasse un minimum d'efforts. Il se rapprocha de l'un d'eux, tout en chassant les papillons de nuit du revers de la main. Il y avait quelque chose de bizarre dans les pieux qui les maintenaient en place.

Ce n'étaient pas des pieux, constata Johnny une fois tout près. C'étaient des outils.

Il en toucha un. L'objet bougea légèrement dans la terre, et Johnny crut un instant qu'il allait basculer. Le garçon poussa un soupir de soulagement en voyant que rien de tel ne se produisait. Rassemblant son courage, il plaça ses mains de part et d'autre du crâne pourrissant.

« Qu'est-ce que tu fais ? » aboya Bobby derrière lui.

Johnny sursauta, faillit laisser tomber le crâne – mais il réussit à le rattraper. Des papillons de nuit s'échappaient de la tête comme des bouts de cervelle volants. Son ventre se crispa de dégoût et il crut qu'il allait encore vomir. Pour une raison ou une autre, les crânes ne le gênaient pas, mais les papillons de nuit l'effrayaient encore. Il se retourna vers la cave et vit qu'il y avait davantage de lépidoptères qu'au moment où la lumière s'était allumée. Beaucoup plus.

On doit sortir d'ici avant qu'il n'arrive quelque chose d'horrible, pensa-t-il.

« Je crois que ce sont des outils, dit-il à Bobby. On pourrait en avoir besoin.

— Beurk », commenta Bobby.

Mais il ne se détourna pas quand Johnny retira le crâne et le déposa soigneusement sur la terre. Il agrippa à deux mains le long bâton et fit levier pour l'arracher au sol dans lequel il était planté. L'outil sortit avec une facilité étonnante : c'était un râteau muni de six dents.

Il le tendit à Bobby, qui le saisit d'un air visiblement dégoûté mais ne le lâcha pas. *Bien*, pensa Johnny. Il se dirigea vers un autre crâne, le posa par terre, et sortit un autre outil qui s'avéra être une pelle. Il allait s'attaquer à un troisième quand Bobby intervint :

« Johnny, je ne crois pas que je peux en porter plus d'un à la fois. »

Johnny posa ses mains sur le crâne.

« Je sais », dit-il en se détournant.

Il ferma les yeux pour éviter les papillons de nuit qui s'en élevaient.

« Mais je veux quand même les enlever. Ils n'ont rien à faire là. »

Quand il eut terminé, le garçon se tint à la lisière du cercle de lumière projeté par la lampe et plongea son regard dans les ténèbres du sous-sol. Il pensait distinguer une porte, tout au fond, mais il n'en était pas sûr. L'air grouillait de papillons de nuit, à présent. Il fallait qu'ils s'en aillent.

Il défit sa ceinture et la plia pour la fourrer dans sa poche arrière. Le marteau qu'il avait trouvé dans un coin du jardin était glissé dans l'un des anneaux de son jean. Il tenait la pelle, un peu trop grande pour être vraiment maniable, dans sa main gauche. Derrière lui, Bobby brandissait le râteau – un peu plus petit, mais tout de même encombrant. Johnny lançait des coups d'œil à droite et à gauche, inspectant l'obscurité où ils s'apprêtaient à s'engager. Il ne repéra rien, mis à part le vrombissement sourd et continu des papillons qui battaient des ailes. Les papillons, les maudits papillons.

Il se retourna et traversa lentement le jardin mort.

« Qu'est-ce que tu fais ? » demanda Bobby.

Johnny ne répondit pas. Il avait l'impression d'être tout froid à l'intérieur, le silence régnait dans son esprit. C'était ça, d'être adulte ? Il n'avait vraiment pas envie de le découvrir.

La lampe pendait à l'angle du plafond bas. Elle lui chauffa le visage quand il se positionna en dessous. Johnny la contempla un instant en faisant tourner le manche de la pelle dans ses petites mains moites de sueur. Et puis, faisant appel à ses souvenirs du championnat de base-ball benjamin du printemps dernier, il ramena la pelle par-dessus son épaule, tout comme il l'avait fait avec sa batte le jour où les Sharks avaient battu les Lions. Plissant les yeux pour se protéger de l'éclat de la lampe, il abattit son outil dans un mouvement de balancier, fracassant l'ampoule. Un *pop* électrique perfora distinctement l'air, accompagné de plusieurs étincelles. Bobby poussa un petit cri dans son dos.

Maintenant, il entendait toujours les papillons, mais il ne pouvait plus les voir. C'était déjà quelque chose, non ?

Il ne peut plus nous voir non plus, pensa Johnny. Il ne prit conscience du problème qu'à ce moment-là. L'espace d'un instant, il se mit à y réfléchir : comment LaRue s'y était-il pris pour les voir ? Il savait où ils allaient, il commentait leurs actions dans ses petites rimes malsaines. Où étaient les caméras ? Il semblait y avoir des haut-parleurs partout, qui diffusaient la voix hystérique de LaRue. Pourquoi pas des caméras ?

Peu importait, maintenant. La seule chose qui comptait, c'était de sortir de cette maison de fous. En vie, si possible.

Il fit volte-face et avança d'un pas précautionneux, en essayant d'épargner sa jambe blessée.

« Viens », dit-il.

Son pied s'enfonça dans une matière molle et spongieuse ; sans doute une sorte de légume. Pas grave, il fallait continuer. Il poursuivit sa progression tout en s'assurant qu'il entendait bien le souffle de Bobby derrière lui dans cette pièce si terriblement sombre. Il tâtonnait devant lui avec sa pelle, comme un aveugle avec sa canne. Quelques instants plus tard, il se cogna l'épaule contre une structure qui ressemblait à une porte, celle qu'il pensait avoir vue quand la lumière était encore allumée.

« Fais attention, chuchota-t-il à Bobby. Il y a une porte, ici.

— D'accord », chuchota Bobby en retour.

Vu le son de sa voix, il semblait réussir à contenir un peu sa peur. *Bien joué, Bobby*, pensa Johnny avec un sourire un peu chagrin.

J'aimerais bien pouvoir voir où je mets les pieds, se dit-il. Comme si LaRue avait lu dans ses pensées, une lampe puissante s'alluma juste au-dessus de sa tête. Bobby poussa un cri étranglé derrière lui. Des papillons de nuit se précipitèrent vers la lumière, comme des hommes affamés se ruant sur un banquet. Johnny leva les yeux, une écharde glaciale de peur plantée dans son cœur. La voix tout aussi glacée d'Étienne LaRue s'éleva, mais elle paraissait provenir de loin, comme si les haut-parleurs n'étaient plus aussi proches qu'avant.

« *Je vous vois*
mais me voyez-vous ?
Renoncez, chers enfants,
la liberté n'est pas pour vous. »

« C'est ce que tu crois », dit Johnny à voix basse en regardant autour de lui.

Ils se trouvaient dans une sorte de garde-manger. Les murs étaient recouverts d'étagères en bois rudimentaires, remplies de plusieurs dizaines de bocaux. La plupart d'entre eux semblaient contenir de la confiture. Une nostalgie effrayante s'empara de Johnny. *Grand-mère faisait de la confiture, parfois*, lui rappela son esprit de façon irrationnelle. *Est-ce que je la reverrai un jour ?*

La tristesse menaçait de faire s'effriter la façade stoïque qu'affichait Johnny, mais il refusa de se laisser aller. Par-dessus tout, il fallait éviter que Bobby le voie craquer… Il brandit donc sa pelle et fracassa cette nouvelle lampe. Une odeur d'ozone emplit l'air, accompagnée par l'odeur écœurante et un peu boueuse des papillons de nuit brûlés vifs.

Alors que les ténèbres engloutissaient les derniers vestiges de lumière, Johnny crut voir un autre halo lumineux, un peu plus loin. Rien à voir avec les lampes artificielles surpuissantes que LaRue ne cessait d'actionner, mais quelque chose qui ressemblait à de la lumière naturelle. De la lumière extérieure.

« C'est… ? » commença-t-il ; mais Bobby l'interrompit alors avec un cri perçant.

« C'est la sortie ! » Bobby le bouscula au passage en se précipitant vers ce qui semblait vraiment être une porte.

Johnny fit mine de s'élancer à sa suite, mais la peur le retint. Et si c'était un piège ? Et si c'était comme la pièce dans laquelle Chip avait été tué ?

« Bobby, arrête ! » hurla-t-il, mais le garçon continua de courir en s'écriant : « C'est la sortie, c'est la sortie, on a réussi ! »

Lentement, précautionneusement, Johnny le suivit. Il pouvait désormais voir la silhouette de son ami se découper dans l'éclat diffus d'une porte vitrée carrée. Bobby s'arrêta, et Johnny l'entendit s'exclamer d'une voix débordante de joie :

« C'est une porte qui va dehors ! »

Johnny se retint de courir. Ça pouvait encore être un piège. Des objets tranchants pouvaient surgir de nulle part pour les décapiter. Néanmoins, il sentait l'excitation monter en lui. Bobby avait trouvé une porte qui menait dehors, et ils allaient enfin pouvoir s'échapper. *J'espère que ce n'est pas trop beau pour être vrai*, songea-t-il.

Mais à mesure qu'il se rapprochait de son ami, il comprit avec désarroi que si, *c'était* trop beau pour être vrai. Avant même que Bobby reprenne la parole, Johnny savait. LaRue ne les laisserait pas s'en tirer si facilement. Il avait sans doute encore des projets pour eux.

Bobby s'acharnait déjà sur la poignée quand il atteignit la porte. La partie supérieure du battant était divisée en quatre carreaux de verre séparés par des baguettes de bois, un peu comme les vieilles fenêtres de la maison où habitait sa grand-mère. La mauvaise nouvelle, c'était que la partie vitrée était protégée par des barreaux en fer, si rapprochés que Johnny n'aurait sans doute même pas pu glisser sa main à travers.

La porte, bien entendu, était fermée à clef.

Pas de pièges compliqués, pensa Johnny en regardant à travers les carreaux. Au loin, il vit des lueurs éclatantes danser dans la nuit. Les lumières du Monde de la Peur. Ils ne se trouvaient qu'à quelques dizaines de mètres des autres gens, mais ils étaient piégés ici comme des animaux. Combien de temps leur avait-il fallu pour marcher jusqu'ici depuis l'enceinte de la fête foraine ? Dix minutes ? Dix minutes seulement, et l'un d'entre eux était déjà mort.

« Merde », laissa-t-il échapper, incapable pour le moment de penser à quoi que ce soit d'autre qu'à cette lueur d'espoir qu'on venait de leur arracher.

Pas de pièges compliqués, se répéta-t-il, *il n'a pas besoin de ça, ici. Tout ce qu'il lui faut, c'est qu'on voie les lumières de dehors : il sait que ce sera plus facile de nous faire du mal. Eh bien, il a raison. Ça fait plus mal que tout le reste.*

« Allons-y », lança-t-il d'une voix lasse à Bobby.

Il s'attendait à une nouvelle crise de hurlements et de larmes, digne de rivaliser avec le réveil de son ami face aux crânes. Un nouveau couloir obscur s'ouvrait sur leur gauche ; Johnny s'y dirigea d'un pas traînant en se préparant à l'explosion de cris. Mais un profond silence régnait en ces lieux. Le garçon regarda en arrière pour s'assurer que Bobby le suivait bien, et s'arrêta. Le petit garçon fixait les lueurs éclatantes de la fête foraine à laquelle ils avaient été arrachés. Il ne pleurait pas, il ne cédait pas à l'hystérie, contrairement à ce que Johnny avait cru. Non, il se contentait de regarder.

« Bobby ? »

Un an auparavant, Bobby, Chip et Johnny lisaient des B.D. perchés dans la cabane que Chip s'était fait construire dans un arbre. Aucun d'eux n'avait envie de parler de ce qui les hantait manifestement. Une semaine plus tôt, le père de Bobby avait été tué dans un accident de bus en rentrant chez lui après le travail. Bobby, pourtant capable d'être aussi bruyant que Chip quand il était lancé, avait été plutôt silencieux depuis. L'air avait une consistance épaisse ce jour-là, un peu comme le ragoût de bœuf que la maman de Johnny cuisinait de temps en temps. Sans avertissement, Bobby avait posé sa B.D. – Batman, sa préférée –, dévisagé ses deux amis d'un regard vitreux et déclaré sur un ton parfaitement froid : « Je vais mourir. Vous aussi. Tout le monde. On va tous mourir. » Puis il avait repris sa B.D. et poursuivi sa lecture.

À cet instant, alors que Bobby regardait par la porte, une porte qui aurait pu être synonyme de liberté, Johnny vit les lueurs de la fête foraine se refléter sur ces mêmes yeux vitreux. Et d'une voix étrangement adulte, Bobby déclara :

« Nous ne sortirons jamais de cette maison.

— Bobby, non. »

Johnny tendit le bras pour l'éloigner de la porte. Bobby ne le repoussa pas, mais son ami sentit un frisson glacé l'envahir. Il se résolut à baisser le bras.

« Tu as vu ce qui est arrivé à Chip. Il va nous arriver la même chose. À toi et à moi. On va mourir ici.

— Pas si on continue de se déplacer, Bobby. Peut-être que si on monte à l'étage…

— Tu m'as promis, là-bas. Tu m'as promis qu'on s'en sortirait. »

Johnny dévisagea son ami, un peu effrayé. Il y avait de la haine dans sa voix. Une haine qui n'était pas dirigée contre LaRue, la maison ou leur situation actuelle. Une haine dirigée contre lui.

« Et c'est vrai, Bobby, dit-il avec un sourire hésitant qui, il le savait, sonnait faux.

— Menteur », lâcha Bobby de cette même voix dénuée d'émotion.

Elle était glaçante, plus encore que les crânes et les papillons de nuit. Ces derniers étaient des choses nouvelles et effrayantes dans un monde brusquement devenu terrifiant. Mais là, il s'agissait de Bobby, un garçon qu'il connaissait depuis la maternelle. Son monde avait sombré dans les ténèbres et il pouvait l'accepter – s'en satisfaire, non, mais l'accepter. Mais pas Bobby. Pas maintenant.

Il s'apprêtait à dire quelque chose, n'importe quoi, pour faire retomber la tension et passer à autre chose, quand Bobby se mit brusquement en marche vers le couloir plongé dans le noir. Johnny le suivit à l'aveuglette, sans oser parler.

Et si sa promesse était un mensonge ?

Encore un escalier, mais, pour une raison ou une autre, celui-là avait l'air plus robuste. Johnny tapota une marche du bout de sa pelle. Il vit une brève étincelle jaillir dans l'obscurité.

« Du béton, marmonna-t-il.

— O.K. », dit Bobby.

Johnny ne détecta pas l'accent froid et adulte dans sa voix. Il se sentit un peu mieux. Pas beaucoup, mais un peu.

« Tu es prêt ?

— Oui, répondit Johnny en tâtonnant une nouvelle fois à l'aide de sa pelle pour trouver la première marche. Reste collé au mur et dirige-toi avec ton râteau. »

Bobby grogna quelque chose que Johnny crut devoir comprendre comme un « d'accord ».

Il entendit les tennis de Bobby frotter sur la surface abrasive de la marche juste devant lui.

Johnny lui emboîta nerveusement le pas. Le souvenir de leur dernière expérience avec un escalier était encore frais dans sa mémoire. La pelle dans une main, l'autre plaquée contre le mur, il gravit lentement les marches, l'estomac noué.

Quelques instants plus tard, il entendit Bobby déclarer :

« Je suis arrivé devant une porte ! »

Une foule d'émotions se bousculèrent en lui. Était-ce un autre piège ? Pourrait-il s'agir d'une sortie ? Qu'est-ce qu'il y avait derrière la porte numéro un ?

« Attends-moi ! » lança-t-il.

Il rejoignit son ami et toucha du bout des doigts une surface en bois.

« Elle est épaisse, chuchota-t-il à Bobby en plaquant son oreille contre la porte. Je n'entends rien de l'autre côté.

— Tu crois que c'est encore un piège, comme avec Chip ?

— Possible », répondit Johnny en tâtonnant à la recherche de la poignée – qu'il finit par trouver.

Le silence régna pendant une seconde.

« Je crois que j'ai une idée », dit Bobby.

Il ne s'exprimait plus de cette voix insensible qu'il avait adoptée devant la porte du sous-sol, mais il n'était pas vraiment redevenu lui-même. *Il ne sera plus jamais comme avant, Johnny, tu le sais,* murmura son esprit. *Et toi non plus. Vous ne pouvez plus être ce genre d'enfants.*

Johnny ferma les yeux.

« Quoi ? dit-il.

— Et si on ouvrait la porte en restant de chaque côté ? Comme ça, si quelque chose se jette sur nous, on pourra reculer et il ne nous fera pas de mal. »

Johnny ne voyait pas vraiment de point faible dans cette idée, et comme cela semblait être la seule chose à faire, il acquiesça.

« Très bien, compte jusqu'à trois », dit Bobby.

Johnny hocha la tête, sourit en se rendant compte que son ami ne pouvait pas le voir, puis déclara :

« Un, deux, trois ! »

Johnny saisit la poignée, l'abaissa d'un coup en poussant la porte d'un même mouvement. L'espace d'un instant, rien ne bougea. Puis la voix sombre et terrifiante de leur hôte invisible s'éleva dans un haut-parleur lui aussi dissimulé.

« Vous avez fait connaissance avec mes petits protégés
et vous les avez vus se nourrir,
mais maintenant vous voilà dans leur antre,
le lieu où ils aiment se reproduire ! »

« Oh, merde », dit Bobby, et les papillons de nuit surgirent de partout.

Johnny leva les mains dans une posture défensive qui lui était désormais familière. Il lâcha sa pelle qui tomba par terre avec fracas. Entre ses bras refermés autour de sa tête, il vit l'intérieur de la pièce par la porte ouverte. C'était manifestement une cuisine, autrefois ; mais elle abritait désormais des papillons de nuit. Il semblait y en avoir des millions, qui grouillaient dans les reflets bleus des lumières noires. Le garçon ne distinguait pas grand-chose d'autre ; il croyait voir une petite rangée d'arbustes et quelques tas de pierres contre les murs de cette ancienne cuisine, mais les papillons encombraient son champ de vision aussi sûrement qu'ils avaient encombré les poumons de Chip.

Toujours posté à côté de lui, Bobby poussait des hurlements perçants à intervalles réguliers. Il était presque impossible d'entendre quoi que ce soit dans le bruissement des milliers d'ailes qui battaient furieusement. Johnny se retourna vers Bobby, paniqué, et vit un papillon foncer droit dans sa bouche ouverte.

Non, pas encore ! pensa Johnny, le cœur battant la chamade dans sa poitrine. Il inclina un peu la tête et se rapprocha de son ami, qui crachait le papillon par terre. Johnny baissa les yeux et vit la chose, brune et répugnante, se tortiller mollement aux pieds de Bobby. Johnny l'écrasa sous sa tennis et plaqua sa main sur la bouche de Bobby, tout en se pinçant le nez de l'autre. Il se pencha tout contre l'oreille de son ami, ouvrit légèrement la bouche et cria : « Garde la bouche fermée et pince-toi le nez pour les empêcher d'entrer ! »

Il recula, vit Bobby hocher frénétiquement la tête, et le lâcha. Bobby baissa un peu la tête et leva le bras devant ses yeux. Son râteau lui échappa des mains, alla se nicher tel un homme ivre contre le chambranle. Il se boucha aussitôt le nez, se pinça la bouche comme s'il promettait de garder un secret. Les lèvres de Bobby étaient scellées.

Il jeta un coup d'œil dans la cuisine, les yeux écarquillés, sous le choc. Johnny pouvait presque l'entendre penser à Chip. Et comment ne pas y penser ? Il lui fallut une bonne seconde pour arracher l'attention de Bobby aux papillons de nuit. Quand il finit par lui toucher l'épaule, son ami fit volte-face et le fixa sans changer d'expression. Johnny lança un bref regard en direction de la cuisine. Il y avait sans doute une porte qui menait hors de la pièce aux papillons, et si tel était bien le cas, Johnny avait la ferme intention de l'emprunter. Après ça, il n'en savait rien, mais ils ne pouvaient certainement pas redescendre au sous-sol, où ne les attendaient que des crânes.

Bobby finit par comprendre le message. Il secoua la tête en signe de dénégation, puis ferma les paupières de toutes ses forces. *Tu ne peux pas me forcer*, disait son geste.

Johnny écarquilla un peu plus les yeux en inclinant la tête vers la porte. Il était partagé entre la colère et la panique. *Je ne peux pas te forcer, hein ?*

Bobby secoua encore la tête en refermant ses bras autour de son visage. Les papillons de nuit rebondissaient contre ses bras serrés, comme des balles contre de la pierre.

« Faites que ça s'arrête ! hurla Bobby, l'air paniqué. S'il vous plaît, faites que ça s'arrête ! »

Johnny se rapprocha une nouvelle fois de son ami, lâcha son nez et attrapa Bobby par la manche. *Je ne pense pas qu'il soit encore en colère*, pensa-t-il, *il est juste effrayé*. Cette idée le rendit étrangement triste. Un Bobby furieux était assez insupportable, mais apeuré il représentait un défi de taille. Et Johnny se dit qu'il n'avait vraiment pas besoin de nouveaux défis ce soir-là.

Il lui parla dans l'oreille.

« Je vais rentrer là-dedans ! cria-t-il. Je pense qu'il y a une porte au bout de la cuisine ! Tu peux venir ou rester ici, mais moi, j'y vais ! »

Bobby se tourna vers lui et lui décocha un regard noir entre ses deux bras. Ça y est, il s'est remis en colère, pensa Bobby avec un vague soulagement.

« Allons-y », dit-il en en lâchant Bobby.

Tête inclinée en avant, il se retourna pour affronter l'immense amas de papillons. Il baissa rapidement les yeux, le temps de localiser sa pelle, et la tint en travers de sa poitrine comme un soldat tient son fusil.

Après quoi il s'élança, fonçant au cœur du royaume des papillons de nuit. Il dépassa une forêt miniature de plantes en pot, à peine visible derrière la nuée d'insectes changés en bombardiers. Des tas de cailloux étaient disséminés ici et là, et Johnny manqua de trébucher sur l'un d'eux. Dans la lumière sourde du néon de lumière noire, Johnny plissa les yeux pour mieux voir ce qui se trouvait devant lui. Il ne s'était pas trompé. Une grande porte en bois occupait le dernier pan d'espace libre sur le mur devant lui, surmontée de deux énormes projecteurs éteints. Elle était fermée, certes, mais pas forcément à clef, n'est-ce pas ?

Dans cette maison, les portes sont dangereuses, lui chuchota son traître d'esprit. Il fit de son mieux pour l'ignorer.

Une nuée de papillons particulièrement dense fonça vers lui, et il se rendit compte au dernier moment qu'il avait laissé son nez et sa bouche à découvert. Dans un geste de pur réflexe, Johnny s'arrêta et abattit sa pelle pour chasser l'essaim. Une succession de petits tintements résonnèrent dans l'air. Une minuscule pluie de papillons morts cascada sur sa tête. Il ne prit même pas la peine de les enlever. Johnny ramena la pelle contre sa poitrine et se remit en marche.

Une masse le dépassa en l'effleurant. Il poussa un cri, terrifié. Des visions de papillons tueurs géants dansèrent dans sa tête. Puis il vit Bobby qui fonçait devant lui en tenant son râteau de la même manière que Johnny tenait sa pelle. *C'est comme dans un de ces films d'horreur des années 50 que papa regarde,* pensa Johnny, Les Soldats et l'invasion de papillons tueurs. Malgré tout ce qui s'était passé et tout ce qui se passait encore autour de lui, Johnny se mit à pouffer de rire.

Il atteignit la porte quelques secondes après Bobby, qui tenait le râteau sous son bras tout en bouchant sa bouche et son nez avec ses mains.

« Qu'est-ce qui te fait rire ? demanda Bobby ; mais sa voix étouffée produisit seulement : Kezzki hé ire ? »

Johnny n'en rit que plus fort, appuyé contre le chambranle de la porte, plié en deux. Son cerveau lui hurla : *Tu es à la porte, crétin, fonce ! Fonce !* Mais pour l'instant, il en était incapable. Ce rire, aussi hystérique soit-il, était aussi agréable que la première bouchée de nourriture d'un homme affamé. Il s'y raccrocha désespérément. S'il était encore capable de rire, il était toujours en vie.

Il finit par lever la tête, la main plaquée sur sa bouche et son nez, et vit que Bobby riait lui aussi, le corps secoué de soubresauts dans la lumière noire. *Prends ça, LaRue,* pensa-t-il tandis que son rire diminuait enfin. *Tu ne nous auras pas eus jusqu'au bout.*

Bobby écarta sa main de sa bouche.

« Mets-toi sur le côté », dit-il avec un petit sourire.

Johnny s'exécuta, et son ami avança pour ouvrir la porte.

« Hein ? fit Johnny. Qu'est-ce que… ? »

À côté de lui, Bobby brandit son râteau à deux mains.

« Qu'est-ce que c'est ? »

Les deux garçons regardaient par la porte ouverte, perplexes. L'encadrement avait été divisé verticalement par ce qui ressemblait à une cloison en placo. La lumière noire derrière eux ne s'étendait pas très loin dans les pièces jumelles, mais Johnny supposa que le mur courait du montant de la porte jusqu'au mur du fond. Johnny ouvrit la bouche pour poser une question à son ami, quand la voix terriblement familière d'Étienne LaRue retentit au-dessus de leurs têtes.

« L'heure est venue de choisir, chers petits !
Gauche ou droite, tel est votre dilemme.
Choisissez juste et vous êtes sauvés,
mais trompez-vous et c'est la mort assurée ! »

« Je le déteste, dit Bobby.

— Moi aussi », acquiesça Johnny.

C'est alors que les deux gros projecteurs s'allumèrent brusquement au-dessus de leurs têtes. Les garçons se retournèrent lentement. Les papillons de nuit, qui représentaient jusqu'ici plus une gêne qu'une menace, se mirent à foncer droit vers la lumière… et les garçons.

Johnny se détourna, cria « Allez ! » à Bobby. D'instinct, il se précipita côté gauche de la porte en attrapant la poignée derrière lui avec la main qui ne tenait pas la pelle. L'éclat de la lumière noire et des projecteurs disparut aussitôt. Le bas de la porte s'ajustait parfaitement au montant, et l'obscurité était complète.

Un papillon ou deux voletèrent contre sa nuque ; il les chassa de la main.

« Bobby ? » demanda-t-il.

Pas de réponse. Il appela plus fort :

« Bobby ! »

Puis il perçut une voix étouffée.

« Johnny ! »

Il se déplaça sans bruit dans le noir vers la cloison en placo.

« Bobby ? Tu es de l'autre côté ?

— Oui ! Ça ne va pas très loin ; je suis entouré par un mur de briques. »

Merde, pensa Johnny. *Nous sommes séparés et il est piégé. Au tour de LaRue de rire.*

« D'accord, pas de problème, lança Johnny. Je vais rouvrir la porte et tu pourras passer de mon côté, O.K. ? »

Johnny tâtonna le long du mur. Il ne tarda pas à retrouver la porte, puis la poignée. Il la tourna, sa paume moite glissant sur le métal – mais elle refusa de bouger. Le garçon fronça les sourcils, baissa les yeux dans le noir vers sa main, puis retenta sa chance dans l'autre sens. La poignée céda légèrement, puis se bloqua.

« Oh non, murmura Johnny. Oh non, non, non. »

Ne me dites pas qu'on ne peut l'ouvrir que dans un sens. S'il vous plaît.

Il fit un nouvel essai, d'avant en arrière. Pris d'une soudaine frénésie, il lâcha sa pelle et se jeta contre le battant, l'épaule la première. Une douleur cinglante fusa dans son bras, mais la porte ne bougea pas d'un centimètre.

« Bobby, dit-il. On a un petit problème.

— Oh ! mon Dieu ! l'entendit-il s'écrier depuis l'autre côté de la cloison.

— Non, non, ne t'inquiète pas, laisse-moi juste y réfléchir une seconde.

— Johnny, aide-moi !

— Attends avant de paniquer, répondit distraitement Johnny. Je vais te tirer de là. »

Il s'apprêtait à étudier le moyen d'y parvenir quand Bobby cria de nouveau d'une voix aiguë :

« Il a ouvert des robinets ! »

Des robinets ?

« Comment ça ?

— Il y a des tuyaux qui sortent du plafond ! Ça se remplit d'eau, Johnny ! s'écria Bobby. Je suis dans une boîte et elle se remplit d'eau !

— Oh non », fit Johnny à voix basse.

Au-dessus de lui, il entendit le ricanement vicieux d'Étienne LaRue, et le sang se glaça dans ses veines.

Il va se noyer là-dedans, pensa Johnny. *D'abord Chip, maintenant Bobby, et je resterai tout seul dans cette maison sombre.*

« Non ! cria-t-il en lâchant sa pelle. Non, ce n'est pas juste ! »

Il se mit à crier et à marteler la cloison devant lui de ses poings colériques, en ponctuant chaque coup d'un « Non ! » de plus en plus désespéré.

Bobby se mit à crier de l'autre côté de la paroi, comme si la détresse de Johnny était contagieuse.

« L'eau est en train de monter ! gémit-il, l'air plus terrifié que jamais. Oh non, aide-moi ! »

Sous le coup de la frustration, Johnny projeta son poing une dernière fois contre la cloison. Quelque chose lui sauta au visage et il cria, terrifié à l'idée que les papillons dans la cuisine aient trouvé un moyen de rentrer ici. Mais ce n'était pas un papillon. Johnny frotta sa joue brûlante et humide de transpiration, empli d'une stupeur mêlée d'espoir. Ce n'était pas un papillon. C'était de la poussière de plâtre.

« Johnny ! hurla Bobby.

— Utilise ton râteau ! cria son ami en cherchant sa pelle à l'aveuglette. Le mur est en plâtre ! Tu peux le casser !

— Quoi ? »

Bobby avait l'air à bout de souffle. Est-ce qu'il pataugeait dans l'eau ?

« Merde », marmonna Johnny.

Il finit par refermer sa main sur le manche de la pelle. Il la ramassa en grognant, la tint comme une baïonnette.

« Recule ! » cria-t-il avant d'abattre la pelle sur la cloison.

La lame s'enfonça dans le placo avec une étonnante facilité. Avec un sourire dément, Johnny l'arracha au mur et répéta son geste. Quand il la retira, cette fois, il la tira vers le haut et entraîna un gros morceau de plâtre. Johnny palpa la cloison. Il y avait un gros trou au centre, et quand il passa son doigt sur le pourtour, d'autres fragments de plâtre s'en détachèrent.

Pourquoi est-ce que l'eau ne s'infiltre pas ? se demanda-t-il, paniqué. *Elle devrait passer à travers, j'ai transpercé la cloison.* Il souleva la pelle et l'inséra dans le trou. Elle s'enfonça de quelques centimètres, puis la lame rencontra de la résistance. *Ce n'est pas un mur plein*, pensa-t-il en brandissant de nouveau son outil. *Il est creux.*

« Attention, Bobby ! » s'écria-t-il.

Mais il ne reçut aucune réponse. Il s'interrompit.

« Bobby ? »

Rien.

« Oh ! mon Dieu », dit-il en enfonçant la pelle dans le trou jusqu'à traverser la cloison de part en part.

C'était comme planter un couteau dans du beurre. De l'eau jaillit du trou et aspergea ses jambes. Il recula un peu pour éviter le gros du jet, puis enfonça de nouveau sa pelle. Un torrent d'eau se déversa sur le sol et détrempa ses tennis. Il entendit un bruit sourd, comme une masse qui tombait contre la cloison. Bobby.

« Bobby ! » cria-t-il en essayant de passer à travers le trou.

La puissance de l'eau l'en empêcha. Il recula, brûlant de nouveau de taper des poings contre quelque chose. Bientôt, le bruit de l'eau éclaboussant le sol diminua, et Johnny se précipita en avant pour se faufiler dans le trou et passer dans l'autre pièce.

« Bobby ? » demanda-t-il.

Son genou rencontra alors quelque chose de mou et d'humide. La jambe de son ami ? À sa gauche, il entendit un petit :

« Aïe.

— Bobby ? répéta-t-il.

— Je me suis cogné la tête contre le mur », dit ce dernier.

Il avait l'air fatigué, et très, très jeune. Il tenta d'ajouter quelque chose, mais laissa échapper une série de toussotements étranglés.

« Tu vas bien ? » lui demanda Johnny en tendant le bras, avant de lui taper dans le dos.

Il se souvenait vaguement que sa mère lui avait fait cela quand il avait failli se noyer dans la piscine de grand-mère quand il avait cinq ans. Il eut une boule dans la gorge en pensant à elle. Tout à coup, il mourait d'envie de la revoir.

« Je suis trempé, répondit simplement Bobby. Et je veux rentrer chez moi.

— D'accord », déclara Johnny.

Il se surprit alors à tendre les bras et à serrer Bobby contre lui. Son ami commença par se raidir, puis il lui rendit son étreinte. De nouvelles larmes naquirent dans les yeux de Johnny. « J'ai cru que tu allais mourir, dit-il.

— Moi aussi », fit Bobby.

À sa voix, Johnny devina qu'il pleurait, lui aussi. Ils restèrent ainsi pendant une bonne minute, frigorifiés et trempés, dans le noir ; mais c'était la première fois qu'ils se sentaient aussi bien depuis qu'ils étaient entrés dans cette horrible, horrible maison.

Ils se trouvaient tout au bout de la pièce vide située de l'autre côté de la cloison, épuisés, à bout de forces, mais saufs. Devant eux, un nouvel escalier s'élevait dans les ténèbres.

« Tu veux monter ? demanda Johnny.

— On a le choix ? » répondit Bobby.

Il avait la voix d'un garçon plus âgé, maintenant. La question n'appelait pas de réponse. Johnny entama son ascension, suivi de près par son ami. Quand ils parvinrent au sommet, Johnny ne fut pas surpris de tomber sur une autre porte. Il soupira.

« Même topo ? demanda-t-il.

— Oui. »

Johnny se plaqua de son côté contre la rambarde. Il entendit Bobby faire de même contre le mur.

« À trois : un, deux, trois. »

Il tourna la poignée et ouvrit la porte en grand, tout en se protégeant les yeux en prévision d'une attaque.

Mais rien ne se jeta sur eux. Johnny ouvrit les yeux et ne fut guère étonné de voir qu'ils étaient revenus au couloir du premier étage, celui qui menait à la pièce où Chip avait été tué. Une lumière tamisée sourdait de l'autre extrémité du couloir, où se trouvait l'autre escalier qui avait bien failli avoir raison d'eux. Il se demanda brièvement s'ils ne devraient pas tout simplement abandonner. Ils tournaient en rond, et LaRue allait leur mettre la main dessus une fois qu'ils seraient trop épuisés pour se débattre.

Puis il leva les yeux et aperçut quelque chose qui lui avait échappé la première fois. Une trappe dans le plafond. Une trappe qui menait au grenier.

Des images lui revinrent une à une en mémoire : les sacs remplis de papillons qui tombaient du plafond, les tuyaux au-dessus de Bobby. Une excitation mauvaise fit soudain battre son cœur plus vite. Il se pencha tout près de Bobby, conscient que LaRue était peut-être aussi capable de les entendre.

« LaRue est là-haut, dans le grenier », chuchota-t-il.

Bobby leva les yeux, puis reporta son regard sur Johnny et hocha la tête.

« Il a sans doute les clefs de cette maison.

— Comment est-ce qu'on ferait pour monter ? demanda Bobby. Il ne va pas nous voir ? »

Johnny jeta un nouveau coup d'œil à la trappe et remarqua la cordelette qui pendait là, terminée par un gros nœud.

« On peut monter, dit-il en se retournant vers son ami. Pour ce qui est de nous voir, je n'en sais rien. C'est comme tu disais tout à l'heure. On n'a pas vraiment le choix. »

Bobby acquiesça de nouveau.

« D'accord. Comment est-ce qu'on monte ?

— Donne-moi ton râteau. »

Ils échangèrent leurs outils, puis avancèrent dans le couloir. En se mettant sur la pointe des pieds et en tenant le râteau par le bout du manche, Johnny parvint à coincer le nœud entre deux dents. Alors qu'il s'apprêtait à tirer, une lumière aveuglante s'alluma au-dessus d'une des portes du couloir. Presque aussitôt, les papillons de nuit qui avaient jusqu'ici voleté sans but se dirigèrent vers son éclat. La voix de LaRue retentit :

« De tout ce que vous avez vu et craint,
rien n'est pire que ce qui vous attend là-haut ! »

« Ouais, c'est ça », marmonna Johnny.

Ses yeux s'habituèrent à la lumière, et il regarda en direction du projecteur. Juste en dessous, il vit ce qui ressemblait à un petit haut-parleur. À une trentaine de centimètres, un petit objet noir bourdonnait comme une grosse abeille électronique. Son unique œil de verre, tourné vers Johnny, vrombit en ajustant la netteté. Une caméra.

Bobby avait suivi le regard de Johnny. Il se mit à sourire, puis fit un doigt d'honneur à l'œil fixe de la caméra. Johnny grogna et tira sur son râteau. La trappe s'entrouvrit en grinçant. Johnny tira encore, plus fort cette fois, et elle s'ouvrit un peu plus. Bobby se rapprocha, se dressa sur la pointe des pieds et agrippa lui aussi le manche. À trois, ils pesèrent ensemble de tout leur poids ; la trappe bascula vers le bas, et une échelle se déplia jusqu'au sol. Les garçons levèrent la tête. LaRue était là-haut, les yeux baissés vers eux.

Il semblait sur le point de parler, mais il tendit alors la main derrière lui et ramena un petit sac de toile. Johnny savait ce qu'il contenait, mais le garçon découvrit qu'il n'avait plus aussi peur. Dans un monde rempli de papillons de nuit, un sac en toile n'a plus vraiment le pouvoir d'effrayer qui que ce soit. Il se tourna vers Bobby, récupéra sa pelle et leva de nouveau les yeux.

LaRue jeta le sac dans sa direction. Il atterrit sur sa tête, et des papillons de nuit jaillirent dans toutes les directions. Johnny repoussa le sac d'un geste brusque, puis commença à gravir l'échelle. LaRue laissa échapper un léger grognement de surprise, puis se retourna pour saisir un autre sac. Johnny retroussa les lèvres et serra les dents de manière à empêcher les papillons d'entrer dans sa bouche. Quelques-uns se jetèrent sur ses dents, mais rebondirent. La pelle dans une main, il continua de monter. Un autre sac atterrit sur sa tête et glissa jusqu'à terre. D'autres papillons s'envolèrent, mais Johnny n'y prêta pas attention. Si LaRue détenait la clef de cette maison hantée, il avait la ferme intention de la lui prendre.

« Non ! » s'exclama LaRue en lançant un autre sac.

Tu es à court de rimes, LaRue ? pensa Johnny avec un plaisir mauvais. Quand il leva de nouveau la tête, les dents dévoilées par un sourire de chat du Cheshire, LaRue avait disparu.

Johnny passa la tête à travers la trappe, scruta des yeux les alentours. Le grenier était très bien éclairé. Quatre gros générateurs se dressaient dans un coin, comme ces pierres à Stonehenge – ils n'avaient vraiment pas l'air à leur place dans un endroit aussi décrépit. Le grenier était séparé en deux par une cloison en bois, percée d'un chambranle sans porte. Johnny s'extirpa du trou en agitant sa pelle d'avant en arrière pour disperser les nuées de papillons. L'un d'entre eux vint se loger dans sa narine et s'y tortilla. Le dégoût lui retourna l'estomac, mais il ne paniqua pas. Il se boucha l'autre narine et souffla d'un coup sec. Le papillon éjecté voleta mollement en tournoyant jusqu'au sol.

La tête de Bobby apparut à travers le trou. Il tenait son râteau à la verticale d'une main et se cachait le nez et la bouche avec l'autre bras. Il rejoignit Johnny dans le grenier. Son ami pointa la porte du doigt, et Bobby hocha la tête. Johnny se rapprocha de l'embrasure, à peine effrayé, et passa la tête à l'intérieur. Étienne LaRue était bel et bien là. Et il essayait de sortir par une fenêtre.

Johnny poussa un cri. Une bouffée de rage incontrôlable l'envahit brusquement, et il se précipita vers lui.

« Ah, ça non ! » cria-t-il.

Il traversa la pièce du grenier, croisant au passage toute une rangée d'écrans de télé en noir et blanc. Le grand chapeau de LaRue était posé sur l'un d'entre eux, comme un vestige du

Chapelier fou. Johnny bondit en avant, le bras tendu, et attrapa LaRue par les cheveux avant que sa tête puisse disparaître complètement par la fenêtre. L'homme poussa un cri.

« Reviens par ici », dit Johnny, conscient qu'il avait de nouveau sa voix d'adulte.

C'était cet homme qui l'avait transformé ainsi. Cet homme avait fait bien pire que cela cette nuit.

« Non ! » gémit LaRue.

Johnny hissa sa tête vers le haut, lâcha sa pelle et lui asséna une gifle en plein visage. L'un des rideaux blancs en mousseline voleta vers lui ; il le chassa d'un coup de tête.

« Reviens par ici », répéta-t-il dans un grondement.

Bobby les rejoignit et posa les dents épaisses en acier du râteau contre le sommet du crâne de LaRue.

« Tu veux que j'appuie ? demanda Bobby.

— C'est bon, c'est bon ! » dit LaRue.

Il avait l'air terrifié. Tout en le regardant reculer en rampant, Johnny se pencha pour ramasser sa pelle. Bobby tint les dents du râteau contre le cou de l'homme tout en braquant sur lui ses grands yeux remplis de haine. Une fois LaRue à l'intérieur, Johnny se planta devant lui : il était beaucoup plus petit que lui, mais se sentait bien plus vieux.

« Tu as tué Chip, dit-il. Tu as essayé de tous nous tuer. »

LaRue tournait frénétiquement les yeux de gauche à droite, comme s'il cherchait un moyen de s'échapper. Johnny n'aimait pas ce regard.

Ils ne pouvaient pas s'échapper, eux. Pourquoi aurait-il cette chance ?

« Tous ces sacs sont remplis de papillons ? » demanda Bobby en désignant un grand tas de sacs en toile qui remuaient légèrement.

« Oui, ils... » commença LaRue avant de se précipiter vers Johnny.

Machinalement, ce dernier leva sa pelle et l'abattit. Le dos de la lame rencontra la tête de LaRue, qui s'effondra aussitôt.

« Il est mort ? demanda Bobby en se tenant au-dessus de lui.

— Non, il respire encore », répondit Johnny.

Il contempla LaRue, l'auteur de toutes les horreurs de cette nuit, et ressentit un dégoût désormais familier.

« Qu'est-ce qu'on fait ? » demanda Bobby.

Johnny regarda les sacs de papillons, puis reporta ses yeux sur leur tortionnaire.

« J'ai une idée. »

LaRue ouvrit les yeux peu de temps après. Johnny se pencha sur lui et sourit quand LaRue se découvrit incapable de bouger.

« Les tuyaux, dit Johnny en se rapprochant encore. Les tuyaux avec lesquels tu as essayé de noyer Bobby. »

Il sourit encore tandis que LaRue essayait de se libérer des tuyaux serrés autour de son corps. Bobby et Johnny avaient fait deux ans de scoutisme, et ils s'y connaissaient en nœuds.

« En fouillant tes poches pour chercher les clefs, lança Bobby en apparaissant derrière Johnny, on a trouvé ça. »

Lui aussi souriait. Il tenait un Zippo argenté, qu'il tendit à son ami.

« Comment ça s'appelle, ici, déjà ? demanda Johnny en faisant mine de réfléchir.

« L'Attraction des Flammes est un lieu infâme », répondit Bobby.

Johnny eut un rire un peu nerveux.

« Oh oui, faisons ça ! »

« Pauvre LaRue, il ne s'échappera plus. »

Bobby rit avec lui.

« Les nœuds sont bien serrés, impossible de se libérer. »

« Qu'est-ce que ça fait, LaRue ? » demanda Johnny.

L'homme se mit à hurler. Bobby tendit le bras dans son dos et brandit un sac rempli de papillons au-dessus du visage de LaRue. Quand il le renversa, les papillons s'envolèrent en tous sens, et une bonne dizaine s'engouffrèrent dans la bouche de LaRue, étouffant son cri.

L'homme commença à convulser sur le sol, et les garçons tournèrent les talons. Ils rejoignirent la fenêtre et sortirent en empruntant l'échelle que LaRue avait utilisée pour monter dans le grenier au tout début de la nuit. Avant de quitter les lieux pour de bon, Johnny alluma le briquet et mit le feu au fin rideau blanc.

Deux jeunes garçons traversaient en courant un champ obscur, vers une fête foraine fermée pour la nuit. Toutes les lumières étaient éteintes, mais les manèges au repos et les stands obscurs représentaient tout de même la liberté. Ils suivirent le pourtour de la fête – et sanglotaient lorsqu'ils parvinrent sur le parking.

Derrière les attractions, sur une colline noire au milieu d'un champ, une vieille maison abandonnée était la proie des flammes. Des vitres éclataient et du vieux bois sec brûlait de fond en comble. Des nuées d'insectes gris étaient crachées dans le ciel nocturne, au point de dissimuler les étoiles. Ceux que l'attraction des flammes ne ramena pas en arrière s'envolèrent en quête d'un lieu plus accueillant.

Pour les papillons, ces flammes étaient elles aussi symbole de liberté.

LE COMPAGNON

Ramsey Campbell

LORSQUE STONE ARRIVA enfin à la fête foraine, après s'être fourvoyé à deux reprises, il se dit qu'elle ressemblait davantage à une gigantesque salle d'arcade. Sous la promenade, quelques gobelets de carton couraient le long du rivage en s'entrechoquant, et une brise d'octobre insidieuse précipitait les eaux de la Mersey sur les blocs de roche rouge bordant la plage, sur les bouteilles brisées et les pneus abandonnés. Sous les pseudo-tourelles blanches et trapues de la longue façade, des baraques proposaient souvenirs et *fish and chips*. Des bouts de papier gras tourbillonnaient près de chaque entrée.

Stone faillit faire demi-tour. Il avait connu des vacances plus exaltantes. La dernière foire qu'il avait voulu visiter, au pays de Galles, était fermée, et celle-ci ne semblait en rien correspondre à son attente. À en croire le guide, il aurait dû s'agir d'une authentique fête foraine : des attractions qu'il fallait éviter de peur que l'aboyeur ne vous entraîne de force à l'intérieur, le choc soudain des cascades déferlant sur un décor aux allures de carton peint, les clochettes, les détonations et les bruits d'impact des stands de tir à la carabine, les cris suraigus des filles voltigeant dans les airs, la carapace visqueuse et le cœur croustillant et juteux des pommes d'amour, les illuminations jaillissant sur le ciel gagné par la nuit. Au moins avait-il bien choisi son moment, pensa-t-il. S'il entrait tout de suite, il aurait pratiquement le champ de foire pour lui tout seul.

En arrivant devant l'une des entrées, il aperçut sa mère qui pêchait des *fish and chips* dans une barquette en carton. Quelle absurdité ! Jamais elle n'aurait mangé ainsi, debout et en public – « sur le pouce », disait-elle. Il regarda néanmoins la femme s'éloigner à vive allure en se détournant de lui – et du vent. Certes, c'était ainsi que sa mère se nourrissait, avec de petits mouvements vifs et saccadés. Il enfouit l'incident au fond de son esprit, espérant qu'il s'y perdrait, et s'engouffra dans un océan de couleurs et de tumulte.

Le plafond élevé aux poutres de fer nu lui évoqua aussitôt celui d'une gare, mais le vacarme était encore pire : l'écho des sirènes et des pistons, le sinistre grondement du métal. Un vacarme confiné et d'autant plus assourdissant. Choqué, il s'obligea à se rappeler qu'il pouvait toujours voir la scène, même s'il ne pouvait plus l'entendre.

Sauf qu'il n'y avait pas grand-chose à voir. Les machines semblaient ternes et poussiéreuses. Des nacelles pareilles à d'immenses fauteuils crapauds vacillaient et tournoyaient sur les montagnes russes, une toile tendue se refermait sur un incessant défilé de sièges, une grande roue tournait en élevant vers le toit ses sièges suspendus, un couple solitaire vacillait sous ses rouages. Il y avait si peu de personnes visibles qu'on aurait dit que les machines, frustrées par l'inaction, fonctionnaient d'elles-mêmes. L'espace d'un instant, Stone eut l'impression d'être enfermé dans une chambre poussiéreuse emplie de jouets doués de vie, comme dans un conte pour enfants.

Il eut un vague haussement d'épaules et se prépara à partir. Peut-être pourrait-il pousser jusqu'à la foire de Southport, même s'il lui fallait traverser la Mersey et rouler plusieurs kilomètres. Ses vacances s'étiolaient à toute allure. Il se demanda comment on se débrouillait à la perception en son absence. Le rythme du travail s'était ralenti, sans aucun doute.

Puis il vit le carrousel de chevaux de bois. On eût dit un jouet oublié, abandonné par un enfant ou transmis au fil des générations. Sous son baldaquin aux décorations ouvragées, les chevaux de bois galopaient sur leurs perches vers un cercle de miroirs où s'agitaient leurs reflets. Ils étaient peints en blanc ; leurs corps étaient mouchetés de violet, de vert et de rouge, ainsi que certaines de leurs têtes grossièrement dessinées. Sur le moyeu, au-dessus d'une plaque « MADE IN AMSTERDAM », un orgue jouait tout seul. Tout autour d'eux, Stone vit des gravures de poissons, de tritons, de zéphyrs, une tête fumant la pipe à l'intérieur d'un cadre, un paysage de collines et de lacs avec un faucon qui déployait ses ailes sur son perchoir.

« Oh ! oui », dit-il.

Lorsqu'il grimpa sur la plate-forme, il ressentit un léger embarras, mais personne ne semblait l'observer.

« Vous pouvez me payer, dit la tête dans le cadre. Mon fils a dû s'absenter quelques minutes. »

Les cheveux de l'homme étaient de la même couleur que la fumée de sa pipe. Ses lèvres en pincèrent le tuyau et il sourit.

« C'est un très beau manège, dit Stone.

— Vous vous y connaissez bien, alors ?

— Ma foi, un peu. »

L'homme parut déçu, et Stone se hâta d'ajouter :

« Je connais beaucoup de foires. Chaque année, je leur consacre mes vacances. Je visite une nouvelle région tous les ans. Peut-être vais-je écrire un livre. »

Cette idée l'avait parfois tenté – mais il n'avait jamais pris de notes, et il lui restait encore dix ans avant la retraite, que l'écriture du livre lui permettrait de meubler.

« Vous voyagez tout seul chaque année ?

— Ce n'est pas sans avantages. Pour commencer, ça revient moins cher. Ça me permet de faire des économies. J'ai l'intention de visiter Disneyland et Vienne avant de prendre ma retraite. (Il pensa à la grande roue, à Harry Lime, à la terre qui semblait chuter à la verticale.) Je vais faire un tour de manège », dit-il.

Il tapota les épaules rigides de l'équidé et se rappela un ami d'enfance qui avait un cheval à bascule dans sa chambre. Stone était monté dessus deux ou trois fois, pris de frénésie lorsque approchait l'heure de rentrer chez lui ; la chambre de son ami était plus gaie que la sienne et, en s'accrochant à l'encolure de bois, il s'accrochait aussi à cette chambre accueillante. *Bizarre de repenser à ça maintenant*, songea-t-il. *C'est sans doute parce que je ne suis pas monté sur un carrousel depuis des années.*

Le manège frémit ; le cheval souleva Stone, puis le laissa sombrer. Alors que la vitesse augmentait peu à peu, il vit une foule surgir à l'entrée pour se répandre sur le champ de foire. Il grimaça : cet endroit lui avait appartenu pendant quelques instants, quel besoin avaient-ils de débarquer au moment où il profitait du manège ?

La foule échappa à son champ visuel. Une masse ferraillante de flippers défila devant lui. Au milieu des autos tamponneuses, un géant au corps de barriques pivotait, agitant ses bras flasques, un cigare électrique planté dans son sourire et rougeoyant au rythme de son rire lent et épais. Une voix ténue, bourdonnement indistinct, récitait des numéros de loto. Sans doute n'avait-il pas assez mangé, désireux de se réserver pour les pommes d'amour, mais il commençait à avoir le vertige – c'était comme dans les images floues et tourbillonnantes de la foire dans *Samedi soir, dimanche matin*, une fête foraine qu'il n'avait pas aimée tant elle était sinistre. Il avait de loin préféré celles de *L'Inconnu du Nord-Express*, de *Comme un torrent*, du *Troisième Homme*, et même le meurtre à la foire dans *Crime au Musée des horreurs*. Il secoua la tête, s'efforçant de contrôler le flot de ses pensées.

Mais la foire tournait de plus en plus vite. La gare du train fantôme fila en hurlant. Les gens passant devant le manège s'agitaient comme les dessins saccadés d'un thaumatrope. Revoilà le train fantôme, et Stone aperçut la file d'attente qui piétinait sous les bras accueillants du cadavre vert. Tout le monde le regardait. Non, comprit-il au tour suivant, ils regardaient le carrousel. Stone n'était à leurs yeux qu'un détail surgissant par intermittence. Au bout de la file, les yeux fixes, occupé à se curer le nez, se tenait son père.

Stone faillit tomber ; il agrippa l'encolure du cheval. L'homme s'éloignait déjà en direction des autos tamponneuses. Pourquoi son esprit lui jouait-il des tours ? Ce serait beaucoup moins grave si ces hallucinations n'étaient pas aussi déplaisantes, aussi incongrues. Car il n'avait jamais rencontré quiconque, homme ou femme, qui fût comparable à ses parents. Il avait parfois admiré certaines personnes, oui, mais ce n'était pas pareil. Pas depuis que les deux cercueils polis avaient été enfouis dans un trou. Bruits et couleurs tournoyaient en lui et tout autour de lui. Pourquoi refusait-il de penser à la mort de ses parents ? Il connaissait l'origine de ce blocage, et là résidait sans doute son salut : à l'âge de dix ans, il avait connu la mort et l'enfer chaque nuit.

Il se cramponna au bois dans le tourbillon et se souvint. Son père lui avait refusé une lampe de chevet et sa mère avait opiné en disant : « Oui, je crois qu'il est grand temps. » Il était resté couché, terrifié à l'idée de bouger, craignant de révéler sa présence aux ténèbres, ne cessant de murmurer : « Je vous en prie, mon Dieu, non. » De son lit, il apercevait le rectangle gris de la fenêtre encadrée de rideaux, mais même cette lueur paraissait s'évanouir dans le lointain. Il savait que la mort et l'enfer ressembleraient à cela. Parfois, lorsqu'il sombrait dans un demi-sommeil flou, que la chambre devenait plus vaste, que des formes noires s'éveillaient dans les ténèbres, il ne savait plus s'il était mort ou vivant.

Il se redressa sur la selle comme le cheval ralentissait et glissa vers l'avant le long de son encolure. Et par la suite ? Il avait fini par percer à jour le piège du sentiment religieux autoperpétué, de l'enfer, de la crainte qu'on avait de ne pas y croire de peur d'y succomber. Durant quelque temps, il avait été troublé par les lieux obscurs, mais pas assez pour définir ce sentiment afin de mieux en triompher. Son malaise avait fini par se dissiper, ainsi que la franche désapprobation que son athéisme inspirait à ses parents. *Oui,* songea-t-il tandis que ses souvenirs s'apaisaient en même temps que le manège, *j'étais plus heureux à cette époque, couché dans mon lit, en sachant qu'ils étaient là dans la maison autour de moi.* Puis, dans sa trentième année, un coup de téléphone l'avait conduit près d'un trou dans la route, un trou d'où émergeait une voiture semblable au cadavre d'un scarabée noir. Il avait connu un moment vertigineux de pure terreur, puis cela avait passé. Ses parents étaient partis dans les ténèbres. Un point, c'est tout. Ce fut la seule observance quasi religieuse qu'il s'imposa : *N'y pense plus.*

Et il n'avait aucune raison de changer d'attitude à présent. Il s'éloigna du carrousel en titubant, se dirigea vers les flippers qui occupaient à eux seuls tout un côté de la foire. Il se souvenait qu'en ces nuits où il formulait des prières muettes dans son lit, il s'interrompait parfois pour réfléchir à ce qu'il avait lu sur les rêves : ils semblaient durer des heures, mais se déroulaient en réalité en une fraction de seconde. Était-ce aussi le cas des pensées ? Et des prières, quand seules les ténèbres permettaient de mesurer la durée ? Outre qu'elles le protégeaient, ses prières égrenaient les instants qui le séparaient de l'aube. Peut-être n'avait-il vécu qu'une minute, une seconde de ténèbres. *La mort et l'enfer... Quelles idées étranges j'avais alors*, pensa-t-il. *Surtout pour un enfant de dix ans. Je me demande ce qu'elles sont devenues. Elles ont disparu avec les culottes courtes, l'acné et tout ce que j'ai laissé derrière moi en grandissant, bien sûr.*

Trois garçons d'une dizaine d'années étaient massés autour d'un flipper. Lorsqu'ils s'écartèrent, il vit qu'ils essayaient de le faire fonctionner avec une pièce attachée à un fil de fer. Il fit un pas dans leur direction pour les apostropher mais garda le silence – et s'ils s'en prenaient à lui ? S'ils l'attaquaient, le terrassaient et le piétinaient, le vacarme empêcherait quiconque d'entendre ses cris.

Aucun forain n'était en vue. Stone retourna en hâte près du carrousel, où plusieurs fillettes enfourchaient les chevaux.

« Ces gamins ne mijotent rien de bon, protesta-t-il auprès de l'homme dans le cadre.

— Vous ! Oui, vous ! Je vous ai déjà vus dans le coin ! Que je ne vous y reprenne plus », cria l'homme.

Ils s'égaillèrent en fanfaronnant.

« Les choses ont bien changé, dit Stone en poussant un soupir de soulagement. Je suppose que votre manège est un vestige de la vieille foire.

— La vieille foire ? Non, il ne vient pas de là-bas.

— Je pensais qu'elle avait été démolie et remplacée par celle-ci.

— Non, elle est toujours là, du moins ce qu'il en reste, dit l'homme. Mais je ne sais pas ce que vous y trouverez. Passez par là, c'est le plus court chemin. Vous y serez en cinq minutes, si c'est toujours ouvert. »

La lune s'était levée. Elle dérivait le long des toits quand Stone sortit du champ de foire pour s'engager dans une rue bordée de maisons identiques. Sa clarté s'attardait sur le sommet des cheminées et les tuiles les plus hautes. À l'intérieur des maisons, derrière les échardes de terre ou de pierre qui passaient pour des jardins, il aperçut des visages argentés par la télévision.

Au bout de la rue, par-delà une grande avenue, une allée privée longeait une rue identique. *Va de l'avant*, se dit-il. La lune émergea au-dessus des toits comme il traversait le carrefour, laissant sur sa rétine une empreinte blanche. Il clignait des yeux au moment de pénétrer dans l'autre rue, aussi n'aurait-il su dire s'il avait aperçu un groupe d'enfants surgir de celle qu'il venait de quitter, puis s'engouffrer dans l'allée.

L'angoisse lui fit presser le pas, et il se demanda s'il ne ferait pas mieux de rebrousser chemin. Sa voiture était garée sur la promenade ; il l'aurait rejointe en moins de cinq minutes. C'étaient sûrement les garçons qu'il avait surpris devant le flipper, assoiffés de vengeance. Ils devaient être armés de couteaux ou de bouteilles brisées ; la télévision leur avait sûrement appris à s'en servir. Ses talons claquaient dans le silence. Entre les maisons s'ouvraient de sombres passages conduisant à l'allée. Il se mit à courir en s'efforçant d'avoir des foulées souples et silencieuses. Les garçons ne faisaient aucun bruit, du moins aucun qui lui fût perceptible. S'ils réussissaient à lui faire perdre l'équilibre, ils lui briseraient les os pendant qu'il tenterait de se relever. À son âge, cela risquait d'être pire que dangereux. Un autre passage apparut entre les maisons, dont la masse impassible se dressait comme une menace. Il ne devait pas tomber, quoi qu'il arrive. Si les gamins parvenaient à l'immobiliser, il n'aurait d'autre choix qu'appeler au secours. Les maisons reculèrent d'un côté lorsque la rue fit un tournant, celles de l'autre se rapprochèrent. Devant lui, par-delà un mur de tôle ondulée, s'étendait la vieille foire.

Il fit halte, pantelant, essayant de retenir son souffle avant qu'il étouffe les bruits de l'allée. Là où il avait espéré trouver une rue bien éclairée menant à la promenade, les deux trottoirs s'achevaient brutalement, comme élagués, et le mur de tôle ondulée lui barrait la route. En son milieu, cependant, le métal était soulevé comme un couvercle et une entrée en dents de scie béait parmi les ombres épaisses et les graffiti éclairés par la lune. La foire était abandonnée et déserte.

Comme le dernier passage qu'il avait vu était situé bien avant le tournant, Stone préféra franchir l'ouverture pratiquée dans le métal. Il parcourut des yeux la rue déserte, la chaussée parsemée de fragments de brique et de verre, songeant que ce n'était peut-être pas le même groupe de gosses, après tout. Puis il rabattit la tôle derrière lui avant d'examiner les lieux.

Les baraques circulaires, les longues enfilades de cibles, la chenille courtaude, le manège de vélos et le palais des miroirs s'enveloppaient mutuellement d'ombres et se fondaient dans l'obscurité des allées qui les séparaient. Même le carrousel était voilé par les ténèbres accrochées à sa toile. À la faible lueur de la lune, le bois lui paraissait rugueux, la peinture écaillée. Mais, au milieu des machines et des baraques silencieuses, une attraction était faiblement éclairée : le train fantôme.

Il se dirigea vers lui. Sa façade émettait une pâle luminescence verte, qui ressemblait de prime abord à la clarté lunaire mais s'avérait plus intense que la nuance blanche dont la lune parait les attractions voisines. Stone vit un wagon sur les rails, tout près de l'entrée. Comme il s'en approchait, il aperçut du coin de l'œil un groupe d'hommes, sans doute des forains, parlant et gesticulant au sein des ombres entre deux baraques. La foire n'était donc pas entièrement déserte. Ils allaient sans doute fermer, mais peut-être le laisseraient-ils faire un tour, puisque le train fantôme était encore éclairé. Il espéra qu'ils ne l'avaient pas vu emprunter la brèche ouverte par des vandales.

Comme il arrivait près de l'attraction, pour se rendre compte que la lueur verte était due à une couche de peinture phosphorescente, jadis fort épaisse mais à présent plutôt écaillée, il entendit un bruit violent provenant du mur de tôle ondulée. Peut-être venait-on d'y lancer une brique ou de renfoncer l'ouverture ; les baraques lui bouchaient la vue. Vivement, il chercha du regard une autre sortie, sans succès. Il risquait de se jeter dans une impasse. Mieux valait rester où il était. Il ne pouvait se fier aux forains ; peut-être habitaient-ils dans le coin, peut-être connaissaient-ils ces garçons ou étaient même leurs parents. Dans son enfance, il avait un jour quémandé du secours auprès d'un homme indifférent qui était en fait le père de son agresseur. Il grimpa dans le wagon du train fantôme.

Il ne se passa rien. Personne n'était là pour vendre les billets. Stone tendit l'oreille. Ni les garçons, s'ils l'avaient suivi, ni les forains ne semblaient s'approcher. S'il appelait, les gamins risquaient de l'entendre. Frustré et furieux, il se mit à taper du pied sur le plancher métallique.

Le wagon se mit en branle immédiatement et plongea dans le noir en franchissant la porte du train fantôme.

Alors qu'il négociait en cliquetant une courbe invisible, Stone, entouré par le bruit et l'obscurité, eut l'impression de sombrer dans le délire. Il se rappela son lit d'enfant en désordre et les ténèbres grouillantes qui se refermaient sur lui. Pourquoi diable était-il entré ici ? Enfant, il avait toujours détesté les trains fantômes, et il les avait instinctivement évités en grandissant. Il s'était laissé piéger par la panique. Les gamins risquaient de l'attendre à la sortie. Eh bien, dans ce cas, il appellerait à l'aide l'opérateur du train. Agrippant des deux mains le siège en bois, il s'abandonna au métal grinçant, aux brusques virages, et aux ténèbres.

Puis, alors que son angoisse s'estompait, une nouvelle sensation le gagna insidieusement. Lorsque le wagon avait passé le premier virage, il avait entraperçu une forme illuminée, deux formes, en fait, qui s'étaient éclipsées si vite qu'il n'avait pas eu le temps de les détailler. Il avait cru distinguer les visages d'un homme et d'une femme, penchés au-dessus de lui. Ils avaient aussitôt disparu dans le noir, à moins qu'ils n'y aient été engloutis. Pour une raison qu'il ignorait, il lui semblait important de se remémorer leur expression.

Avant d'avoir pu préciser sa pensée, il vit une lueur grisâtre devant lui. Il eut l'espoir irraisonné que c'était une fenêtre, qui lui donnerait peut-être une idée de l'étendue de l'espace enténébré. Mais il voyait déjà que sa forme était trop irrégulière. De plus près, il parvint à la distinguer. Il s'agissait d'un énorme lapin gris en peluche, aux grands yeux de verre ou de plastique, dressé au creux d'une alcôve, les pattes avant tendues devant lui. Pas un lapin mort, bien entendu : un jouet. Le wagon cliquetait et tressautait, mais Stone avait l'impression bizarre que cet effet était voulu, que la machine s'était en fait arrêtée et que le lapin s'approchait ou grossissait. *Ridicule*, pensa-t-il. *Et bien piètre fantôme, en vérité. Puéril.* Ses mains tiraillèrent des échardes sur le siège. Le lapin fondit sur lui comme la voie descendait une légère pente. Un de ses yeux s'était détaché de son orbite, et par le trou pendait une touffe de peluche blanchâtre. Le lapin mesurait plus d'un mètre de haut. Alors que le wagon allait entrer en collision avec lui juste avant un virage serré, le lapin chut en direction de Stone et la lumière qui l'éclairait s'éteignit.

Stone hoqueta en agrippant sa poitrine. Il se retourna pour scruter les ténèbres en direction de l'endroit où il pensait situer le lapin, mais un cahot le força à reprendre sa position initiale. Une substance ténue lui frôla le visage. Il frissonna, puis se détendit. Bien sûr, les toiles d'araignée factices étaient de rigueur dans ce genre d'attraction, il le savait par ses amis. Mais pas étonnant que la foire soit désertée si on n'avait rien trouvé de mieux comme effet. Des jouets géants, et comment donc. Non seulement c'était minable, mais ça risquait de donner des cauchemars aux enfants.

Le wagon entama une ascension, puis redescendit avant d'aborder avec frénésie plusieurs virages successifs. *On essaie de m'attendrir avant le prochain choc*, pensa Stone. *Non merci, ça ne prend pas.* Il s'adossa à son siège et poussa un lourd soupir de lassitude. Le bruit pesa sur ses oreilles comme une masse. *Pourquoi ai-je fait ça ?* se demanda-t-il. *L'opérateur ne peut sûrement pas m'entendre. Qui le pourrait ?*

Ayant dépensé toute son énergie à négocier les virages, le wagon ralentissait. Stone scruta les ténèbres, essayant de prévoir ce qui l'attendait. De toute évidence, il était censé se détendre avant que le wagon le surprenne par un tressautement brutal. Durant son examen, il s'aperçut que ses yeux s'accoutumaient à l'obscurité. Il pouvait distinguer une forme trapue et grise à quelques mètres de distance, près des rails. Il plissa les yeux tandis que le wagon se dirigeait vers elle. C'était un grand fauteuil.

Le wagon s'immobilisa à sa hauteur. Stone l'examina. Éclairé par une vague lueur saccadée et mouchetée, qui semblait aspirer tous les points lumineux qui s'agitaient devant ses yeux, le fauteuil semblait plus grand que lui. Peut-être était-il plus éloigné qu'il n'y paraissait. Les vêtements posés en désordre sur son dossier avaient l'air trop petits, à moins qu'il ne s'agisse de vêtements d'enfant. *En tout cas,* pensa Stone, *il est instructif de constater que je garde la faculté de réfléchir. En route, maintenant.*

Puis il remarqua que la lumière presque imperceptible vacillait. C'était possible, bien qu'il ne pût localiser sa source, ou alors c'étaient les vêtements qui bougeaient, lentement mais sûrement, comme s'ils dissimulaient une chose qui se préparait à jeter un coup d'œil au-dehors, peut-être avant de sortir de sa cachette. Stone se pencha vers le fauteuil. *Voyons de quoi il s'agit et finissons-en.* Mais l'éclairage était trop faible, le fauteuil trop lointain. Probablement ne verrait-il rien, même si la chose émergeait, vu la baisse d'intensité de la lumière, sauf s'il descendait du wagon pour s'approcher.

Il prenait déjà appui sur le flanc du wagon lorsqu'il songea que, si le wagon repartait sans lui, il serait obligé de regagner la sortie en marchant à tâtons. Se laissant retomber sur son siège, il perçut alors un sursaut parmi les vêtements, près du bord du fauteuil. Il jeta un regard dans cette direction. Avant que ses yeux aient pu faire le point, la lueur vague disparut presque totalement.

Stone resta immobile un moment, concentrant tout son esprit sur le silence, sur les ténèbres. Puis il donna des coups de pied frénétiques dans le wagon. Celui-ci trembla sous ses assauts, mais resta immobile. Lorsqu'il se décida à reprendre sa route, la pression sanguine dans les artères de Stone faisait virer les ténèbres au rouge.

Lorsque le wagon aborda le virage suivant, ralentissant comme pour renifler les rails, Stone entendit malgré le vacarme des roues un choc sourd suivi d'un craquement. Le bruit venait de l'avant. *Le genre de son qu'on entend la nuit dans une maison*, pensa-t-il. *Je serai bientôt sorti d'ici.*

Sans prévenir, un visage se précipita à sa rencontre, surgissant des ténèbres devant le wagon. L'apparition sursauta en même temps que lui. Évidemment, se dit-il avec une grimace, se rasseyant et regardant son reflet sombrer dans le miroir. Il voyait à présent que le wagon était entouré d'une luminosité qui révélait le cadre en bois du miroir. Ça doit être la fin du parcours. On nage dans la banalité. Mais ce truc est efficace dans son genre, je suppose.

Il s'observa dans le miroir, que le wagon dépassait en entamant une courbe. Sa silhouette se profilait dans la lumière grisâtre qui s'éloignait derrière lui. Soudain, il fronça les sourcils. Les mouvements de sa silhouette étaient indépendants de ceux du wagon. Elle semblait sur le point de franchir le bord du miroir. Se rappelant alors la penderie placée au pied de son lit quand il était enfant, il comprit ce qui se passait. Le miroir était fixé à une porte, et cette porte s'ouvrait.

Stone se pressa contre le flanc opposé du wagon, qui avait presque stoppé. *Non, non,* pensa-t-il, *ne t'arrête pas. Non.* Il entendit les rouages crisser sous son siège ; l'engrenage bloqué gémit. Il jeta son corps en avant, percutant la paroi du wagon. Dans les ténèbres, sur sa gauche, il entendit le grincement de la porte suivi d'un bruit étouffé. Le wagon parcourut quelques centimètres, puis l'engrenage se remit en place et le trajet reprit.

Au moment où la lumière disparaissait dans son dos, Stone sentit une masse tomber sur le siège à côté de lui.

Il poussa un cri. Ou essaya, car en aspirant une gorgée d'air, il lui sembla absorber les ténèbres dans ses poumons, des ténèbres qui s'enflaient au point d'envahir son cœur et son cerveau. L'espace d'un instant il perdit toute conscience, comme si son être s'était transformé en ténèbres, en silence et en souffrance souvenue. Mais l'obscurité se dissipait et le wagon cliquetant enfonçait enfin les portes de sortie et plongeait dans la nuit.

Au moment où le wagon s'engageait sur la portion de voie située à l'extérieur du train fantôme, Stone avisa l'espace entre deux baraques où il avait cru voir les forains. Le clair de lune lui montra à cet endroit une pile de sacs agités par le vent. Puis le siège voisin du sien émergea de l'ombre et il le regarda.

À côté de lui était assise une forme rabougrie et encapuchonnée. Elle portait une veste défraîchie, un pantalon rayé et rapiécé dont les couleurs étaient indiscernables au clair de lune. La tête ne dépassait pas les épaules de Stone. Les bras pendaient le long du corps, les pieds tambourinaient négligemment sur le plancher métallique. Stone eut un mouvement de recul, tendit la main vers la paroi du wagon pour s'extraire de son siège, et la tête de la forme s'écarta.

Stone ferma les yeux. Lorsqu'il les rouvrit, il vit au milieu de la cagoule un ovale de tissu blanc sur lequel était cousu un visage grimaçant : des croix noires en guise d'yeux, un croissant barré en guise de bouche.

Découvrant soudain que le wagon ne s'était pas arrêté, qu'il n'avait même pas ralenti avant de replonger dans les méandres du train fantôme, Stone mit une seconde avant de s'apercevoir que la forme lui avait pris la main.

LE CŒUR RÉVÉLATEUR

Edgar Allan Poe

VRAI ! JE SUIS TRÈS NERVEUX, épouvantablement nerveux, je l'ai toujours été ; mais pourquoi prétendez-vous que je suis fou ? La maladie a aiguisé mes sens – elle ne les a pas détruits, elle ne les a pas émoussés. Plus que tous les autres, j'avais le sens de l'ouïe très fin. J'ai entendu toutes choses du ciel et de la terre. J'ai entendu bien des choses de l'enfer. Comment donc suis-je fou ? Attention ! Et observez avec quelle santé – avec quel calme – je puis vous raconter toute l'histoire.

Il est impossible de dire comment l'idée entra primitivement dans ma cervelle ; mais, une fois conçue, elle me hanta nuit et jour. D'objet, il n'y en avait pas. La passion n'y était pour rien. J'aimais le vieux bonhomme. Il ne m'avait jamais fait de mal. Il ne m'avait jamais insulté. De son or je n'avais aucune envie. Je crois que c'était son œil ! Oui, c'était cela ! Un de ses yeux ressemblait à celui d'un vautour – un œil bleu pâle, avec une taie dessus. Chaque fois que cet œil tombait sur moi, mon sang se glaçait ; et ainsi, lentement – par degrés –, je me mis en tête d'arracher la vie du vieillard, et par ce moyen de me délivrer de l'œil à tout jamais.

Maintenant, voici le hic ! Vous me croyez fou. Les fous ne savent rien de rien. Mais si vous m'aviez vu ! Si vous aviez vu avec quelle sagesse je procédai ! Avec quelle précaution, avec quelle prévoyance, avec quelle dissimulation je me mis à l'œuvre ! Je ne fus jamais plus aimable pour le vieux que pendant la semaine entière qui précéda le meurtre. Et, chaque nuit, vers minuit, je tournais le loquet de sa porte, et je l'ouvrais – oh ! si doucement ! Et alors, quand je l'avais suffisamment entrebâillée pour ma tête, j'introduisais une lanterne sourde, bien fermée, bien fermée, ne laissant filtrer aucune lumière ; puis je passais la tête. Oh ! vous auriez ri de voir avec quelle adresse je passais ma tête ! Je la mouvais lentement – très, très lentement –, de manière à ne pas troubler le sommeil du vieillard. Il me fallait bien une heure pour introduire toute ma tête à travers l'ouverture, assez avant pour le voir couché sur son lit. Ah ! un fou aurait-il été aussi prudent ? Et alors, quand ma tête était bien dans la chambre, j'ouvrais la lanterne avec précaution – oh ! avec quelle précaution, avec quelle précaution ! –, car la charnière criait. Je l'ouvrais juste assez pour qu'un filet imperceptible de lumière tombât sur l'œil de vautour. Et cela, je l'ai fait pendant sept longues nuits – chaque nuit juste à minuit –, mais je trouvai toujours l'œil fermé ; et ainsi il me fut impossible d'accomplir l'œuvre ; car ce n'était pas le vieil homme qui me vexait, mais son mauvais œil. Et, chaque matin, quand le jour paraissait, j'entrais hardiment dans sa chambre, je lui parlais courageusement, l'appelant par son nom d'un ton cordial et m'informant de comment il avait passé la nuit. Ainsi, vous voyez qu'il eût été un vieillard bien profond, en vérité, s'il avait soupçonné que, chaque nuit, juste à minuit, je l'examinais pendant son sommeil.

La huitième nuit, je mis encore plus de précaution à ouvrir la porte. La petite aiguille d'une montre se meut plus vite que ne le faisait ma main. Jamais, avant cette nuit, je n'avais senti toute l'étendue de mes facultés – de ma sagacité. Je pouvais à peine contenir mes sensations de triomphe. Penser que j'étais là, ouvrant la porte, petit à petit, et qu'il ne rêvait même pas de mes actions ou de mes pensées secrètes ! À cette idée, je lâchai un petit rire ; et peut-être m'entendit-il, car il remua soudainement sur son lit, comme s'il se réveillait. Maintenant, vous croyez peut-être que je me retirai – mais non. Sa chambre était aussi noire que de la poix, tant les ténèbres étaient épaisses – car les volets étaient soigneusement fermés, de crainte des voleurs –, et, sachant qu'il ne pouvait pas voir l'entrebâillement de la porte, je continuai à la pousser davantage, toujours davantage.

J'avais passé ma tête, et j'étais au moment d'ouvrir la lanterne, quand mon pouce glissa sur la fermeture de fer-blanc, et le vieil homme se dressa sur son lit, criant : « Qui est là ? »

Je restai complètement immobile et ne dis rien. Pendant une heure entière, je ne remuai pas un muscle, et pendant tout ce temps je ne l'entendis pas se recoucher. Il était toujours sur son séant, aux écoutes – juste comme je l'avais fait pendant des nuits entières, écoutant les horloges-de-mort dans le mur.

Mais voilà que j'entendis un faible gémissement, et je reconnus que c'était le gémissement d'une terreur mortelle. Ce n'était pas un gémissement de douleur ou de chagrin – oh ! non – ; c'était le bruit sourd et étouffé qui s'élève du fond d'une âme surchargée d'effroi. Je connaissais bien ce bruit. Bien des nuits, à minuit juste, pendant que le monde entier dormait, il avait jailli de mon propre sein, creusant avec son terrible écho les terreurs qui me travaillaient. Je dis que je le connaissais bien. Je savais ce qu'éprouvait le vieil homme, et j'avais pitié de lui, quoique j'eusse le rire dans le cœur. Je savais qu'il était resté éveillé, depuis le premier petit bruit, quand il s'était retourné dans son lit. Ses craintes avaient toujours été grossissant. Il avait tâché de se persuader qu'elles étaient sans cause, mais il n'avait pas pu. Il s'était dit à lui-même : « Ce n'est rien que le vent dans la cheminée ; ce n'est qu'une souris qui traverse le parquet » ou : « C'est simplement un grillon qui a poussé son cri. » Oui, il s'est efforcé de se fortifier avec ces hypothèses ; mais tout cela a été vain. *Tout a été vain*, parce que la Mort qui s'approchait avait passé devant lui avec sa grande ombre noire, et qu'elle avait ainsi enveloppé sa victime. Et c'était l'influence funèbre de l'ombre inaperçue qui lui faisait sentir – quoiqu'il ne vît et n'entendît rien –, qui lui faisait *sentir* la présence de ma tête dans la chambre.

Quand j'eus attendu un long temps, très patiemment, sans l'entendre se recoucher, je me résolus à entrouvrir un peu la lanterne, mais si peu, si peu que rien. Je l'ouvris donc – si furtivement, si furtivement que vous ne sauriez l'imaginer –, jusqu'à ce qu'enfin un seul rayon pâle, comme un fil d'araignée, s'élançât de la fente et s'abattît sur l'œil de vautour.

Il était ouvert – tout grand ouvert –, et j'entrai en fureur aussitôt que je l'eus regardé. Je le vis avec une parfaite netteté – tout entier d'un bleu terne et recouvert d'un voile hideux qui glaçait la moelle dans mes os – ; mais je ne pouvais voir que cela de la face ou de la personne du vieillard, car j'avais dirigé le rayon, comme par instinct, précisément sur la place maudite.

Et maintenant, ne vous ai-je pas dit que ce que vous preniez pour de la folie n'est qu'une hyperacuité des sens ? Maintenant, je vous le dis, un bruit sourd, étouffé, fréquent, vint à mes oreilles, semblable à celui que fait une montre enveloppée dans du coton. *Ce son-là*, je le reconnus bien aussi. C'était le battement du cœur du vieux. Il accrut ma fureur, comme le battement du tambour exaspère le courage du soldat.

Mais je me contins encore, et je restai sans bouger. Je respirais à peine. Je tenais la lanterne immobile. Je m'appliquais à maintenir le rayon droit sur l'œil. En même temps, la charge infernale du cœur battait plus fort ; elle devenait de plus en plus précipitée, et à chaque instant de plus en plus haute. La terreur du vieillard *devait* être extrême ! Ce battement, dis-je, devenait de plus en plus fort chaque minute ! Me suivez-vous bien ? Je vous ai dit que j'étais nerveux ; je le suis, en effet. Et maintenant, au plein cœur de la nuit, parmi le silence redoutable de cette vieille maison, un si étrange bruit jeta en moi une terreur irrésistible. Pendant quelques minutes encore, je me contins et restai calme. Mais le battement devenait toujours plus fort, toujours plus fort ! Je croyais que le cœur allait crever. Et voilà qu'une nouvelle angoisse s'empara de moi : le bruit pouvait être entendu par un voisin ! L'heure du vieillard était venue ! Avec un grand hurlement, j'ouvris brusquement la lanterne et m'élançai dans la chambre. Il ne poussa qu'un cri – un seul. En un instant je le précipitai sur le parquet, et je renversai sur lui tout le poids écrasant du lit. Alors, je souris avec bonheur, voyant ma besogne fort avancée. Mais, pendant quelques minutes, le cœur battit avec un son voilé. Cela toutefois ne me tourmenta pas ; on ne pouvait l'entendre à travers le mur. À la longue, il cessa. Le vieux était mort. Je relevai le lit, et j'examinai le corps. Oui, il était roide, roide mort. Je plaçai ma main sur le cœur, et l'y maintins plusieurs minutes. Aucune pulsation. Il était roide mort. Son œil désormais ne me tourmenterait plus.

Si vous persistez à me croire fou, cette croyance s'évanouira quand je vous décrirai les sages précautions que j'employai pour dissimuler le cadavre. La nuit avançait, et je travaillai vivement, mais en silence. Je coupai la tête, puis les bras, puis les jambes.

Puis j'arrachai trois planches du parquet de la chambre, et je déposai le tout entre les voliges.

Puis je replaçai les feuilles si habilement, si adroitement, qu'aucun œil humain – pas même *le sien !* – n'aurait pu y découvrir quelque chose de louche. Il n'y avait rien à laver – pas une souillure, pas une tache de sang. J'avais été trop bien avisé pour cela. Un baquet avait tout absorbé, ah ! ah !

Quand j'eus fini tous ces travaux, il était quatre heures ; il faisait toujours aussi noir qu'à minuit. Pendant que le timbre sonnait l'heure, on frappa à la porte de la rue. Je descendis pour ouvrir avec un cœur léger – car qu'avais-je à craindre *maintenant ?* Trois hommes entrèrent qui se présentèrent, avec une parfaite suavité, comme officiers de police. Un cri avait été entendu par un voisin pendant la nuit ; cela avait éveillé le soupçon de quelque mauvais coup : une dénonciation avait été transmise au bureau de police, et ces messieurs (les officiers) avaient été envoyés pour visiter les lieux.

Je souris – car qu'avais-je à craindre ? Je souhaitai la bienvenue à ces gentlemen. Le cri, dis-je, c'était moi qui l'avais poussé dans un rêve. Le vieux bonhomme, ajoutai-je, était en voyage dans le pays. Je promenai mes visiteurs par toute la maison. Je les invitai à chercher, et à *bien* chercher. À la fin, je les conduisis dans *sa* chambre. Je leur montrai ses trésors, en parfaite sûreté, parfaitement en ordre. Dans l'enthousiasme de ma confiance, j'apportai des sièges dans la chambre, et les priai de s'y reposer de leur fatigue, tandis que moi-même, avec la folle audace d'un triomphe parfait, j'installai ma propre chaise sur l'endroit même qui recouvrait le corps de la victime.

Les officiers étaient satisfaits. Mes manières les avaient convaincus. Je me sentais singulièrement à l'aise. Ils s'assirent, et ils causèrent de choses familières auxquelles je répondis gaiement. Mais, au bout de peu de temps, je sentis que je devenais pâle, et je souhaitai leur départ. Ma tête me faisait mal, et il me semblait que les oreilles me tintaient ; mais ils restaient toujours assis, et toujours ils causaient. Le tintement devint plus distinct ; il persista et devint encore plus distinct ; je bavardai plus abondamment pour me débarrasser de cette sensation ; mais elle tint bon, et prit un caractère tout à fait décidé, tant qu'à la fin je découvris que le bruit n'était pas dans mes oreilles.

Sans doute devins-je alors très pâle ; mais je bavardais encore plus couramment et en haussant la voix. Le son augmentait toujours – et que pouvais-je faire ? C'était *un bruit sourd, étouffé, fréquent, ressemblant beaucoup à celui que ferait une montre enveloppée dans du coton*. Je respirai laborieusement. Les officiers n'entendaient pas encore. Je causai plus vite, avec plus de véhémence ; mais le bruit croissait incessamment. Je me levai, et je disputai sur des niaiseries, dans un diapason très élevé et avec une violente gesticulation ; mais le bruit montait, montait toujours. Pourquoi *ne voulaient-ils pas* s'en aller ? J'arpentai çà et là le plancher lourdement et à grands pas, comme exaspéré par les observations de mes contradicteurs ; mais le bruit croissait régulièrement. Ô Dieu ! que pouvais-je faire ? J'écumais – je battais la campagne –, je jurais ! J'agitais la chaise sur laquelle j'étais assis, et je la faisais crier sur le parquet ; mais le bruit dominait toujours, et croissait indéfiniment. Il devenait plus fort – plus fort ! –, toujours plus fort ! Et toujours les hommes causaient, plaisantaient et souriaient. Était-il possible qu'ils n'entendissent pas ? Dieu tout-puissant ! Non, non ! Ils entendaient ! Ils soupçonnaient ! Ils *savaient*, ils se faisaient un amusement de mon effroi ! Je le crus, et je le crois encore. Mais n'importe quoi était plus tolérable que cette dérision ! Je ne pouvais pas supporter plus longtemps ces hypocrites sourires ! Je sentis qu'il fallait crier ou mourir ! Et maintenant encore, l'entendez-vous ? Écoutez ! Plus haut ! Plus haut ! Toujours plus haut ! *Toujours plus haut !*

« Misérables ! m'écriai-je. Ne dissimulez pas plus longtemps ! J'avoue la chose ! Arrachez ces planches ! C'est là ! C'est là ! C'est le battement de son affreux cœur ! »

L'AMOUR D'UNE MÈRE

Brian James Freeman

ANDREW S'ARRÊTA JUSTE avant le bureau d'accueil des infirmières, au croisement des deux couloirs du premier étage de l'hospice Clair Soleil. Il n'aimait pas trop les gens qui travaillaient ici. Les employés cherchaient à engager la conversation avec toutes les personnes qu'ils croisaient. Dans un premier temps, ils lui avaient paru désireux de se montrer agréables ; mais il n'avait pas tardé à comprendre que c'étaient juste des fouineurs. À qui veniez-vous rendre visite, quel était votre lien avec la personne, la famille était-elle d'accord – rien que des questions stupides, indiscrètes.

Sa mère était seule en ce moment. Andrew détestait le fait de ne pas pouvoir passer chaque minute de chaque jour à ses côtés, mais il faisait de son mieux. Il lui fallait bien quitter de temps à autre sa chambre pour s'aventurer dans le monde extérieur. Il travaillait pour payer leurs factures et maintenir un semblant d'ordre dans leurs vies, quand bien même celle de sa génitrice touchait à sa fin. Il faisait des courses pour elle, lui achetait ses cigarettes préférées bien que le docteur lui ait dit de renoncer à cette mauvaise habitude pendant qu'elle le pouvait encore, et accomplissait toutes les tâches impossibles à remettre à plus tard. Mais chaque fois qu'il sortait, l'idée que sa mère restait seule lui était insupportable.

Sitôt que l'infirmière du bureau d'accueil se fut éclipsée dans la salle de pause pour se faire un café, Andrew franchit précipitamment le croisement en restant aussi discret que possible. Une fois hors de vue, il se boucha le nez et accéléra. Il détestait par-dessus tout l'odeur de Clair Soleil, tout en comprenant bien que sa réaction viscérale tenait surtout à la santé faiblissante de sa mère, et non aux couloirs parfumés.

Il se souvenait de sa première visite dans ce bâtiment, dans un bureau propre et bien éclairé situé à proximité du hall d'entrée. Il avait supplié la responsable des admissions, Mlle Clarence, d'accepter sa mère dans leur établissement, de bien vouloir l'aider à la transférer de sa maison, où il ne pouvait plus s'occuper correctement d'elle.

Mlle Clarence avait étudié les papiers remplis par Andrew. Le premier problème était la somme demandée, bien sûr, mais Andrew lui avait dit qu'il pouvait couvrir les frais s'ils lui autorisaient un paiement par mensualités. Ce devait être possible, non ? Ça l'était, et il fut soulagé. Mais une fois réglée la question financière, un problème encore plus grand s'était présenté : le manque de lits disponibles à Clair Soleil pour accepter un nouveau patient.

« Qu'est-ce que vous voulez dire ? avait demandé Andrew, les mains tremblantes, ses yeux épuisés papillonnant d'incompréhension. Tous les patients présents ici ne sont-ils pas en train de mourir ?

— Eh bien, monsieur Smith, avait patiemment expliqué son interlocutrice, nos résidents restent ici aussi longtemps qu'ils en ont besoin. Nous n'aimons pas utiliser le mot mourir. C'est si définitif, si brutal. Nous préférons dire qu'ils s'éteignent.

— Mais combien de temps avant qu'un lit se libère ?

— Nous n'avons aucun moyen de le savoir avec certitude, mais si vous acceptez les paiements échelonnés dont nous avons discuté, je mettrai votre mère en haut de la liste d'attente et nous vous appellerons dès qu'une chambre sera disponible. Vous comprenez, monsieur Smith ? »

Andrew avait parfaitement compris. Il allait payer pour que sa mère vive dans cet endroit pendant des années, peut-être des décennies, et les responsables de l'établissement allaient le faire attendre encore un peu avant de lui laisser ce privilège.

Il avait signé les papiers financiers et était rentré chez lui pour attendre, comme on le lui avait suggéré. Quelle autre option avait-il ? Andrew aimait sa mère, elle l'aimait, et il ferait tout son possible pour elle. Il comprenait qu'il n'y avait rien au monde de comparable à l'amour d'une mère. Aucune copine, aucune épouse, ni même un membre de votre famille ne pourrait vous aimer comme votre mère, et vous deviez l'aimer tout autant en retour, sinon plus.

À présent Andrew était rongé par une attente d'un autre genre. L'heure de la mort de sa mère – le moment où elle allait s'éteindre, pour reprendre le terme de Mlle Clarence – se rapprochait. Il suivit le couloir joyeusement éclairé, grimaçant chaque fois que ses tennis crissaient sur le sol étincelant. Un jeu télévisé beuglait dans une chambre, mais la plupart des pièces étaient plongées dans le silence. Les presque-morts ne faisaient pas beaucoup de bruit, comme l'avait découvert Andrew.

Il se rapprocha de la dernière porte sur la droite, là où le couloir débouchait sur une fenêtre qui donnait sur un bosquet d'arbres. Le soleil se couchait derrière les montagnes, au loin ; le ciel avait une teinte rouge orangé, comme si l'air lui-même était en feu.

Andrew s'arrêta devant la porte.

Était-il vraiment capable de faire ce pour quoi il était venu ?

Après toutes ces années passées à être le fils unique de sa mère, son meilleur ami au monde, la seule personne qui l'aimait autant qu'elle l'aimait, lui, allait-il parvenir à accomplir ce qui s'imposait ?

Il n'avait pas le choix, bien sûr, il y était obligé, mais le poids du doute pesait sur sa poitrine. La meilleure approche, avait-il décidé, serait de réfléchir aussi peu que possible une fois dans la chambre. Il devait oublier toute émotion, toute humanité ; oublier les règles de la nature, et devenir une machine pendant quelques minutes. Être froid, faire le nécessaire, puis rentrer et tenter d'oublier ce qui s'était passé aussi rapidement que possible.

Andrew ouvrit la porte, accompagné par ces pensées qui tournoyaient dans sa tête. Il pénétra dans la chambre où la vieille femme dormait dans un lit d'hôpital. L'incandescence du ciel qui s'écoulait par la fenêtre peignait son corps d'étranges vagues lumineuses. Sa peau était ridée, ses dents jaunies.

Il regarda sa poitrine flétrie se soulever régulièrement. Le cancer l'avait rongée de l'intérieur. Il se pencha plus près pour entendre sa respiration sifflante, perçut des relents de cigarette dans son souffle. Cette puanteur familière l'avait suivi pendant toute sa vie, incrustée dans ses vêtements, ses cheveux, sa chair.

Il resta à l'observer, immobile, et comprit qu'il devait agir maintenant – au risque de ne plus jamais en avoir le cran.

Il recouvrit complètement sa bouche sèche d'une main tremblante. Elle ronfla, et il se figea une fois encore.

Ce n'était pas trop tard pour changer d'avis. Était-il vraiment capable de faire ça ?

Sois froid, s'intima Andrew, *sois froid, froid, froid, froid.*

De sa main libre, il lui pinça le nez entre l'index et le pouce. Elle inclina la tête, et ses yeux s'ouvrirent en papillonnant. Elle était groggy, perdue. Elle essaya de basculer sur le flanc, mais il la maintint en place. Puis elle lui griffa les mains de ses ongles cassants. La douleur était intense, des filets de sang dégoulinèrent sur sa peau. Il n'avait pas compté sur la présence du moindre sang ; il n'avait même pas cru qu'elle se réveillerait. Il pensait qu'elle s'endormirait simplement à tout jamais.

Andrew augmenta la pression qu'appliquaient ses mains et ses doigts, fermant les yeux pour éviter son regard dément, perplexe, en colère. Son torse s'arqua au-dessus du lit, elle gifla ses bras de ses doigts calleux et osseux – mais en fin de compte, elle ne pouvait pas gagner cette bataille.

Son corps s'immobilisa, sa mâchoire se détendit, et la pression dans son nez pincé disparut.

Andrew garda les yeux fermés pendant que les larmes montaient puis coulaient sur son visage. Il l'avait fait. Il l'avait vraiment fait.

Mais il ne pouvait pas supporter l'idée de revoir son visage. Il tourna les talons, se faufila hors de la chambre et rentra chez lui.

Quand Andrew arriva dans la minuscule maison du quartier vieillissant où il avait passé toute son existence, il ne prit pas la peine d'allumer. Il resta assis dans le noir à la table de la cuisine, à attendre le coup de fil. Il allait devoir feindre la surprise en entendant la nouvelle. Il se sentait vide à l'intérieur, comme si le cancer de sa mère l'avait rongé lui aussi.

Le calme de la demeure lui emplissait les oreilles – et plus il y réfléchissait, plus il se persuadait que sa mère aurait été fière de lui. Elle l'avait toujours tellement aimé, et il avait essayé de lui rendre de son mieux cet amour, au moins deux fois plus. Il avait fait tout ce dont elle avait besoin, il avait fait des pieds et des mains pour qu'elle soit heureuse et à l'aise, en particulier quand sa santé avait commencé à se dégrader à l'approche de la fin.

Que pouvait-il faire d'autre ? L'amour d'une mère était l'amour d'une mère, et vous deviez aimer votre mère plus encore qu'elle ne vous aimait. C'était aussi simple que ça.

Quand le téléphone sonna enfin, Andrew répondit d'une voix faible et à peine audible. « Allô ?

— Allô ? Monsieur Smith ? C'est Mlle Clarence, de Clair Soleil.

— Oui, mademoiselle Clarence. Je suis là.

— J'ai quelque chose à vous annoncer, monsieur Smith. Une de nos résidentes nous a quittés, et nous avons un lit disponible pour votre mère.

— C'est super, dit Andrew – qui se sentait à peine lui-même. Je vais le lui dire tout de suite. »

Il se dirigea vers la chambre où dormait sa mère, où elle avait passé ces six derniers mois pendant que son corps s'affaiblissait et que la mort attendait patiemment qu'elle abandonne son combat.

Andrew aimait tellement sa mère. Il était soulagé d'avoir une bonne nouvelle à lui annoncer.

LE MANUEL DU GARDIEN

John Ajvide Lindqvist

Partie 1

Albert était né pour devenir maître de jeu. Même lorsqu'il n'était encore qu'un petit garçon, c'était lui qui guidait ses amis dans des mondes fantastiques où ils partaient à la chasse au trésor et bataillaient contre des monstres. Il avait l'autorité naturelle, l'imagination. Et surtout, il avait la maîtrise de la langue.

Sa mère était une auteure de livres pour enfants plutôt connue ; quant à son père, il enseignait le suédois au lycée. De sorte qu'aussi loin qu'il s'en souvienne, Albert avait toujours eu le sentiment de prendre part à une conversation sans fin dans laquelle son point de vue était pris au sérieux. Il savait lire et écrire en rentrant à l'école, et son vocabulaire n'était pas loin d'être aussi riche que celui de sa maîtresse.

Durant ses années de primaire et de collège, il dévora des livres à la chaîne, principalement de la fantasy et de l'horreur. Le sport ne l'avait jamais beaucoup intéressé, et il n'avait que peu d'amis. Il passait du temps sur sa Xbox, mais ce n'était pas vraiment son truc, pour ainsi dire. Au fil des ans, un vague sentiment d'insatisfaction avait grandi en lui, comme s'il lui restait une chose à accomplir sur laquelle il n'arrivait pourtant pas à mettre le doigt.

Ce fut à l'âge de douze ans qu'il découvrit le jeu de rôles *Donjons et Dragons* – et soudain il sut exactement où poser ledit doigt. Les livres que nécessitait le jeu contenaient un savoir mis à son entière disposition, même s'il n'était pas directement utile à la partie : la carte détaillée d'un nouveau continent de l'imaginaire, créé dans le seul but du jeu.

Lorsqu'enfin, après de longues semaines de préparation, Albert devint maître de jeu, ce fut comme si des pièces de lui-même qui n'avaient pas encore trouvé leur place dans le puzzle de son enfance venaient de s'ajuster. Installé au bout de la table, il pouvait par la seule force de son verbe invoquer périls ou plaisirs, les personnages et monstres des Royaumes Oubliés, et ainsi maintenir sous son emprise les trois garçons qui jouaient avec lui. Albert le savait : c'était son truc. L'autorité, l'imagination, le langage. Il était né pour ça.

Si Albert n'avait jamais été très populaire à l'école, il ne faisait pas non plus partie de ceux qu'on harcelait. Il avait deux amis, Tore et Wille ; leurs camarades de classe les traitaient certes de geeks lorsqu'ils les entendaient citer des passages du *Seigneur des Anneaux*, mais ça n'allait pas plus loin.

L'énergie négative de la classe se concentrait principalement sur Oswald, un petit gros boutonneux qui, par-dessus le marché, ne sentait pas très bon. En matière de culture et de maîtrise de la langue, c'était à vrai dire lui le plus proche d'Albert. Seulement voilà, traîner avec Oswald vous marquait du sceau du loser, et lorsqu'il devint le mouton noir, Albert ne tarda pas à se joindre à la curée. Il avait le truc pour trouver des surnoms qui vous collaient à la peau. Ce fut par exemple lui qui arriva un jour avec celui de Coussin Péteur, en référence à son tour de taille et à son odeur désagréable. Une épithète que le pauvre garçon se coltina des années durant.

Albert avait une haute opinion de lui-même. Il se savait plus intelligent que la plupart de ses pairs, savait aussi qu'il s'exprimait mieux et que, par le seul pouvoir de son intellect, il lui était possible de prendre l'ascendant sur autrui. Oswald n'avait rien de tel dans son arsenal.

Pourtant ce fut bien lui l'instigateur d'une nouvelle étape dans l'évolution personnelle d'Albert. Ils avaient quatorze ans à l'époque, et étaient en quatrième. Oswald avait perdu un peu de poids et ne sentait plus si mauvais que ça. On continuait à l'appeler le Coussin Péteur, bien sûr, mais, puisque après tout ils partageaient les mêmes inclinations littéraires, Albert et lui échangeaient parfois quelques mots.

Ce fut au cours d'une de ces conversations qu'Oswald lui montra le livre qu'il était en train de lire : *Necronomicon, le meilleur de Weird Tales*, d'H. P. Lovecraft. L'ouvrage avait la taille et le poids d'une cale d'armoire. Assez malin pour faire croire qu'il connaissait déjà, Albert feuilleta le gros volume pendant qu'Oswald ne tarissait pas d'éloges sur l'univers angoissant créé par Lovecraft comme sur l'abondante littérature qui en avait découlé.

Le soir même, Albert demanda à son père de le lui commander sur Amazon. Toute sa vie, il en avait été ainsi : s'il voulait un livre, il l'avait. En attendant qu'arrive sa nouvelle acquisition, il fit quelques recherches sur Internet à propos de Lovecraft et finit par tomber sur Chaosium et le jeu *L'Appel de Cthulhu*. Quelques heures supplémentaires passées à surfer, et le père d'Albert fut prié d'ajouter à sa commande la boîte contenant les règles de base ainsi que son indispensable supplément, *Le Manuel du Gardien*. Ses parents n'avaient jamais découragé la passion d'Albert pour le jeu de rôles.

Un vendredi soir de février, Albert s'intronisa Gardien (c'est ainsi que l'on nomme le maître de jeu dans *L'Appel de Cthulhu*) sur *La Maison hantée*, le scénario destiné aux débutants qui accompagnait les règles de base. Comme d'habitude, il avait réuni trois amis dans la cave de sa maison – aménagée en salle de jeu, avec table de ping-pong, banc de muscu et une grande table, parfaite pour l'occasion. Tore et Wille étaient présents, ainsi que Linus, un garçon d'une autre classe qui portait souvent un t-shirt barré d'un « Winter Is Coming ».

Une fois les personnages créés, et leurs histoires personnelles inventées, Albert les guida dans la découverte de la demeure hantée de Mr Corbitt.

Il brossa un tableau des rumeurs qui couraient à son propos, interpréta les différents personnages que croisaient les joueurs, façonna son atmosphère. L'humidité, les ténèbres, l'odeur de moisi qui baignaient l'antique maison.

L'Appel de Cthulhu avait ce petit truc qui manquait à *Donjons et Dragons* : l'évocation. Il y avait bien sûr une certaine dose de tension au moment de pénétrer dans une grotte où vous saviez qu'un monstre vous attendait, mais ce n'était pas pareil. La trame même du jeu, ce monde où la folie rôdait à chaque instant, semblait avoir été conçue dans le seul but de distiller un sentiment de menace sous-jacente et de terribles prémonitions. Ils jouaient déjà depuis plusieurs heures, et s'apprêtaient à descendre dans la cave de Mr Corbitt, lorsque la mère d'Albert frappa à la porte. Les quatre amis firent simultanément un bond au-dessus de leurs chaises tout en laissant échapper un cri. Albert comprit alors qu'il commençait vraiment à apprécier *L'Appel de Cthulhu.*

À la fin de la partie, un des personnages était mort et un autre interné dans un asile d'aliénés. Il était cinq heures du matin, les garçons avaient avalé douze cannettes de Redbull et ne cessaient de répéter combien ils avaient trouvé ça trop *chanmé.* Ils baignaient dans une atmosphère d'épuisement euphorique et, eussent-ils été plus jeunes de quelques années qu'ils se seraient sans aucun doute précipités en forêt pour y rejouer leur aventure. Histoire d'évacuer ce trop-plein d'émotions. Au lieu de quoi ils se contentèrent de parler. Encore et encore, jusqu'à ce que le jour se lève et que les trois amis d'Albert se traînent jusque chez eux. *Donjons et Dragons*, c'était quelque chose, mais ça, c'était le *top* !

Au fil des mois, la rumeur à propos des formidables expériences de jeu vécues dans la cave d'Albert commença à se propager. Linus, surtout, ne pouvait s'empêcher de faire le malin en parlant de leurs aventures. Au point que deux des garçons les plus teigneux et la deuxième fille la plus jolie de la classe tentèrent une approche : est-ce qu'ils pouvaient venir jouer, un de ces quatre ?

Non, pas question. Six joueurs, c'était beaucoup trop pour maintenir l'atmosphère adéquate – aussi Albert décida-t-il d'investir dans l'avenir. Au lieu de réunir l'habituelle petite troupe, il choisit d'inviter les deux garçons et la fille un vendredi soir pour leur faire jouer *La Maison hantée*. Comme il avait déjà masterisé cette aventure, il put en peaufiner tous les détails.

En termes de jeu, aucun des trois ne s'approcha un tant soit peu de Tore, Wille et Linus ; ils ne possédaient pas leur imagination galopante, et avaient le plus grand mal à rester en phase avec leurs personnages. Ce qui ne les empêcha pas de se laisser embarquer par la puissance évocatrice du scénario. Daniel, qui pratiquait le MMA et avait fait un tire-slip à Albert en sixième, se tenait là, bouche bée et les yeux comme des soucoupes, à boire la moindre de ses paroles. Lorsqu'il fut temps pour eux de descendre dans la cave de Mr Corbitt, Olivia avait tellement peur qu'elle se mit à pleurer.

Ils quittèrent la maison d'Albert sur les coups de quatre heures du matin en s'accordant tous sur le fait qu'ils venaient de vivre l'une des expériences les plus folles de toute leur existence. Un investissement gagnant, pour ainsi dire.

Il serait exagéré de dire qu'Albert devint ensuite le roi du pétrole, mais son statut s'améliora significativement. Une soirée de jeu chez lui était un objet de convoitise, et il mettait un point d'honneur à réserver de temps à autre des séances aux joueurs les moins expérimentés, histoire d'entretenir sa réputation.

Oswald le harcelait pour venir lui aussi, mais Albert continuait de refuser. Ayant complètement occulté le fait qu'il lui devait d'avoir découvert l'univers de Lovecraft, il ne voyait pas pourquoi il irait gaspiller son talent avec quelqu'un d'un statut inférieur. Sans compter qu'Oswald avait de tout cela une compréhension bien plus profonde que quiconque, y compris Albert.

Il avait interdit à Wille, Tore et Linus de lire Lovecraft. Puisque, dans le jeu, les personnages ne savaient rien de ce qu'ils affrontaient, il devait en être de même pour les joueurs. L'idée qu'Oswald, avec son savoir encyclopédique, incarne un novice en la matière lui semblait saugrenue. Albert le lui dit. Ce qu'il passa sous silence, en revanche, c'était sa crainte de voir Oswald remettre en question son autorité. Incidemment, il mentionna quand même son odeur corporelle.

Profitant des vacances d'été, Albert se lança dans une entreprise qu'il planifiait de longue date, mais à laquelle l'élève consciencieux qu'il était n'avait jamais eu le temps de s'atteler : créer sa propre aventure. Avec son noyau dur de trois joueurs, il était venu à bout de *La Trace de Tsathgghua*, des *Fungi de Yuggoth* et de la moitié des *Masques de Nyarlathotep*. Mais à présent il allait créer son propre monde dans l'univers de Cthulhu – et en Suède, tant qu'à faire.

Son histoire s'articulait autour de la construction de la bibliothèque municipale de Stockholm et d'une pièce renfermant une collection de livres interdits, dont le principal trésor était le *De Vermiis Mysteriis* de Ludwig Prinn. S'y ajoutait un culte particulièrement déplaisant ordonné par Gunnar Asplund, l'architecte de la bibliothèque – le tout culminant en un crescendo coïncidant avec l'inauguration de l'édifice, en 1928.

Il écuma Internet à la recherche d'images d'époque de la ville, étudia les lignes de tram, le rôle de la police, les trafics et le paysage politique. À la mi-août, pour sa rentrée en troisième, il avait entre les mains une aventure qui, à ses yeux, n'avait rien à envier à celle de Sandy Petersen. Au point qu'il caressait même l'idée de la traduire en anglais et de la vendre à Chaosium. Il avait tout d'abord pensé l'intituler *Le Rôdeur dans la bibliothèque*, mais, s'avisant que le titre était déjà pris, il dû se rabattre sur *Le Marcheur de Stockholm*, bien moins accrocheur.

Alors qu'approchait le moment de faire jouer son scénario, Albert subit de nouveau les assauts d'Oswald – et ce fut en définitive par vanité qu'il céda. Le monde qu'il avait créé obéissait à des lois qui, jusqu'à un certain point, différaient quelque peu des conventions, tout en restant cohérentes avec la norme. Oswald demeurait donc le seul dont l'étendue du savoir lui permettrait de prendre la mesure de l'immense réussite d'Albert. Voilà pourquoi il lui dit :

« Okay.

— Okay, quoi ? lui demanda Oswald, dont le regard n'était pas sans évoquer celui d'un chien voyant son maître s'approcher de la boîte de croquettes.

— Okay, tu peux jouer. »

L'analogie canine devint plus parlante encore lorsque Oswald commença à trembler et à baver d'excitation. Albert leva sa main avant de se retrouver aspergé de salive.

« Mais une seule fois. À l'essai. Après, on verra. »

Oswald acquiesça énergiquement, l'assurant qu'il ne la ramènerait pas et se comporterait en parfait ignare.

« Comment ça s'appelle, déjà ? *Catullu* ? »

Albert lui fit la grâce d'un sourire et le pria de se présenter vendredi, à dix-neuf heures.

Le reste de la petite bande ne se montra pas particulièrement enchantée par l'intronisation d'Oswald. La puberté avait laissé place à une phase de turbulences hormonales. Ainsi, le t-shirt de Linus arborait-il désormais un portrait de Tyrion Lannister proclamant « Je suis le seigneur du vin et des nichons ! ». Compter Oswald dans leurs rangs, c'était un peu comme si un étranger venait observer leurs emportements infantiles.

Toutes leurs réserves s'évanouirent néanmoins sitôt la partie engagée. La narration d'Albert fonctionnait à merveille, et très vite le personnage d'Oswald s'avéra indispensable à l'équipe. Il était expert en armement, capable en outre de lire et d'écrire le latin. Or l'aventure comportait nombre de confrontations avec des sbires armés et pas mal de textes en latin. Comme promis, Oswald fit profil bas. Tout juste le coin de ses lèvres se souleva-t-il lorsque Albert évoqua Ludwig Prinn, mais il ne pipa mot.

Enfin, incontestablement, Oswald se comportait en joueur exemplaire. Cent pour cent attentif à ce que disait Albert, tellement réceptif que ses lèvres en tremblaient lorsque la situation devenait critique. Il avait des idées et une chance invraisemblable aux dés.

Ils s'interrompirent vers quatre heures du matin, ayant atteint une pause naturelle de l'intrigue. L'ambiance était à l'excitation, comme toujours. Le *De Vermiis Mysteriis* était à portée de main, et une fois l'ouvrage en leur possession, la deuxième partie du scénario allait pouvoir commencer. Ils décidèrent donc de remettre ça dès le lendemain.

Alors qu'ils étaient sur le point de s'en aller, Albert leur lança :

« Okay, les gars ! À demain. »

Wille, Tore et Linus étaient déjà à moitié sortis, mais Oswald n'avait toujours pas bougé. S'il avait pris confiance en lui au fil de la soirée, le gentil toutou refit surface lorsqu'il demanda d'une petite voix :

« Moi aussi ? »

Mais Wille intervint sans laisser à Albert le temps de répondre :

« Qu'est-ce que tu racontes ? Ce putain de livre est en latin… on a besoin de toi. »

Voir Wille ainsi usurper son autorité déplut souverainement à Albert. C'était *lui*, le maître de jeu, ils se trouvaient chez *lui*, et c'était *son* aventure. En aucun cas il ne revenait à Wille de lancer des invitations. Ce dont, fort heureusement, Oswald se rendit compte. Il lui adressa un pauvre sourire et tourna ses yeux de chien battu vers Albert qui, d'un hochement de tête, trancha :

« Bien sûr, Oswald. À demain. »

À voir l'expression sur son visage, on aurait pu le croire prêt à sauter sur les genoux d'Albert pour lui lécher le visage.

À son réveil, cet après-midi-là, Albert engloutit un bol de muesli avec du yogourt avant de se lancer dans la préparation des activités de la soirée. Sa mère et son père s'étant offert un petit week-end à Paris, ils avaient la maison rien que pour eux. Et comme le statut de maître de jeu ne va pas sans certains privilèges, c'était aux autres de se charger des pizzas. Si les joueurs continuaient leur progression dramatique sur la même lancée, un climax allait être atteint au moment de pénétrer dans la chambre souterraine renfermant le *De Vermiis Mysteriis*. Malheureusement, Gunnar Asplund en personne les y attendait, protégé par une Barrière de Naach-Tith derrière laquelle il lirait le sort lui permettant d'invoquer un vampire stellaire.

Toute la difficulté résidait dans le choix du bon détail à mettre en valeur, pour éviter qu'un moment si magnifiquement horrifique ne tombe totalement à plat. Albert commença par relire *Le Visiteur venu des étoiles*, la nouvelle de Robert Bloch dans laquelle le vampire stellaire était mentionné pour la première fois. Le ricanement inquiétant de l'invisible créature, son apparence lorsque, une fois repue du sang de ses victimes, ses contours se dessinent lentement. Sa masse informe, pulsatile. Ses tentacules.

Un des éléments cruciaux était le sort, celui-là même que les aventuriers allaient entendre de l'autre côté de la porte close. Albert partit de celui de la nouvelle : « *Signa stellarum nigrarum et bufaniformis…* » auquel il ajouta quelques invocations tirées du *Manuel du Gardien* : « *Ia Shub-Niggurath, y'ai'ng'ngah, yog-sothoth* », qu'il pimenta d'étranges fragments : « *Ph'nglui mglw'nafh Cthulhu R'lyeh wgah'nagl fhtagn Ph'nglui mglw'nafh Cthulhu R'lyeh wgah'nagl fhtagntagn Ph'nglui mglw* » en s'assurant que le tout sonnait aussi sinistre que possible.

Il s'était fixé un objectif précis : faire pleurer Oswald. C'était passé à deux doigts à une ou deux reprises, au cours de la soirée précédente – ses yeux étaient devenus dangereusement brillants. Mais ce soir, ces larmes allaient bel et bien couler.

Le soir venu, une fois les pizzas mangées, la partie débuta. Petite touche supplémentaire : Albert avait descendu une paire de candélabres, de manière à les faire jouer à la lumière des chandelles. Les dés roulaient sur la table et la tension grimpait proportionnellement au nombre de cannettes de Redbull englouties. Aux alentours de minuit, les personnages se retrouvèrent enfin devant la porte close qui les attendait au pied du long escalier.

Albert avait patiemment construit son atmosphère, décrivant les vibrations qui parcouraient les murs de pierre, la puanteur des marais préhistoriques qui s'élevait de l'outremonde, le faisceau de la lampe torche qui semblait comme avalé par l'obscurité et les accents blasphématoires de l'incantation. Il prit une voix plus grave, s'appliquant à la rendre aussi sépulcrale que possible, et commença à psalmodier : « *Ph'nglui mglw'nafh Cthulhu R'lyeh wgah'nagl fhtagn ny'ar rot hotep…* »

Il pouvait sentir les vagues d'énergie se propager dans la pièce à mesure que les joueurs comprenaient qu'ils allaient devoir affronter un danger possiblement mortel. Albert se tourna vers Oswald. Suspendu à ses lèvres, celui-ci reprenait en silence l'invocation sans même s'en rendre compte. Des larmes perlaient au coin de ses yeux.

Allez ! Vas-y ! Chiale, espèce de vermisseau pathétique.

Albert éleva insensiblement la voix, exacerba sa psalmodie. Il avait laissé tomber son texte pour se mettre à improviser. Les mots semblaient comme venir à lui, et il les recrachait avec une puissance maléfique dont il ne se serait jamais cru capable. Enfin ! Une larme roulait sur la joue d'Oswald, dont les lèvres continuaient à marmonner le sortilège à l'unisson de celles d'Albert. Que c'était bon d'avoir ainsi les émotions de quelqu'un d'autre au creux de la main ; en cet instant, Albert aurait pu faire tout ce qu'il voulait d'eux. Il ouvrit grand ses bras, et s'apprêtait à déclamer un « *Ia ! Ia'y !* » final, lorsque quelque chose se produisit dans la pièce.

Tout se mit à tourner, les angles et les surfaces s'altérèrent. Les coins devinrent des arêtes vives et les bords de la table se replièrent sur eux-mêmes, lui faisant perdre l'équilibre. Albert tomba en avant, son champ de vision s'étrécit jusqu'à se résumer aux six flammes des chandelles qui brillant à l'autre bout d'un tunnel. D'une manière proprement inexplicable, il savait que c'étaient les bougies qui naissaient des flammes, et non l'inverse.

Tout cela ne dura qu'une seconde. Le temps que son front heurte la table, redevenue dans l'intervalle un solide plateau de bouleau. Comme de derrière un rideau de velours rouge, il entendait ses amis qui s'inquiétaient :

« Albie ! Putain !

— Qu'est-ce qui s'est passé ?

— Tu nous fais quoi, là ? »

Il se releva, vacilla légèrement, et se frotta la tête.

C'était quoi, ça ?

Malgré cette sensation d'effondrement de la pièce, ce fut la vue des chandelles qui grava dans son esprit l'indéniable réalité du phénomène. Ces objets de cire blanche devenus l'excroissance et la conséquence de flammes jaunes effilées qui dansaient sur leurs mèches. Les relations de cause à effet s'étaient interverties d'une manière qui lui donnait le tournis. Il se couvrit les paupières, entendit Wille lui dire :

« Putain, Albie ! C'est déjà assez flippant comme ça… pas besoin d'en rajouter ! »

Albert ôta ses mains de son visage, rouvrit les yeux. Tout semblait parfaitement normal dans la pièce, et les quatre garçons installés autour de la table étaient en train de le dévisager. Sur la joue d'Oswald, la trace d'une larme brillait à la lumière jaune des chandelles.

La mèche née de la flamme, le feu né de la lumière.

Albert avait toujours mal au crâne, mais il était redevenu lui-même. Il ouvrit la bouche, prêt à dire quelques mots pour calmer le jeu, mais aucun son ne sortit de sa gorge. Un frisson parcourut son échine lorsqu'il prit conscience qu'il y avait quelque chose à ses côtés, occupé à l'observer. Lentement, il se tourna vers le recoin sombre où était rangé le banc de musculation.

La chose qui le regardait était assise juste devant. Enfin, assise… Impossible de le savoir avec certitude, puisqu'elle était invisible – mais il pouvait sentir sa présence, son attention tendue tout entière vers lui.

« Qu'est-ce que tu fous ? Arrête tes conneries, Albie ! (Debout, près de lui, Tore le secouait par le bras.) Albie ! »

Albert aurait bien voulu lui répondre, hausser les épaules ou sourire, mais il était paralysé par la peur. Il ressentait le pouvoir et la faim dévorante de la chose campée devant le banc, et savait qu'il aurait suffi d'une seconde pour qu'elle le tue. Tore le secoua de plus belle. En vain. Albert força ses mâchoires à se desserrer juste assez pour chuchoter :

« Vous voyez *vraiment* rien ? Là-bas, dans le coin ? »

Il pointa un doigt tremblant, mais ne reçut pour toute réponse qu'un énorme éclat de rire.

« Sérieux, Albie ! Arrête de déconner ! Allez, on s'y remet ! »

Continuer de jouer lui fut impossible. Même s'il ne pouvait pas voir la chose qui le surveillait depuis le coin, il n'était pas question de se risquer à lui tourner le dos. Il prétendit ne pas se sentir très bien, probablement à cause de son coup sur la tête – ils allaient donc devoir remettre la suite à plus tard.

Alors que les autres s'apprêtaient à partir, râlant à mots couverts, Albert jeta un coup d'œil vers le coin où se tenait toujours la chose sans nom. Après quoi il se tourna vers Wille :

« Dis, je peux dormir chez toi ?

— T'as dit que tu te sentais pas bien.

— C'est vrai, mais… je peux ou pas ? »

S'il devait passer la nuit seul dans cette maison en compagnie de… ça, Albert craignait de perdre la raison ; comme les personnages du jeu. À son grand soulagement, Wille haussa les épaules et répondit :

« Okay. Du moment que tu me gerbes pas dessus. »

Wille habitait dans la même rue, à trois numéros de chez lui. Tous deux étaient amis depuis aussi longtemps qu'ils pouvaient s'en souvenir. S'il y avait une personne à qui Albert pouvait se confier, c'était bien lui. Ils souhaitèrent bonne nuit aux autres et, alors qu'ils sortaient de la maison, Wille s'arrêta net et lui demanda :

« En vrai, qu'est-ce qui s'est passé en bas ? »

Albert jeta un bref regard en direction de la station de métro vers laquelle se dirigeaient leurs trois amis. Ni sensation d'imminence maléfique ni créature assoiffée de sang. Il aurait aimé pouvoir se persuader que tout cela n'était qu'une forme d'autosuggestion, mais le souvenir de ces chandelles contre-nature brûlait encore dans son esprit. Toutes ses certitudes, tout ce en quoi il croyait jusque-là… Plus rien n'avait de sens.

« Et si… commença-t-il, tout ce truc avec Cthulhu… Et si c'était *vraiment* possible d'invoquer quelque chose ? Si tu prononces les bonnes paroles ? »

Wille inclina la tête sur le côté.

« Mmmmh... ?

— Et si... sans le faire exprès, c'était ce que j'avais fait ?

— De quoi tu parles ?

— Ces mots que j'ai prononcés, quand vous étiez dans la bibliothèque. C'est comme si... il s'était passé un truc. Et quelque chose a répondu. »

Wille ne se moqua pas de lui, il ne l'accusa même pas d'exagérer un peu. En réalité, il parut même se donner la peine de considérer le problème d'un point de vue théorique.

« D'accord, dit-il, mais... tout ça, c'est inventé, non ? J'veux dire, c'est pas comme si c'était basé sur des sources authentiques ?

— Non, mais...

— Mais quoi ?

— Ben... si c'était quand même le cas ? »

Ils continuèrent de discuter, mais Albert ne fit aucune allusion à la créature embusquée dans son coin obscur. Le jeune homme avait fini par se convaincre qu'il ne s'agissait que du produit de son imagination débordante. Quelque chose s'était bel et bien produit, mais sans doute n'était-ce rien d'autre qu'une hallucination, comme ces gens qui voient parfois la Vierge ou Elvis. Un court-circuit épisodique, une simple distorsion de la réalité résultant d'un black-out momentané.

Après avoir chacun prélevé une bière dans la cachette du père de Wille, ils restèrent une bonne heure encore à papoter sur le balcon. La conversation finit par dériver sur les livres, les films et les filles, ce qui permit à Albert de retrouver un peu de sérénité. Ils se souhaitèrent bonne nuit, et Albert partit s'enfermer dans la chambre d'amis. Il s'apprêtait à déboutonner son jean lorsqu'il se figea, en retenant son souffle.

La chambre d'amis servait aussi de bureau, et à l'autre bout de la pièce se trouvait une bibliothèque qui croulait sous les dossiers et les classeurs de différentes couleurs. Juste devant se tenait la créature. La *créature*... Elle n'avait pas à proprement parler de corps, juste une vague décoloration de l'arrière-plan qui pouvait fort bien se résumer à un vilain tour de son imagination. Pour l'essentiel, la créature était invisible. Mais Albert *savait* qu'elle le regardait.

Laissant lentement l'air s'échapper de ses poumons, il tourna la poignée et sortit à reculons sans lâcher la créature des yeux. Albert avait le souffle court et rapide lorsqu'il referma enfin la porte qui donnait sur le palier.

Je deviens fou.

Combien de fois avait-il feint la compassion en lançant les dés qui allaient décider de la phobie ou de la psychose dont devrait souffrir un aventurier confronté à quelque chose que l'esprit humain ne pouvait appréhender ?

À présent il se trouvait exactement dans la même situation, et découvrait que les prémices de la folie ne revêtaient pas la forme d'hallucinations ou d'une envie irrépressible de fuir ; ça ressemblait plutôt à une masse grise et gluante dans laquelle sa conscience sombrait lentement. Les bras ballants, il descendit au rez-de-chaussée en luttant contre le besoin de laisser sa langue pendre au coin de sa bouche.

Il alla s'écrouler dans les coussins replets du canapé du séjour, qui trônait près de l'écran géant de la télé. Albert ne ressentait plus rien. Devant le rectangle vierge de l'écran, ses pensées semblaient incapables de se frayer un chemin à travers le brouillard qui emplissait sa tête. Il n'aurait su dire à quel moment la créature s'était matérialisée au pied de la télévision. Ça le regardait. Attendant.

La terreur avait contracté sa trachée, la ramenant au diamètre d'une simple paille ; les mots qui sortirent de sa gorge n'étaient guère plus qu'un murmure étranglé :

« Qu'est-ce que tu veux ? »

Aucune réaction. Aucun changement dans l'attention que lui portait la créature. Mais dans le silence de la pièce, Albert eut l'impression d'entendre quelque chose qui venait de loin – de très, très loin – pour chatouiller ses oreilles à travers l'éther. Un ricanement sans joie.

Toute tentative de fuir aurait été vaine. Albert resta donc sur le canapé, à contempler cette chose qui ne pouvait être vue, à écouter ce rire que personne ne pouvait entendre. Au bout d'une heure, il remonta la couverture et s'enroula dedans. Un vampire stellaire se tenait sur le sol, à quelques mètres à peine de lui.

De Vermiis Mysteriis et Ludwig Prinn étaient sortis de l'esprit de Robert Bloch, tout comme cette créature. L'incantation qu'avait récitée Albert n'était qu'un charabia, mélange de latin de cuisine et de cette langue que Lovecraft avait bricolée à partir d'un peu d'arabe.

Et pourtant…

Il n'y avait que deux possibilités. La première était que lui, Albert Egelsjö, un garçon de quinze ans doté d'un Q.I. au-dessus de la moyenne, n'ayant connu aucun traumatisme durant son enfance et ayant toujours eu de bons rapports avec ses parents, avait perdu la raison. Qu'il s'était mis à imaginer des choses avec une telle ardeur qu'elles se paraient désormais de toutes les apparences de la réalité. Le pauvre allait finir dans une unité psychiatrique pour ados, où pour tout diagnostic il aurait droit à un acronyme quelconque en lettres majuscules, suivi du traitement adéquat.

L'autre possibilité était que, par une chaîne d'incroyables coïncidences, il avait jeté un authentique sortilège. Exactement comme un nombre infini de singes mis devant un nombre infini de machines à écrire vont finir par écrire une pièce de Shakespeare. En admettant que l'univers de Lovecraft ait eu un fondement réel et que, d'une manière ou d'une autre, Albert soit parvenu à s'y connecter.

S'il acceptait cette possibilité, pourquoi la créature ne l'avait-elle pas encore attaqué ? Il aurait suffi d'un instant pour que le vampire le vide complètement de son sang et s'en retourne en ricanant dans les étoiles, enfin rassasié. Alors pourquoi restait-il là, à attendre ?

Parce que…

La réponse s'abattit sur Albert, qui se rassit d'un coup. C'était évident ! Seule la peur de l'impossible l'avait empêché de comprendre ; après tout, n'avait-il pas mastérisé ce genre de situation un nombre incalculable de fois ?

Dans le scénario qu'il avait imaginé, Gunnar Asplund lançait une invocation à l'intérieur de la bibliothèque interdite. Certainement pas dans l'intention de faire apparaître quelque chose qui le viderait de son sang avant de se débarrasser de son enveloppe comme d'une vieille chaussette. Oh, non ! S'il avait appelé cette créature, c'était uniquement parce qu'il avait besoin de ses services. Et si la réalité se pliait aux mêmes règles que le jeu, alors la chose était désormais liée à Albert. Du moins, jusqu'à ce qu'il lui ordonne de s'acquitter d'une tâche qu'elle serait capable d'accomplir. Après quoi elle serait de nouveau libre de retourner d'où elle était venue.

Un sourire étirait les lèvres d'Albert lorsqu'il se leva et pointa un doigt en direction de l'invisible présence.

« Tu m'appartiens, pas vrai ? lâcha-t-il dans un souffle. Tu feras exactement tout ce que je te dirai de faire. »

Aucune réponse. Mais l'espace d'un instant, le ricanement sans âme donna l'impression d'enfler quelque peu.

L'aube pointait déjà lorsque Albert sombra enfin dans le sommeil. Il fut réveillé deux heures plus tard par les parents de Wille, qui lui demandaient s'il voulait un petit déjeuner. La créature s'installa entre le four et l'évier, son ricanement noyé dans le brouhaha de la vie quotidienne.

Perdu dans son petit monde, Albert mastiquait consciencieusement sa tranche de pain tartinée de confiture et de fromage. De temps à autre, il jetait un coup d'œil en direction du coin où s'était réfugiée la chose. Un ordre. En théorie, Albert pouvait lui demander d'effacer sur-le-champ la famille de Wille de la surface de la Terre. En théorie. À peine quelques mots murmurés et, en une seconde, ce paisible petit déjeuner dominical se transformerait en bain de sang. À moins que la seule force de la pensée ne soit suffisante ?

La créature était sur la même longueur d'onde que lui – c'était ainsi qu'il avait conscience de son existence. Quelque secret courant les reliait l'un à l'autre. Albert eut un peu de mal à avaler sa bouchée de pain.

Veronica, la mère de Wille, se leva, débarrassa son assiette et se dirigea vers l'évier. Albert se raidit. Qu'adviendrait-il si quelqu'un venait à toucher la créature ? Veronica se trouvait désormais devant le bac, une jambe en plein dans la présence.

Albert imaginait-il tout ça ? Veronica se tenait là, à rincer son assiette sous le robinet en fredonnant *Stranger in the Night*, une jambe tranquillement enveloppée par la masse informe d'un vampire stellaire. Était-ce là vraiment quelque chose qui *pouvait* arriver ?

L'attention d'Albert fut détournée de ce non-événement lorsque Wille se racla bruyamment la gorge. Devant son expression réprobatrice, Albert ne put que lui renvoyer un regard d'incompréhension. Puis ça lui revint. Un jour, ils avaient discuté des filles plus âgées – des femmes, en un mot –, et Albert avait incidemment lâché qu'il trouvait la mère de Wille « bonne ». Bon... il n'avait sans doute pas utilisé ce mot-là, et il n'était certainement allé jusqu'à parler de MILF, mais Wille l'avait quand même assez mal pris. Son visage s'était assombri, et il avait immédiatement changé de sujet.

Or Albert venait de passer un certain temps à regarder avec insistance la moitié inférieure du corps de Veronica ; Wille devait donc avoir sauté directement aux conclusions qui s'imposaient. Par chance, Thomas – le père – était focalisé sur le journal du matin. Il n'avait donc rien remarqué.

Albert remercia pour le petit déj' et se leva sans même débarrasser, comme il le faisait ordinairement. Il fila dans l'entrée et entreprit de mettre ses chaussures. Wille lui emboîta le pas, les mains enfoncées dans les poches de son pantalon.

« Putain ! Tu me fais quoi, là ? Tu peux pas te pointer et mater ma mère comme un gros...

— C'est pas ce que tu crois. Désolé, mais c'est pas du tout ça.

— Okay... et c'était quoi, alors ?

— Tu ne sens pas comme une... présence ?

— Pas vraiment. Pas *du tout*, même. »

Albert lâcha un soupir. Il n'allait pas obtenir la moindre confirmation de la part de son ami, mais il se sentit quand même en devoir de poursuivre :

« Dans la cuisine. À l'instant. Pile à l'endroit où ta mère se trouvait. C'est ça que je regardais.

— Je vois, acquiesça Wille d'un air sérieux. Et il t'a ordonné de rentrer chez toi pour te branler, c'est ça ?

— Va te faire foutre !

— Non ! Toi, va te faire foutre ! »

Albert sortit de la maison de Wille et redescendit l'allée du jardin. Il devait se rendre à l'évidence. Personne hormis lui ne voyait – ou percevait – le visiteur extraterrestre. Il allait devoir faire avec.

C'était une magnifique matinée d'août. Le soleil baignait d'une douce chaleur les jardins et les arbres fruitiers de Södra Ängby ; en arrière-plan on entendait le son des tondeuses à gazon. Une atmosphère aussi éloignée que possible de l'univers sombre et fétide de Lovecraft.

Et pourtant, à l'affût du moindre de ses mouvements, le visiteur se tenait à cinq mètres d'Albert, devant la clôture basse qui ceinturait le jardin des Ingersson. Il lui fallait prendre une décision.

Le garçon était-il réellement capable d'invoquer des horreurs cosmiques ou était-il en train de devenir fou ? Il n'avait aucune preuve tangible à sa disposition, aussi n'était-ce en fin de compte qu'une question de foi. Les yeux fixés sur le coin de trottoir où était postée la créature, Albert s'efforça de la gommer de son esprit – pour ne plus voir que les pavés au sol et le portail à la peinture blanche écaillée des Ingersson. Il fit tout son possible pour se convaincre que la présence muette n'était qu'un produit de son imagination.

Impossible. Le visiteur avait beau n'avoir aucune réalité physique, sa présence était tout aussi indiscutable que celle du soleil au firmament. Et Albert avait sans doute encore plus de chances de perdre l'esprit s'il persistait à vouloir la nier. Si éthérée fût-elle, la créature existait bel et bien. Albert allait donc devoir agir en conséquence.

Déjà, ses pieds l'entraînaient vers sa maison.

Durant les jours qui suivirent, Albert fit de son mieux pour s'adapter à la situation. Le visiteur ne le lâchait pas d'une semelle. Il veillait sur lui pendant son sommeil, et bien sûr se trouvait là dès son réveil. Albert sentait sa présence rampante dans la rue, et lorsqu'il entrait dans une pièce, ne s'écoulait qu'une poignée de secondes avant qu'il ne sente la chose le guetter depuis l'un des recoins. Il lui arrivait parfois de fermer les yeux, de se taper la tête ou de chanter à tue-tête simplement pour ne plus entendre le sinistre ricanement. Ce qui n'était, hélas ! pas d'un grand secours. Dès qu'il se taisait et rouvrait les yeux, lui revenait cette conscience aiguë d'être observé – et l'omniprésence de ce son, comme une expectative à la chute de quelque blague grotesque.

Une semaine après l'arrivée de la créature dans la vie d'Albert, sa classe participa à un tournoi de volley avec une autre équipe du lycée. Conscients de son inutilité pour tout ce qui impliquait un ballon, ses partenaires ne lui faisaient aucune passe. Devant les racks d'équipement, la créature suivait les efforts maladroits d'Albert lorsque, d'aventure, la balle lui arrivait dessus. Ça l'agaçait au plus haut point. Sans trop savoir pourquoi, il voulait se montrer digne de son visiteur – or, au plus vif mécontentement de ses partenaires, le ballon s'obstinait à lui glisser des doigts comme s'ils étaient faits de fumée.

D'une humeur massacrante dans les douches après le match, il eut de surcroît à subir les sarcasmes de Felix, une brute décérébrée d'une autre classe.

« Oublie pas de bien laver ton petit zizi, Bilbo. Enfin… si t'arrives à le trouver. »

Felix lui agita sous le nez son propre pénis, au moins deux fois plus gros que le sien.

Albert baissa la tête et sentit le rouge lui monter aux joues. Il était mille fois plus malin que cet abruti. *Lui* allait réussir dans la vie, alors que Felix finirait sûrement déménageur, ou un truc dans le genre, et deviendrait énorme à force de se gaver de frites et de hamburgers avant de finir noyé dans l'alcool.

Pour l'heure, cependant, ils partageaient l'un et l'autre une douche au carrelage d'un blanc douteux – et tout ce qui comptait, c'était que Felix avait davantage de muscles et une plus grosse bite. Du coin où elle s'était réfugiée, entre les toilettes et les placards, l'informe créature – omniprésente et maléfique – continuait d'observer Albert, tête basse et joues en feu, sous le torrent continu de la douche.

Felix entortilla plusieurs fois sa serviette et la fit claquer sur les reins d'Albert. Celui-ci n'aurait eu qu'un mot à dire, un simple commandement à formuler dans son esprit. Pour le tailler en pièces. Au lieu de quoi Albert passa sa propre serviette sous l'eau jusqu'à ce qu'elle soit trempée. Il en fit ensuite un boudin, puis emboîta le pas de Felix.

« Hé ! connard ! »

Son tourmenteur se retourna, les coins de sa bouche relevés en une grimace qui tenait à la fois de l'agacement et du plaisir anticipé. Albert le frappa dans les couilles avec sa matraque improvisée. Son petit sourire s'effaça lorsqu'il tomba à genoux en couinant comme un chiot. De toute la puissance dont il était capable, Albert le frappa dans le dos. Le son du coup, qui fit vaciller Felix, se répercuta sur les murs carrelés.

« Tu vas fermer ta putain de gueule ! » hurla Albert en resserrant encore la serviette.

Une large marque rouge était apparue sur le dos de la brute, là où le coup l'avait atteint. Rassemblant de nouveau toutes ses forces, laissant sa colère l'envahir, Albert abattit son arme improvisée pile au même endroit – avec une telle violence que Felix bascula en avant et resta allongé sur le ventre, tremblant comme une feuille.

La peau au-dessus de sa taille avait éclaté ; un filet de sang s'écoulait sur le sol détrempé. Albert visa soigneusement et frappa au niveau de la plaie, qui s'agrandit encore, éclaboussant sa serviette de sang. Il s'en débarrassa et se baissa pour ramasser celle, humide, de Felix, qu'il utilisa pour se sécher. En relevant la tête, il s'avisa que cinq ou six garçons le regardaient, médusés, depuis le seuil.

Il enroula la serviette de Felix autour de sa taille. C'était le moment de dire quelque chose dont tout le monde se souviendrait et qu'ils pourraient répéter lorsqu'ils raconteraient l'histoire à leurs amis ou la partageraient sur les réseaux. Sauf que rien ne lui vint. Fort heureusement, sa victime vola à son secours. La joue toujours collée au carrelage, il marmonna :

« Je… vais… te tuer… enculé de… »

Albert l'interrompit avant qu'il n'ait trouvé la bonne épithète :

« Ça peut donner cette impression, là, tout de suite. Mais si tu y réfléchis deux minutes, en admettant que tu sois capable d'une pensée articulée, tu te rendras vite compte que c'est une mauvaise idée. Si jamais tu t'y risques, ce sera toi qui y laisseras la vie. Et ça, je te le garantis. »

En quittant les vestiaires, Albert remarqua que quelques garçons avaient sorti leur téléphone. Avec un peu de chance, ils n'avaient filmé que son commentaire final.

Et tel fut bien le cas. Ses témoins avaient été fort occupés à suivre l'altercation, et tout s'était passé si vite... L'ultime échange entre Felix et Albert gagna néanmoins une postérité durable, et bien que le clip soit devenu viral parmi les élèves, jamais il ne parvint jusqu'aux adultes. Quant à Felix, il n'était certainement pas du genre à aller chouiner auprès du principal. Ni à mettre ses menaces à exécution.

Albert médita longuement sur cet épisode. Il n'avait jamais usé de violence sur qui que ce soit, et n'avait pas particulièrement envie de recommencer. Si tel avait été le cas, il n'aurait pas été déraisonnable de soupçonner la créature de l'avoir poussé à agir ainsi, histoire de provoquer un bain de sang. Après tout, ça s'était déjà vu. Du moins au cinéma.

Mais il n'en était rien, Albert l'aurait juré. L'influence qu'avait eue la créature dans les douches s'était résumée à sa seule présence. Comme une sorte d'assurance. Si Felix avait, par exemple, sorti un couteau, Albert aurait quand même eu une porte de sortie. Un mot, et le problème aurait été résolu – sans qu'il puisse en aucune manière être soupçonné d'être à l'origine de ce que la créature aurait fait.

Devenu familier de sa présence, il avait senti, depuis le moment où il l'avait invoquée, une ou deux tentatives de contact. De même, sous une certaine lumière et dans certaines conditions, il lui était arrivé de l'apercevoir.

Bien plus qu'un vampire, c'était l'incarnation même de *l'idée* du vampire, dépourvue de tout attribut, sinon ceux strictement nécessaires à l'accomplissement de sa tâche. À savoir : boire du sang. La conscience de cette présence à ses côtés, toujours prête à passer à l'action, avait donné à Albert le courage de se dépasser, comme s'il avait eu en permanence une arme chargée à portée de main.

Il délaissa de plus en plus ses vieux amis, relégua le jeu de rôles aux oubliettes. Albert avait changé. Il avait toujours eu une haute opinion de lui-même et de ses capacités, mais il acquérait désormais une stature physique plus en phase avec cette confiance toute neuve. Le garçon s'inscrivit dans une salle de sport. Il y pensait depuis longtemps, mais les corps musculeux qu'il voyait s'entraîner de l'autre côté de la vitre l'avaient jusque-là fait fuir.

À présent, il ne se cherchait plus d'excuses. Trois fois par semaine, la créature le regardait suer sur une dizaine de machines, mais il n'en avait cure. Les habitués de la salle se montraient sympathiques à son endroit ou l'ignoraient totalement.

Vers la fin octobre, Albert commença à sortir avec Olivia. Une soirée, un baiser, quelques SMS et coups de fils – et d'un coup, ce qui lui avait toujours paru inatteignable devint une réalité. Il avait une petite copine… et pas n'importe laquelle ! La deuxième fille la plus sexy de la classe. Wilma ressemblait à un mannequin, mais elle ne s'était jamais affichée avec un garçon – et à dire vrai il était douteux que ça arrive un jour, à moins que Chris Hemsworth vienne frapper à sa porte. Ou qu'il l'explose avec son marteau.

C'était génial d'avoir une copine. Ils discutaient, se pelotonnaient sur le canapé, regardaient des films. Tout se passait tellement bien qu'Albert en vint à utiliser des émojis – quelque chose qu'il avait toujours considéré avec le plus grand mépris. Mais Olivia adorait tout ce qui était mignon – et une fois la machine lancée, impossible de faire machine arrière.

Le seul problème, c'était le sexe. Olivia, qui n'était jamais sortie avec personne, ne se montrait pas spécialement pressante – mais passé le stade des baisers, des câlins et du pelotage, s'établissait une sorte de dynamique naturelle, pour dire les choses avec délicatesse. Les galoches et le tripotage, ça allait deux minutes ! Malheureusement, chaque fois que les choses commençaient à prendre un tour plus sérieux, quand Olivia commençait à se déshabiller ou qu'elle cherchait à lui ôter ses vêtements, la petite nouille d'Albert restait toute molle. Et rien n'y faisait.

Il en connaissait la raison – la même que celle qui l'avait conduit à ces touche-pipi désespérés sur un coin de lit : la créature. Impossible d'y arriver en sa pesante présence. Impossible d'être performant devant un public, quand bien même ledit public était invisible *et* surnaturel.

Albert débitait excuse après excuse, mais il voyait bien qu'Olivia était blessée. Il avait certes pris du muscle, et depuis l'incident avec Felix personne n'avait osé lui chercher de noises, mais à quoi bon s'il était impuissant ? Tôt ou tard, Olivia finirait par en parler à une copine, qui en parlerait à une autre amie, qui publierait un post sur Facebook – et ce serait la fin des haricots.

Le pire, c'était qu'il en avait désespérément envie. Son entrejambe le torturait de désir, et ses échecs lui collaient la migraine. Une semaine plus tôt, Olivia avait rougi en lui confiant qu'elle prenait désormais la pilule. Difficile d'être plus explicite.

Il y avait une solution évidente, bien sûr : Albert pouvait toujours dire à la créature : « Va-t'en et ne reviens jamais ! » Mais, d'une part, il n'était pas convaincu qu'elle accepte de partir sans avoir bu tout son saoul de sang, et d'autre part… était-ce vraiment raisonnable de bazarder un pouvoir cosmique juste pour pouvoir tremper son petit biscuit ? Il lui arrivait de penser que oui. De plus en plus souvent, à vrai dire.

Une chose l'empêchait de passer à l'acte : il ne savait pas trop quel homme il serait sans la créature. Il aimait son statut au sein de l'école, et ignorait s'il serait capable de le garder sans sa présence rassurante. Une fois qu'on a pris goût au pouvoir, difficile d'y renoncer.

Un vendredi que ses parents étaient sortis pour voir une interminable pièce de Lars Norén, il invita Olivia avec la ferme intention d'enfin passer à l'acte. Il avait acheté des crevettes, piqué une bouteille de blanc dans l'une des dernières caisses de son père et l'avait mise à décanter. C'était atrocement cliché, mais il ne savait pas quoi faire d'autre.

Il but la plus grande partie du vin pour se donner du courage, et lorsque finalement ses doigts cessèrent de trembler, il s'éplucha quelques crevettes qu'il s'empressa d'engloutir. Une fois qu'ils eurent débarrassé, tous deux montèrent dans sa chambre et s'allongèrent sur son lit.

Albert avait élaboré une stratégie des plus simples. Il éteignit toutes les lumières. Comme il avait déjà fermé les stores, la pièce était plongée dans l'obscurité la plus totale. Ils se déshabillèrent. Albert pouvait sentir le regard de la créature peser sur lui depuis le coin de la pièce et, qui sait ? peut-être voyait-elle dans le noir. Mais il avait également une stratégie pour se prémunir de cette éventualité : sitôt qu'ils se furent déshabillés, il recouvrit leurs deux corps de son duvet *king size*.

Il faisait chaud et moite sous leur cocon, mais au bout d'un long moment Albert parvint enfin à avoir une érection et à la maintenir. Sa pire crainte était que la créature ne tolère pas qu'il échappe ainsi à sa surveillance et qu'elle décide de s'inviter dans cet espace réduit – ce qui, fort heureusement, n'arriva pas.

Elle était toujours là, dans la pièce, mais le vin avait suffisamment émoussé ses sens pour qu'il parvienne à faire abstraction de sa présence. Lorsqu'enfin il entra en Olivia, tout le reste se retrouva balayé par une vague de chaleur et d'extase humide. C'était bien mieux que tout ce qu'il avait pu imaginer.

Il ne put se retenir plus d'une ou deux minutes, et ce fut comme si tous les nerfs de son corps s'étaient contractés en une boule dense et compacte, avant d'exploser et de se propager de haut en bas en une résille d'étincelles. Alors même qu'il se retirait d'Olivia et repoussait le duvet, Albert sut qu'il venait d'expérimenter quelque chose dont il ne pourrait plus jamais se passer.

Il alluma la lampe de chevet et tous deux restèrent un moment allongés, nus, chacun caressant la peau humide de l'autre. Le calme qui envahit Albert était presque aussi agréable que l'acte en lui-même. Il se sentait vidé, et un sentiment de paix s'était répandu dans toute la chambre. Ses mécanismes de défense habituels étaient en berne, et les mots sortirent tout seuls de sa bouche sans qu'il puisse les retenir :

« Olivia ? Tu n'as pas l'impression que quelque chose… nous observe ?

— Comment ça ? »

Elle ramena instinctivement le duvet sur sa poitrine et examina la pièce.

« Non… c'est juste que… Waouh… c'était génial ! »

Albert piqua un fard. Voilà bien des années qu'il n'avait pas proféré une phrase aussi inepte. Olivia lui sourit, laissa échapper un « Mmmh » avant de se lever pour aller à la salle de bain. Restant là où il était, Albert la suivit du regard. Ses pensées dérivaient librement et, comme si cela n'avait jamais été un problème, il laissa l'ordre se former dans son esprit et l'adressa au recoin sombre de la pièce :

« Va-t'en ! Laisse-moi ! »

Il ne se passa rien. La chose continuait de le fixer. À présent qu'il avait osé formuler sa pensée, Albert prit conscience que c'était vraiment ce qu'il désirait. Il n'avait plus besoin de l'assurance que représentait la créature, il voulait vivre librement sans sa surveillance constante, il voulait pouvoir refaire cette chose merveilleuse avec Olivia sans avoir à recourir à des mesures particulières. La douche coulait dans la salle de bain ; il s'appuya sur son coude pour articuler les mots à haute voix :

« Va-t'en ! Laisse-moi ! »

Il sentit l'attention de la créature monter d'un cran ; elle l'avait entendu, il le savait, et avait compris le sens de ses paroles. Mais elle ne l'abandonna pas pour autant : Albert ne perçut pas le moindre mouvement là où elle se trouvait. Il se laissa retomber sur son oreiller et se couvrit les yeux de son bras.

Ça ne peut pas *continuer ainsi. Il faut que je mette un terme à toute cette histoire.*

Le temps qu'Olivia sorte de la salle de bain, il s'était déjà rhabillé.

« Qu'est-ce que tu fais ? »

L'adolescente tenait une serviette devant elle, comme si elle avait soudain pris conscience de sa nudité.

« Désolé, répondit Albert, mais j'ai oublié… un truc que je dois absolument faire.

— Maintenant ? Mais il est dix heures passées.

— Je sais. Désolé, je n'ai pas le choix.

— Et… tu veux que je m'en aille ?

— Tu peux rester si tu veux. Je vais revenir.

— Oh, bien sûr. Ça sera charmant d'avoir une conversation avec ton père et ta mère, de leur raconter comment c'était d'avoir des rapports sexuels pour la première fois.

— Écoute… je suis désolé…

— Moi aussi. »

Des larmes plein les yeux, Olivia rassembla ses vêtements et se rhabilla à son tour. Albert la regarda faire sans mot dire, assis au bord du lit. La créature était toujours dans son coin, à l'affût. Alors qu'Olivia était sur le point de partir, le garçon la retint :

« Olivia ? Je t'aime.

— Alors prouve-le ! » lui lança-t-elle par-dessus son épaule.

Albert l'entendit ouvrir et refermer la porte de la maison, toujours en larmes. Il se tourna, furieux, vers le coin de sa chambre et murmura :

« Va-t'en ! Va-t'en ! »

Mais rien ne bougea.

Oswald fut surpris d'entendre Albert à l'autre bout du fil, lui dit qu'il tombait mal. Pour le convaincre, Albert lui fit miroiter la promesse fallacieuse d'une amitié future et de nouvelles parties de *Cthulhu*.

Oswald était l'un des rares élèves de la classe à ne pas habiter dans une maison. C'était donc une expérience des plus exotiques pour Albert que de prendre le métro jusqu'à Blackeberg puis de sortir son GPS pour rallier Elias Lönnrots Väg. La zone, pour ainsi dire. Immeubles de trois étages miteux, réverbères cassés, trottoirs inégaux et nids de poule abyssaux.

Oswald vivait tout au fond d'une cour intérieure désolée, sans un arbre ou un buisson pour l'égayer – juste quelques voitures garées au hasard et des vélos à plat accrochés. Le bruit des pas d'Albert rebondissait sur les façades noires pendant qu'il s'approchait de la porte de l'immeuble.

Le hall puait la friture et le détergent bon marché ; le temps qu'il sonne à la porte d'Oswald, Albert se sentait déjà atteint de quelque mal contagieux. La laideur de l'endroit était pareille à une infection – une impression qui fut loin de se dissiper lorsque Oswald ouvrit la porte. Une forte odeur de renfermé, à laquelle se mêlait celle du tabac, se répandit sur le palier déjà passablement malodorant, au point qu'Albert dut réprimer l'envie de se couvrir le nez.

« Salut, lança-t-il

— Salut », fit Oswald sans pour autant faire de mine de vouloir le laisser entrer.

Il portait un t-shirt noir délavé portant l'inscription « Miskatonic University School of Literature ». Il semblait pâle et en mauvaise santé.

« Je peux entrer ?

— Pour quoi faire ?

— Comme je t'ai dit... Il faut vraiment que je te parle d'un truc. C'est très, très important et t'es le seul à pouvoir m'aider. »

Oswald soupira ; ses épaules s'affaissèrent.

« Pas la peine d'enlever tes chaussures. Rentre. »

Une fois Albert à l'intérieur, son hôte le guida jusqu'à une porte ouverte – mais le nouveau venu eut quand même le temps de se faire une idée de l'état de l'appartement. Par endroits, le papier se décollait et pendait au mur, des piles de vieux journaux s'amassaient un peu partout, et tout était en désordre. En passant devant la cuisine, Albert remarqua la vaisselle sale entassée.

Avant de pénétrer dans la chambre d'Oswald, il put entrevoir le séjour. L'endroit était plongé dans la pénombre, mais la lumière du couloir lui permit de distinguer une table recouverte de bouteilles et de cendriers qui débordaient de mégots. Sur le canapé était affalée une femme dont les longs cheveux gras traînaient jusqu'au sol.

Quelle putain de décharge publique.

Jamais Albert n'avait été confronté à ça. L'appartement d'Oswald ressemblait à une immonde parodie de maison hantée, si répugnante qu'elle ne semblait même pas réelle. Heureusement, sa chambre était en meilleur état, même si le nez d'Albert lui suggérait qu'elle n'avait pas été nettoyée depuis un bon moment. Deux grandes bibliothèques dominaient les lieux, par ailleurs occupés par un bureau sur lequel trônait un vieil ordinateur et par un lit qui, étonnamment, avait été fait. Albert se rapprocha des étagères et fit courir ses doigts sur les dos des livres.

Plusieurs noms lui étaient familiers : Lovecraft, Robert Bloch, Ramsey Campbell, Robert E. Howard. D'autres, en revanche, ne lui disaient rien – et certains ouvrages n'avaient même plus de titres visibles, voire plus de dos du tout.

« Assieds-toi », lui lança Oswald en désignant le lit.

Albert faillit lui répliquer vertement, mais il se ravisa. Il s'installa docilement sur le bord du lit, aussi mou qu'inconfortable. Oswald se réserva quant à lui la chaise du bureau ; il posa son menton sur ses doigts croisés, puis :

« Alors ? »

Albert prit une longue inspiration, puis lui raconta toute l'histoire. Le soir de leur partie, le sort qu'il avait lancé, l'apparition de la créature qu'il soupçonnait d'être un vampire stellaire et la façon dont elle le suivait partout. Il passa sous silence les événements de la soirée. Il aurait volontiers fait le malin en racontant qu'il avait couché avec Olivia, mais mieux valait ne pas attiser la jalousie d'Oswald. Lorsqu'il en eut fini, il lui demanda :

« Tu me crois ?

— Oui, acquiesça calmement Oswald. Il est là en ce moment ? »

Albert désigna les bibliothèques. La créature touchait presque le plafond ; elle *enflait*, emplissant pratiquement toute la pièce et se penchant au-dessus d'Oswald.

Albert renifla, secoua la tête. Si Oswald le croyait, alors son calme était incompréhensible. La présence maléfique de la créature était sur le point de l'engloutir tout à fait, et pourtant il restait assis là, tranquillement. Plusieurs réflexions désobligeantes traversèrent alors l'esprit d'Albert, mais il repensa à Olivia. À la moiteur exquise de cette douce expérience, qu'il pourrait réitérer si toutefois il parvenait à trouver une solution. Aussi préféra-t-il demander :

« J'aimerais savoir s'il existe un sort pour s'en débarrasser. »

Oswald le détailla. Longuement. Son regard partit de ses chaussures pour remonter jusqu'à son polo Fred Perry en passant par son jean Acne, avant de finalement venir se fixer sur les yeux d'Albert.

« Et s'il y en avait un, pourquoi est-ce que je te le dirais ? »

Le temps qu'Albert revienne chez lui, ses parents étaient rentrés. Son père était déjà monté se coucher, et sa mère était attablée dans la cuisine à siroter sa camomille du soir. Albert s'en versa une demi-tasse, s'assit en face d'elle et lui demanda si la pièce leur avait plu.

« Oui... Pas franchement festive mais intense – et surtout très bien jouée. Je pensais qu'Olivia serait encore là... Il s'est passé quelque chose ?

— Non, il fallait qu'elle rentre chez elle, c'est tout.

— J'ai vu les restes de crevettes dans la poubelle...

— Mmmm... »

Silence. Albert buvait son infusion. Sa mère se pencha vers lui, l'air inquiet.

« Tout va bien, mon poussin ? Quelque chose te travaille ? »

Albert gardait les yeux fixés sur la table. Oui, quelque chose le travaillait. Peut-être ses défenses avaient-elles été mises à mal par le grand huit émotionnel de cette soirée, durant laquelle il était passé de l'extase au désespoir ? Les mots sortirent quoi qu'il en soit sans effort :

« Et si j'étais... mauvais ?

— Mais pourquoi serais-tu mauvais, mon cœur ? lui demanda sa mère, soucieuse. Où es-tu allé chercher ça ? Ça vient de ton jeu ?

— Non, c'est rien. (Albert se leva.) Bonne nuit, m'man. »

Albert monta dans sa chambre, verrouilla la porte, raccorda son téléphone sur son ordinateur et téléchargea les photos qu'il avait prises de l'appartement d'Oswald. Il s'était contenté de promener discrètement l'appareil photo de son téléphone en regagnant la porte. Oswald n'y avait vu que du feu.

Après un passage dans un programme de retouche pour améliorer l'exposition et la définition, la décrépitude du logement d'Oswald crevait les yeux. Albert s'était également débrouillé pour photographier la femme qui, en toute logique, devait être la mère d'Oswald. Et, à moins qu'il ne se trompe, la tâche sur le canapé devait être du vomi. Il affina le contraste pour s'assurer qu'on la remarque bien.

Oswald n'avait rien lâché, mais il avait laissé entendre que le *De Vermiis Mysteriis* n'avait rien d'une invention – que le livre existait bel et bien. Peut-être même en possédait-il un exemplaire... Mais il n'en avait pas dit davantage.

À l'évidence, Oswald avait honte des conditions dans lesquelles il vivait – et c'était précisément là-dessus qu'Albert comptait appuyer pour l'obliger à révéler ce qu'il savait. Il téléchargea les photos retouchées sur son téléphone, les fit défiler pour s'assurer qu'elles restaient assez humiliantes sur petit écran. Parfait.

Il gagna son lit, se coula sous le duvet encore embaumé de l'odeur de ses récents ébats et songea à l'ultime option qui s'offrait à lui. Si, malgré tout, Oswald s'obstinait dans son refus, Albert pouvait toujours lâcher la créature à ses trousses. Oswald apparaissait comme le choix logique, étant le seul à savoir de quoi il retournait réellement. S'il persistait à ne pas vouloir coopérer, il devrait en assumer les conséquences.

En vérité, plus Albert y songeait et moins l'idée lui semblait délétère. S'il était incapable de prendre en compte les ressources dont disposait son adversaire, Oswald était seul à blâmer. À l'amour comme à la guerre, tous les moyens sont bons.

Le garçon s'était tellement habitué à la présence de la créature dans la pièce qu'il parvenait à reléguer son rire dans un recoin de sa conscience, où il ne l'importunait plus. Ce soir-là, pourtant, lorsqu'il éteignit les lumières, le ricanement dément s'était fait inhabituellement perceptible. Comme si la chose était capable de lire dans son esprit et attendait avec impatience ce qui allait se passer le lendemain.

L'OPPORTUNITÉ S'OFFRIT À LUI à l'heure du déjeuner. C'était une belle journée d'automne, l'air était agréablement doux et la plupart des étudiants se trouvaient dehors. Même Oswald, qui passait d'ordinaire ses pauses à farfouiller dans les rayonnages de la bibliothèque, était là, adossé au poteau du panneau de basket. Albert s'approcha de lui.

« Alors ? lui dit-il. T'as eu le temps de réfléchir à notre petite conversation d'hier soir ? »

Oswald shoota dans une crosse de hockey cassée qui traînait par terre.

« Non. Pourquoi, j'aurais dû ?

— Et donc, tu ne comptes pas me dire quoi faire ? »

Oswald se tourna vers lui. Des cernes noirs marquaient profondément son visage, et lorsqu'il esquissa un sourire, Albert remarqua qu'une fine pellicule jaunâtre recouvrait ses dents – comme s'il ne les avait pas brossées depuis longtemps.

« T'as rien compris. T'as vraiment rien compris.

— Sans doute pas, non. »

Albert sortit, son téléphone, ouvrit le dossier contenant les photos qu'il avait prises de l'appartement d'Oswald et lui en montra quelques-unes.

« Mais ce que *j'ai* compris, c'est que tu n'aimerais pas que je fasse circuler ça. Sur Facebook, par exemple. »

Jusque-là tout s'était déroulé conformément au scénario d'Albert. En cet instant, un Oswald horrifié était donc censé le supplier de ranger son téléphone avant d'accepter de l'aider. Sauf qu'il n'en fut rien – loin de là.

Albert sentit que les choses allaient mal tourner lorsque Oswald ramassa la crosse cassée et s'en servit pour cogner contre le poteau. Le bruit se répercuta dans la cour comme un tocsin.

Tout le monde se retourna pour voir ce qu'il se passait ; Oswald leva les bras, les agitant comme un noyé et hurla à pleins poumons :

« Hey ! Tout le monde ! Albert a quelque chose à vous montrer ! »

Attirés comme des abeilles par un pot de miel, les élèves – qui n'avaient rien de particulier à faire – se rassemblèrent autour d'eux dans l'espoir de soulager leur ennui.

« Putain ! Qu'est-ce que tu fous ? siffla Albert.

— Mon petit Albert, si tu crois que j'ai encore quoi que ce soit à perdre, c'est vraiment que tu es à côté de la plaque. »

Un cercle de curieux s'était formé autour d'eux, et Albert se rendit compte qu'il était cuit – pour le moment, tout du moins. Il possédait assez d'intelligence sociale pour savoir qu'il n'allait pas pouvoir faire passer son téléphone à la ronde. C'était une chose de poster des photos sur Facebook en disant « Regardez ! », mais c'en était une autre de prendre *physiquement* la responsabilité de le faire. Ça donnerait de lui l'image d'un type mesquin, revanchard et franchement méchant. Ça ne ferait que le dévaloriser.

Par chance, se tirer de ce mauvais pas n'était nullement un problème : il lui suffisait de mettre l'esclandre d'Oswald sur le compte de sa stupidité. Albert n'avait rien du tout à leur montrer. Il y avait pas mal de monde, y compris Olivia. Albert fit son possible pour attirer son attention, mais elle n'avait d'yeux que pour Oswald – qui avait enfin cessé d'agiter les bras pour pointer Albert du doigt.

« Vous connaissez tous Albert. *Albie.* Il est passé me voir la nuit dernière pour me demander de l'aider, et comme ça ne s'est pas passé comme il voulait, il a pris quelques photos qu'il voudrait vous montrer. »

Okay, il voulait donc la jouer comme ça. Malin. Un point pour Oswald. Impossible maintenant pour Albert de mettre les photos en ligne. S'il niait en avoir sur son téléphone, il ne pourrait pas les partager plus tard.

Albert se sentit un instant désemparé. Il n'avait pas envisagé cette possibilité. Ou plutôt cette impossibilité. La réaction d'Oswald était tellement aux antipodes de sa personnalité, qu'en aucun cas Albert n'aurait pu la prédire ; tout ce qu'il trouva à dire dans le feu de l'action fut donc :

« Je n'ai pas la moindre idée de ce dont tu parles, Oswald. Calme-toi. »

Mais Oswald n'avait aucune intention de se calmer. La scène lui appartenait. D'une voix forte dont on ne l'aurait jamais cru capable, il lança :

« Je m'appelle Oswald, mais la plupart d'entre vous doivent surtout connaître mon surnom de Coussin Péteur. C'est d'ailleurs Albert ici présent qui a trouvé ce surnom en même temps qu'un certain nombre d'autres joyeusetés que vous avez sans doute oubliées, mais pas moi. »

Le Coussin Péteur ? Ça datait de quand ? De la cinquième ? Ça faisait des lustres que plus personne n'avait appelé Oswald comme ça. Plus depuis le début de la troisième. Du moins autant qu'Albert s'en souvienne. Il dévisageait Oswald, qui s'échauffait tellement qu'un peu d'écume s'était formée aux commissures de ses lèvres. Albert levait quant à lui les yeux au ciel, manière de dire qu'il n'avait rien à voir avec lui ; il s'apprêtait à s'esquiver lorsque Oswald repartit de plus belle :

« Oui, Albie est très créatif, mais pas assez pour s'en sortir tout seul – en dépit du fait qu'il sort avec l'une des plus jolies filles du lycée. »

Albert vit Olivia rougir comme une pivoine et sentit le poison de la rage l'envahir.

« Fais attention ! menaça-t-il. Fais très attention ! »

Apparemment indifférent au danger qu'il savait pourtant peser sur lui, Oswald poursuivit :

« Albie se croit meilleur que tout le monde, mais quand il se retrouve devant une fille toute nue, son petit zizi se rétracte comme un escargot apeuré. »

Quelques rires parcoururent l'assemblée, encourageant Oswald à développer :

« Je pense que ça a quelque chose à voir avec sa mère. Elle continue de… »

En prononçant ces mots, il avait franchi la ligne blanche. Albert se fichait de savoir si Oswald était fou ou suicidaire, ou s'il pensait vraiment ne plus rien avoir à perdre. Il était allé trop loin.

Tue-le !

Albert l'avait hurlé en son for intérieur, comme en lettres de feu. La créature se tenait devant la cage à poules de l'aire de jeu ; dans la lumière crue, Albert la voyait miroiter avec une intensité inédite.

Tue-le. Saigne-le à blanc !

Rien ne se passa ; emporté par sa rage, Albert se mit à beugler ces mêmes mots en direction de la cage à poules :

« Tue-le ! Tue Oswald ! Maintenant ! »

Le silence s'abattit sur l'assemblée, et Albert comprit pourquoi. Il savait de quoi il avait l'air, mais il s'en fichait. Du moment qu'on en finissait. Sauf que tel ne fut pas le cas. Le radar social d'Albert l'alerta que les élèves s'éloignaient doucement, beaucoup croyant que cet appel au meurtre leur était destiné. La voix d'Oswald déchira le silence, et cette fois ce fut à Albert qu'il s'adressa :

« Ce que tu peux être stupide ! Ce n'était pas toi. »

Albert se tourna vers Oswald, ses dents jaunies dévoilées par un large sourire qui tenait plus de la grimace prédatrice. Une horrible prémonition s'empara de lui.

« De quoi tu parles ? »

Allant chercher sa voix dans les tréfonds de sa gorge, Oswald entonna :

« *Ph'nglui mglw'nafh Cthulhu R'lyeh*... Sérieux ? Tu y as vraiment cru ? À ces conneries sorties d'un livre de règles ? Il y a des textes authentiques, Albert. Des textes que tu n'as jamais vus. Contrairement à moi. »

Sa prémonition se mua en certitude.

« C'était toi qui...

— Oui, c'était moi. »

Le soir de la partie. Albert, rejouant son incantation de pacotille avec une telle conviction qu'il avait lui-même fini par y croire. Les lèvres d'Oswald bougeant à l'unisson des siennes dans ce qu'Albert avait interprété comme une sainte terreur née de la puissance de son verbe, récitait en fait une authentique incantation. Les larmes d'Oswald – qui étaient en fait des larmes de joie. Il avait réussi. Peut-être pour la première fois.

Il est la flamme. Je suis la chandelle. Qui sera consumée.

Albert dut s'appuyer sur le poteau de basket. Tout ce qu'il croyait savoir venait d'être mis sens dessus dessous. La cloche sonna ; la foule commença à se disperser.

« Je ne comprends pas... lâcha-t-il dans un souffle. Tu ne lui as rien demandé ?

— Oh, si. Je lui ai demandé de te surveiller. Et de te tuer si je lui en donnais l'ordre. Ou si je venais à mourir. »

Les genoux d'Albert cédèrent, et il tomba par terre.

« Mais... protesta-t-il faiblement. Ça fait... deux... choses... »

Au-dessus de sa tête il entendit le rire d'Oswald :

« Tu voudrais que ça suive les règles du jeu ? Reprends-toi, Albert. Il faut grandir un peu. (Il lui donna une petite tape sur le haut de la tête.) Enfin... si je veux bien t'en laisser l'occasion. »

Les pieds d'Oswald disparurent de son champ de vision lorsqu'il eut rejoint les bâtiments. Albert sentit dans son dos tout le poids du regard de la créature. Aux aguets. Vigilante.

Il s'était cru en possession d'une arme constamment prête à faire feu. Et l'arme se trouvait bien là, et le serait toujours, mais c'était le doigt d'Oswald qui reposait sur la détente. À partir de cet instant, Albert allait devoir vivre avec cette idée qu'il pouvait mourir à tout instant. Juste comme ça. Comme s'il suffisait d'appuyer sur un bouton.

Lorsqu'il parvint enfin à relever la tête, ce fut comme si quelqu'un venait de placer sur son dos un sac de sable de plusieurs tonnes. Tous les élèves étaient retournés en classe, sauf un. Felix. Les bras croisés sur son torse puissant. Il hocha la tête, pensif, décroisa les bras et se dirigea vers Albert.

FÊTER LES VINGT ANS DE *LILJA'S LIBRARY* : POSTFACE

Hans-Åke Lilja

J'ESPÈRE QUE LES NOUVELLES de ce recueil vous auront plu autant qu'à moi. Chacune revêt une importance particulière à mes yeux. Et maintenant, avant de vous quitter, j'aimerais remercier quelques personnes dont la contribution fut essentielle à la réalisation du livre que vous tenez entre vos mains. Sans eux, cette anthologie – et le site – n'existerait probablement pas. Je vous demande par conséquent de vous joindre à moi pour leur témoigner une reconnaissance bien méritée.

Stephen King : Merci de m'avoir autorisé à publier votre nouvelle « Le Compresseur bleu » et pour m'avoir donné un sujet sur lequel écrire ces vingt dernières années. Et pour toutes vos histoires !

Jack Ketchum : Merci de m'avoir suggéré « Le Réseau » pour cette anthologie. Je suis ravi d'avoir pu l'y inclure.

P. D. Cacek : Merci d'avoir approuvé la suggestion de Jack. J'espère que vous écrirez de nouveau tous les deux.

Stewart O'Nan : Merci de vous être joint à cette anthologie. Votre nouvelle en est l'un des joyaux !

Bev Vincent : Merci de m'avoir accordé la primeur de votre nouvelle consacrée à la merveilleuse Aeliana, et de toujours être là pour répondre aux questions dont je vous assomme depuis vingt ans.

Clive Barker : Merci de m'avoir autorisé à publier « Charabia et Theresa ». C'est l'une des meilleures et des plus étranges nouvelles que j'ai jamais lues.

Brian Keene : Merci pour « La Fin de toutes choses ». C'est une nouvelle totalement déprimante, et j'en suis raide dingue !

Richard Chizmar : Merci de m'avoir autorisé à ajouter votre nouvelle au sommaire et de publier mes livres.

Kevin Quigley : Merci pour votre nouvelle, votre amitié et votre soutien tout au long de ces années.

Ramsey Campbell : Merci pour « Le Compagnon ». Une magnifique nouvelle sur un de mes sujets favoris.

Edgar Allan Poe : Où que vous soyez, j'espère que vous pouvez nous voir. Merci pour tous les auteurs que vous avez inspirés.

Brian James Freeman : Merci de m'avoir offert « L'Amour d'une mère » et de m'avoir aidé à franchir tous les obstacles qu'on rencontre lors de la réalisation d'un tel livre. Je n'y serais jamais arrivé sans toi.

John Ajvide Lindqvist : Merci d'avoir écrit « Le Manuel du Gardien » pour mon anthologie et merci de m'avoir impliqué dans sa traduction.

Marsha DeFilippo : Merci pour ton aide ces vingt dernières années.

Anders Jakobson : Merci pour ton aide sur le site. Quoi que je demande, tu le fais. Ce site ne serait pas ce qu'il est aujourd'hui sans toi. Il n'existerait peut-être pas, tout simplement.

Mark Miller : Merci de m'avoir aidé à obtenir les droits de « Charabia et Theresa ».

À-PROPOS

LE LIVRE

Ce recueil comprend autant des histoires originales comme la toute dernière nouvelle de John Ajvide Lindqvist (Let the Right One In), de très rares réimpressions comme « Le Compresseur bleu » (un récit de Stephen King PERDU il y a fort longtemps qui n'est jamais apparu dans une seule de ses anthologies et qui n'a pas été imprimé depuis 1981) et bien d'autres. 13 auteurs, 12 nouvelles, 6 inédites.

STEPHEN KING

LE COMPRESSEUR BLEU

L'HISTOIRE :

Dans ce récit de King des plus personnels (dans lequel il s'introduit directement dans la narration, en se présentant par son nom et en nous rappelant que : « La règle numéro un pour tous les écrivains, c'est que le conteur ne vaut pas un pet de lapin comparé à l'auditeur »), nous suivons Gerald Nately, un écrivain en devenir qui raconte l'histoire de son énorme logeuse de soixante-dix ans, Mme Leighton. Quand elle se moque de son manuscrit, il se saisit du compresseur bleu...

L'IDÉE DERRIÈRE L'HISTOIRE :

– J'adore l'ironie que l'on retrouve dans les E. C. Comics. Je me souviens d'une nouvelle sur un gros bonhomme marié à une femme toute fine. Les deux époux cherchaient à se débarrasser l'un de l'autre. Au final, l'homme a fait avaler à sa femme le tuyau d'un compresseur à air et l'a fait gonfler comme un ballon de baudruche jusqu'à ce qu'elle explose. Après le crime, il monte à l'étage où elle a piégé un coffre pour qu'il lui tombe dessus. Et paf ! Le coffre l'aplatit. Ainsi, la toute fine finit grosse, et le gros finit fin. Cela nous donne un bel exemple de la théorie de la loi du talion de l'Ancien Testament. Ou comme nous le disons parfois, la vengeance est un plat qui se mange froid.

(Stephen King dans « Novelist Loves His Nightmares » et « Danse macabre »)

JACK KETCHUM & P.D. CACEK

LE RÉSEAU

L'HISTOIRE :

Jack : Euh... Un quiproquo ? Une relation de correspondance qui tourne au vinaigre ?

P.D. : C'est clairement un quiproquo, sans compter, je pense, une sorte d'avertissement à peine voilé. L'entre-vie, celle que nous menons tous en ligne, est tellement plus simple que la vraie. Nous pouvons faire de nous-mêmes ce que nous voulons et être qui nous voulons, et qui pourra le vérifier ? À moins de connaître en vrai la personne avec qui nous échangeons des e-mails et des messages, nous ne pouvons jamais être sûrs à 100 % d'avec qui nous sommes en contact.

Jack : Attends un peu. Tu es certain de bien être toi ?

P.D. : Très drôle... Évidemment que c'est bien moi. Cependant, il vaudrait mieux se demander quel moi je suis.

L'IDÉE DERRIÈRE L'HISTOIRE :

Jack : Si je me rappelle bien, Trish, c'était ton idée, non ? Tu l'avais eue à une convention, ou quoi ? Moi j'étais le pervers et toi la gamine, et nous échangions comme ça par e-mails avec chacun notre voix, faisant grandir l'excitation jusqu'à atteindre le… oh !

P.D. : Je crois bien que tu as raison. Tu me parlais d'un article de journal dans lequel un homme était tombé amoureux d'une femme qu'il avait rencontrée sur Internet. Seulement, elle n'avait rien à voir du tout avec la « personne » pour laquelle elle se faisait passer... Et c'est de là qu'on est partis. J'ai toujours pensé que la meilleure source d'horreur, c'est l'horreur de tous les jours poussée à l'extrême.

Jack : Comme ce chauffeur de taxi qui m'a ramené de la cinquième avenue hier soir, il insultait les plaques du New Jersey avant de me demander, tout sourire : « Alors, ce Donald Trump ? »

P.D. : Ouaip, l'horreur du quotidien poussée à son extrême.

STEWART O'NAN

LE ROMAN DE L'HOLOCAUSTE

L'HISTOIRE :

– « Le Roman de l'Holocauste », c'est ma vision de notre position d'auteur, cette tendance que nous avons à utiliser ou à exploiter nos expériences personnelles (et celles de nos proches) pour les inclure dans notre travail de fiction, et la façon dont le partage de notre vie et de celle des autres (mélangé à de l'imaginaire) peut nous mener à ressentir une terrible culpabilité ou une grande joie. La contrepartie, quand on prend pour sujet nos épreuves personnelles pour les diffuser dans une gigantesque arène publique, c'est que cela peut nous aliéner.

L'IDÉE DERRIÈRE L'HISTOIRE :

– L'idée m'est venue en voyant que les auteurs pouvaient être célébrés comme les représentants ou les ambassadeurs de mouvements historiques ou nationaux de grande ampleur, plutôt que comme des êtres faillibles, souvent pas fiables, si ce n'est totalement timbrés et tourmentés. Cette ouverture rappelant un peu l'aboyeur de carnaval est quelque chose que je dois autant à Ray Bradbury qu'à John Updike.

BEV VINCENT

AELIANA

L'HISTOIRE :

– « Aeliana » a été écrit pour un recueil à thème qui avait une période de soumission libre. Malheureusement, l'histoire n'a pas été retenue. Je me suis donc retrouvé avec ce texte esseulé qui avait été monté de toute pièce pour un marché bien ciblé. Cela sonne parfois le glas d'une histoire, car elle se retrouve finalement tellement liée au thème original qu'il est impossible de l'envoyer ailleurs. Mais heureusement, j'ai réussi à y revenir et à la débarrasser des éléments qui la liaient au public initial.

L'IDÉE DERRIÈRE L'HISTOIRE :

– Alors, ledit thème était la source d'inspiration initiale, mais c'est le personnage éponyme qui est le vrai moteur de la narration. C'est à propos d'elle, et de sa place dans le monde. Je ne suis pas vraiment sûr d'où m'est venu le reste. C'est quelque chose qui m'est souvent arrivé dans les dernières années : je commence avec l'idée d'écrire un récit horrifique, ou de la *dark fantasy*, et je finis avec une sorte de polar. C'est souvent plus évident que dans « Aeliana », mais dans les faits c'est une histoire où le fantastique rencontre la petite vie mondaine du crime et de l'enquête policière. Je suis tenté de la classer dans l'*urban fantasy*, car elle a lieu dans un quartier chaud d'une grande ville, un endroit où un tueur se débarrasse de ses victimes. Je n'aime pas trop en dire sur une histoire avant que les gens ne l'aient lue, mais c'est la rencontre très brève d'une petite fille spéciale et d'une policière dans une ruelle sombre et dangereuse.

CLIVE BARKER

CHARABIA ET THERESA

L'HISTOIRE :

Les rues du Nord londonien ne sont pas connues pour leurs miracles. Les meurtres, les viols et les émeutes, voilà leur lot quotidien. Mais les révélations ? Ça, c'était pour les gens de la haute de Holborn et de Lambeth. Il est vrai qu'une entité avec un corps de chow-chow et la tête de Winston Churchill avait été découverte dans Finsbury Park, mais ce témoignage des plus douteux était ce qui ressemblait le plus à une visitation dans la région depuis les années cinquante. Jusqu'à ce soir. Ce soir, et pour la deuxième fois en cinq heures, des lumières tenant du miracle sont apparues, et en cette occasion (la pluie étant passée et l'air plus doux ayant poussé les fêtards à aller voir ailleurs) elles ne passèrent pas inaperçues.

L'ÉCRITURE :

– Je ne sais pas comment font les autres mais, quand j'écris, je me sens tellement proche de mon sujet que je laisse tout se déverser. Je n'écris jamais pour moi, je ne me dis jamais : « Oh, je ne peux pas faire ça. » Alors tout sort et je laisse le tout tel quel.

BRIAN KEENE

LA FIN DE TOUTES CHOSES

L'HISTOIRE :

– C'est un petit peu comme une obscurité rampante. Étant donné la nature de ce projet, je voulais l'orienter King, mais surtout vers ses œuvres les plus récentes, les plus matures : cette voix, ce timbre et cette perspective qui vient en ayant VÉCU, dans tous les sens du terme. J'espère y être parvenu.

L'IDÉE DERRIÈRE L'HISTOIRE :

– Je vis sur les bords de la rivière Susquehanna. J'étais assis sur mon ponton un matin et j'ai porté le regard en aval, j'ai vu un voisin faire la même chose au loin, il avait un regard mélancolique. Et tout a pris vie, l'histoire dans sa totalité.

RICHARD CHIZMAR

LA DANSE DU CIMETIÈRE

L'HISTOIRE :

– « La Danse du cimetière » est une des premières histoires que j'ai écrite, et la deuxième que j'ai vendue. Mais le magazine qui l'avait acquise a fait faillite avant de pouvoir la publier. Tout comme le deuxième d'ailleurs. Et le troisième… Je commençais à me dire que ce récit était maudit.

Chacun des éditeurs qui me l'ont achetée m'avait expliqué par le détail à quel point le titre de l'histoire était unique. À la vérité, j'ai cette drôle d'impression que plusieurs d'entre eux essayaient de me faire poliment comprendre que le titre était mieux que l'histoire elle-même. En y réfléchissant, ils avaient peut-être bien raison.

Quand est venue l'heure de donner un nom à mon tout nouveau magazine, je me suis rappelé l'enthousiasme qu'on avait porté au titre de cette nouvelle et je lui ai donné ce nom *Cemetery Dance* (La Danse du cimetière). Malgré quelques regards étranges à ma banque et chez mon imprimeur, je n'ai jamais regretté mon choix. L'histoire en elle-même est plutôt banale. Un exercice se concentrant sur l'ambiance et l'atmosphère, un point de vue extérieur sur la folie et l'obsession d'un homme.

L'IDÉE DERRIÈRE L'HISTOIRE :

– Vers l'âge de neuf ou dix ans, mes amis et moi croyions que, lorsque le soleil se couchait et que les ombres commençaient à s'étirer, le cimetière allait prendre vie. Non pas les corps en décomposition, mais bien le cimetière lui-même… respirant pour les morts.

KEVIN QUIGLEY

L'ATTRACTION DES FLAMMES

L'HISTOIRE :

– « L'Attraction des flammes » provient directement de la terreur pathologique que suscitent en moi les papillons de nuit. D'aussi loin que je m'en souvienne, cette phobie provient de plusieurs éléments : une histoire que j'avais lue à l'âge de douze ans dans un recueil pour jeunes adultes sur des papillons se vengeant d'un lépidoptériste ; la version cinématographique du *Silence des agneaux*, dans laquelle la chrysalide d'un papillon de nuit est logée dans la gorge d'une femme ; et d'une réelle invasion de Bombyx disparates dans ma ville quand j'étais enfant. Une de mes thérapeutes a un jour suggéré que je m'essaie à la thérapie par immersion avec les papillons de nuit, j'ai mis un terme à nos séances.

L'IDÉE DERRIÈRE L'HISTOIRE :

– Je venais juste de finir *La Foire des ténèbres* (je pense que les allusions à cette œuvre sont d'ailleurs hyper évidentes dans l'histoire) et je voulais capturer l'atmosphère menaçante de fête foraine de la façon la plus dérangeante possible. J'ai tiré ce que je pouvais de ma propre phobie et j'ai commencé à écrire durant une tempête de neige alors que j'étais seul au bureau et qu'il n'y avait pas grand-chose à y faire. J'ai rédigé le récit d'une traite en une après-midi, c'est celui que j'ai écrit le plus rapidement. Cette journée de travail était vraiment ennuyeuse, et cette histoire m'a aidé à surmonter cette corvée pendant un temps. Je dois cependant bien reconnaître que j'ai écrit certaines des scènes d'attaque de papillons de nuit les yeux fermés, peinant à croire ce que j'écrivais. C'est l'une des rares fois où je me suis fait peur en écrivant.

RAMSEY CAMPBELL

LE COMPAGNON

L'HISTOIRE :

– « Le Compagnon » fait partie de ces quelques histoires que j'ai écrites qu'il m'était plus important d'écrire que de comprendre. Non seulement en tant qu'écrivain, mais en tant que public du travail d'autrui, j'ai tendance à trouver les mystères plus satisfaisants que les explications. Je pense que cette histoire parle de la vie après la mort, là où les terreurs de l'enfance nous attendent peut-être. Elle porte évidemment sur l'idée qu'en chacun de nous vit l'enfant que nous avons un jour été, même si nous cherchons à le cacher le plus possible.

L'IDÉE DERRIÈRE L'HISTOIRE :

– Il m'aura fallu des années pour assembler ce récit. Le 30 juin 1969, j'ai été inspiré par le champ de foire abandonné de New Brighton, de l'autre côté de la rivière de Liverpool, et j'ai pris quelques notes. À l'époque, le protagoniste est « une jeune fille effrayée par les gens en général ». La foire semble active, en quelque sorte, avec « des visages blancs comme faits de papier mâché à certaines des fenêtres ». Deux années plus tard, j'ai pensé à un train fantôme dans une fête foraine, mais il n'a pas été incorporé, je l'ai utilisé dans une nouvelle histoire cette année. Puis le 13 septembre 1973, j'ai une page de notes pour « Le Compagnon », comprenant une version de la phrase finale et des idées pour une rencontre avec une diseuse de bonne aventure qui n'apparaît pas dans la nouvelle. Le 14 septembre, la plupart des idées pour le dernier tour de manège de Stone apparaissent, et les jours suivants ajoutent encore un peu de matière, mais je dois en conclure que j'étais effectivement en train d'écrire l'histoire à cette date. Il me paraît évident que, lorsque Stone se dirige vers la foire abandonnée, j'ai terminé l'histoire d'un seul coup

EDGAR ALLAN POE

LE CŒUR RÉVÉLATEUR

L'HISTOIRE :

Cette histoire est racontée par un narrateur anonyme qui essaie de convaincre le lecteur qu'il est sain, tout en décrivant un meurtre qu'il a commis. Le meurtre est planifié avec précision, mais la culpabilité du narrateur se manifeste finalement par un son, possiblement hallucinatoire : le bruit du cœur du vieil homme battant toujours...

L'IDÉE DERRIÈRE L'HISTOIRE :

Edgar Allan Poe a basé sa trame sur deux sources littéraires que l'on peut citer avec confiance, car il y a des preuves qu'il les a rencontrées. L'inspiration première était une description faite par Daniel Webster d'un crime réel commis dans le Massachusetts, lorsque John Francis Knapp a engagé Richard Crowninshield, Jr., pour voler et tuer Joseph White. Les criminels ont été arrêtés, Crowninshield s'est suicidé, mais Knapp a été jugé et condamné. La deuxième source est « Aveux trouvés dans une prison à l'époque de Charles II », de Dickens. Dans cette histoire, un meurtrier raconte comment il a tué son jeune neveu pour sa fortune avant de placer sa chaise sur la tombe secrète de l'enfant en présence de deux visiteurs. Le criminel de Dickens ressentait une certaine aversion pour son neveu, en partie parce qu'il ne pouvait pas le regarder dans les yeux.

BRIAN JAMES FREEMAN

L'AMOUR D'UNE MÈRE

L'HISTOIRE :

– « L'Amour d'une mère » est l'histoire d'un jeune homme prénommé Andrew qui aime sa mère de tout son cœur, mais pas particulièrement les employés de l'hospice Clair Soleil. L'amour qu'il porte à sa mère et son dédain des employés finissent par s'opposer, le jour où il fait quelque chose qu'il pense devoir faire pour soulager sa mère. Ce n'est pas un récit haletant, mais plutôt une méditation sur ce que ça signifie d'aimer quelqu'un si fort qu'on pourrait commettre l'impensable.

L'IDÉE DERRIÈRE L'HISTOIRE :

– « L'Amour d'une mère » est l'une de ces rares histoires qui me sont simplement apparues à l'esprit, tout entières. Cela n'arrive presque jamais. En général, une nouvelle est la combinaison de deux idées ou plus, qui arrivent à des mois ou des années d'écart. Celle-ci m'est venue alors que je faisais la queue au guichet d'une banque. Je n'avais qu'une envie : rentrer chez moi et l'écrire.

JOHN AJVIDE LINQVIST

LE MANUEL DU GARDIEN

L'HISTOIRE :

– Mon histoire s'intéresse au jeu de rôle *L'Appel de Cthulhu* et touche donc à l'univers de H.P. Lovecraft. On y rencontre un garçon qui a une très haute estime de lui-même et qui se comporte comme le gardien ou maître du jeu cité ci-dessus. Il le fait même un peu trop bien.

L'IDÉE DERRIÈRE L'HISTOIRE :

– J'ai déjà joué le rôle du gardien de *L'Appel de Cthulhu* et je voulais en raconter l'expérience. Je me suis donc assis et j'ai réfléchi de la manière habituelle : « OK, on a un maître du jeu aux commandes, qu'est-ce qui peut se passer ? » L'idée de base est arrivée très vite, et rapidement après le rebondissement, puis la fin surprise. Enfin, j'ai ajouté les détails en écrivant l'histoire.

HANS-ÅKE LILJA

L'ÉDITEUR

LE LIVRE :

– Cet ouvrage rassemble 12 histoires aussi géniales que différentes, écrites par 13 auteurs. Chaque auteur nous raconte la peur, l'amour, les miracles, l'amitié ou un compresseur. J'adore chacune d'entre elles et j'espère que tous les lecteurs les apprécieront tout autant. Je pense que chacun peut y trouver son compte, et j'espère que cette fois-ci le nombre 13 représente quelque chose de positif…

L'IDÉE DERRIÈRE LE LIVRE :

– Je voulais faire ce livre pour fêter mes 20 ans à la tête de *Lilja's Library*. Mon but était d'y inclure une histoire de Stephen King. C'est ce que j'ai fait et elle est accompagnée de 11 autres histoires formidables. Je voulais qu'elles soient illustrées en beauté. C'est chose faite. Je voulais que le livre dispose d'une belle couverture qui représenterait bien son contenu, mais aussi *Lilja's Library* et, bon sang, je ne suis pas déçu. J'avais toutes ces idées et je pense que j'ai atteint exactement ce que je voulais.

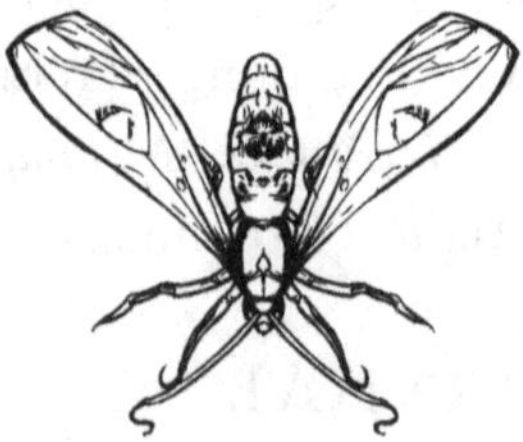

ÉGALEMENT

PAR-DELÀ L'HORIZON

De quoi la science-fiction française est-elle le nom ?

Rassemblant dix-neuf auteurs et autrices, Par-delà l'horizon est une anthologie ambitionnant de faire un point d'étape sur la SF hexagonale contemporaine.

Le futur, lointain ou très proche, les réseaux, l'hyper connexion, la technologie, les désastres écologiques, politiques, sociétaux... et surtout l'humain, sont au cœur de leurs histoires, de leur fables en permanence reliées à notre monde. Dix-neuf textes de science-fiction pour parler d'avenirs mais surtout de notre présent.

ÉGALEMENT:

UTOPIALES 2020

Transformer, évoluer, muter, s'adapter... le changement est au corps du monde et de la vie. On le subit parfois, on le désire souvent, on y travaille tous consciemment ou inconsciemment. C'est sur ce thème des «transformations» que les Utopiales, le plus grand festival de science-fiction au monde, ont construit leur édition 2021. Nous avons demandé à des auteurs et des autrices de nous écrire des nouvelles à ce propos. Résultat : douze nouvelles drôles, grinçantes, sombres, pleines d'espoir et de désespoir pour nous questionner sur nos futurs et notre présent...

ÉGALEMENT:

NOS FUTURS

10 textes de science, 10 textes de fiction : 20 regards issus de la rencontre entre scientifiques et créateurs d'imaginaire, pour explorer et expliquer les possibles du changement climatique. Inspiré par les rapports du GIEC, Nos Futurs donne à voir et à penser les innombrables facettes du lien entre le climat et nos sociétés : inégalités, biodiversité, urbanisme, santé, industrie... Un mélange original, éclairant et inspirant, et plus que jamais nécessaire : car chaque demi-degré compte, chaque année compte, chaque choix compte.

ÉGALEMENT:

JE SUIS TA NUIT

La France, un été, quelque part dans les années 80. Pendant un banal concours de casse-bouteilles, six enfants découvrent un cadavre mutilé, sans lèvres, sans sexe et sans doigts. Et ce n'est que le premier d'une longue série. Pierre et sa bande de copains inséparables sont obligés d'enterrer leur enfance et certains de leurs proches alors que le Puits et l'homme au chapeau haut-de-forme s'emparent peu à peu de leur innocence.

Avec Je suis ta nuit, *Loïc Le Borgne nous offre un véritable page-turner de l'angoisse.*

Page de recommandations
et de réclame

Amie lectrice, ami lecteur,

Vous venez de finir ce livre et vous l'avez aimé (enfin on le souhaite). Pour poursuivre l'aventure, nous ne saurions que trop vous conseiller de vous rendre sur le site de notre maison d'édition : **www.editions-actusf.fr.** Vous y retrouverez tous nos autres romans, recueils de nouvelles, guides et anthologies.

Les éditions ActuSF font partie du collectif « **Les Indés de l'Imaginaire** » avec nos camarades des éditions des Moutons électriques et des éditions Mnémos. N'hésitez pas si ce n'est pas déjà fait à aller jeter un œil à leurs magnifiques livres et à rejoindre la page Facebook des Indés.

Pour trouver de l'info tous les jours sur l'actualité de la science fiction, du fantastique et de la *fantasy*, le site **Actusf.com** est un passage obligé (parutions, interviews, chroniques, concours, fil d'actu…). Tout comme le site **Bepolar.fr** pour le polar.

Enfin, si vous aimez les livres numériques, la librairie en ligne **Emaginaire.com** fera votre bonheur.

Évidemment, **nos réseaux sociaux** sont là pour échanger et partager ! Si *Shining in the dark* vous a plu, n'hésitez pas à découvrir nos autres recueils de nouvelles *Nos futurs, Les Utopiales, Par-delà l'horizon*...

Merci à vous d'aimer les livres.

Nous avons la même passion…

Et que vive l'Imaginaire !